美文 三十年精选

骑着狮子画龙去

贾平凹 主编
美文杂志社 编

SPM 南方传媒 | 花城出版社
中国·广州

图书在版编目（CIP）数据

骑着狮子画龙去 / 美文杂志社编. -- 广州：花城出版社，2022.6
（《美文》三十年精选 / 贾平凹主编）
ISBN 978-7-5360-9667-7

Ⅰ. ①骑… Ⅱ. ①美… Ⅲ. ①散文集－世界－现代 Ⅳ. ①I16

中国版本图书馆CIP数据核字(2022)第020932号

出 版 人：张 懿
特约策划：顾爱彬
特约编辑：王潇然
责任编辑：许泽红　李嘉平
技术编辑：凌春梅
宣传营销：方孟琼
封面设计：张年乔
封面插画：柠檬漫游

书　　名	骑着狮子画龙去 QIZHE SHIZI HUA LONG QU
出版发行	花城出版社 （广州市环市东路水荫路11号）
经　　销	全国新华书店
印　　刷	佛山市浩文彩色印刷有限公司 （广东省佛山市南海区狮山科技工业园A区）
开　　本	880毫米×1230毫米　32开
印　　张	9.75　　1插页
字　　数	202,000字
版　　次	2022年6月第1版　2022年6月第1次印刷
定　　价	50.00元

如发现印装质量问题，请直接与印刷厂联系调换。
购书热线：020-37604658　37602954
花城出版社网站：http://www.fcph.com.cn

目 录

第一辑

2　　我有一个狮子军 / 贾平凹

6　　楚辞笔记 / 张　炜

17　　吴越春秋事 / 李敬泽

31　　春秋时代的春与秋 / 李　舫

44　　司马迁的选择 / 徐　可

61　　两个王朝的缩影 /［英］罗宾·吉尔班克

　　　　　　　　　　　　胡宗锋 译

第二辑

76　　中国文脉 / 余秋雨

122　　老叟学琴 / 费秉勋

133　　傅斯年、李庄及其他 / 阿　来

145　　《诗经》这部书（外三篇）/ 穆　涛

156　　风吹河西 / 王潇然

180　　塔和路的畅想——西安印象记 / 关仁山

第三辑

190　　喧嚣与真实——在广州大剧院的演讲 / 莫　言

197　　遥远的完美 / 铁　凝

213　　以字带词的汉语教学法 / ［法］白乐桑

229　　彩虹几时圆 / 吴冠中

234　　百年老店易俗社 / 陈　彦

247　　手艺人的品德 / 周晓枫

第四辑

260　　今年是龙年 / 贾平凹

265　　面目何足较 / 余光中

274　　血肉筑成的滇缅路 / 萧　乾

283　　梦话扬州 / 丁　帆

288　　红楼隔雨相望冷 / 潘向黎

298　　说散文之趣 / 南　帆

第一辑

骑着狮子画龙去

我有一个狮子军

贾平凹

我体弱多病,打不过人,也挨不起打,所以从来不敢在外动粗,口又浑,与人有说辞,一急就前言不搭后语,常常是回到家了,才想起一句完全可以噎住他的话来。我恨死了我的窝囊。我很羡慕韩信年轻时的样子,佩剑行街。但我佩剑已不现实,满街的警察,容易被认作行劫嫌疑。只有在屋里看电视里的拳击比赛。我的一个朋友在他青春蓬勃的时候,写了一首诗:"我提着枪,跑遍了这座城市,挨家挨户寻找我的新娘。"他这种勇气我没有。人心里都住着一个魔鬼,别人的魔鬼,要么被女人征服,要么就光天化日地出去伤害;我的魔鬼是汉罐上的颜色,出土就气化了。

一日在屋间画虎,画了很多虎,希望虎气上身,陕北就来了一位拜访我的老乡,他说,与其画虎不如弄个石狮子,他还说,陕北人都用石狮子守护的,陕北人就强悍。过了不久,他果然给我带来了一个石狮子。但他给我带的是一种炕狮,茶壶那般大,青石的,据说雕凿于宋代。这位老乡给我介绍了这种炕狮的功能，一个孩子要有一个炕狮，一个炕狮就是一个孩子的魂，四岁之前这炕狮是不离孩子的，一条红绳儿一头拴住炕狮，一头系在孩子身上，孩子在炕上翻滚，有炕狮拖着，掉不下炕去，长大了邪鬼不侵，刀枪不入，能踢能咬，敢作敢为。这个炕狮我没有放在床上，而是置于案头，日日用手摩挲。我不知道这个炕狮曾经守护过谁，现在它跟着我了，我叫它：来劲。来劲的身子一半是脑袋，脑袋的一半是眼睛，威风又调皮。

古董市场上有一批小贩，常年走动于书画家的家里以古董换字画，这些人也到我家来，他们太精明，我不愿意和他们纠缠。他们还是来，我说：你要不走，我让来劲咬你！他们竟说：你喜欢石狮子呀？我们给你送些来！十天后果真抬来了一麻袋的石狮子。送来的石狮子当然还是炕狮，造型各异，我倒暗暗高兴，萌动了我得有个狮群，便给他们许多字画，便让他们继续去陕北乡下收集。我只说收集炕狮是很艰难的事情，不料十天半月他们就抬来一麻袋，十天半月又抬来一麻袋，而且我这么一收，许多书画家也收集，不光陕北的炕狮被收集，关中的小石狮也被收集，石狮收集竟热了一阵风，价钱也一涨再涨，断堆儿平均是一个四五百元，单个儿品相好的两千三千不让价。

我差不多有了一千个石狮子。已经不是群，可以称作军。它们在陕北、关中的乡下是散兵游勇，我收编它们，按大小形状组队，一部分在大门过道，一部分在后门阳台，每个小房门前列成方阵，剩余的整整齐齐护卫着我的书桌前后左右。世上的木头石头或者泥土铜铁，一旦成器，都是有了灵魂。这些狮子在我家里，它们是不安分的，我能想象我不在家的时候，它们打斗嬉闹，会把墙上的那块钟撞掉，嫌钟在算计我。我要回来了，在门外咳嗽一下，屋里就全然安静了，我一进去，它们各就各位低眉垂手，阳台上有了窃窃私语，我说：谁在喧哗？顿时寂然。我说："嗨！"四下立即应声如雷。我成了强人，我有了威风，我是秦始皇。

秦始皇骑虎游八极，我指挥我的狮军征东去，北伐去，兵来将挡，遇土水淹，所向披靡，一吐恶气。往日诽谤我、羞辱我的人把他绑来吧，但我不杀他，让来劲去摸他的脸蛋，我知道他是投机主义者，他会痛哭流涕，会骂自己是猪屎。从此，我再不吟诵忧伤的诗句："每一粒沙子都是一颗渴死的水。"再不生病了拿自己的泪水喝药。我要想谁了，桌上就出现一枝玫瑰。楼再高不妨碍云向西飞，端一盘水就可收月。书是我的古先生，花是我的女侍者。

到了这年的冬天，我哪儿都敢去了，也敢对一些人一些事说不，我周围的人说：你说话这么口重？我说：手痒得很，还想打人哩！他们不明白我这是怎么啦。他们当然不知道我有了狮军，有了狮军，我虽手无缚鸡之力，却有了翻江倒海之想。这么张狂了一个冬季，但是到了年终，我安然了。安然是因为我遇见大狮。

我的一个朋友，他从关中收购了一个石狮，有半人多高，四百余斤。大的石狮我是见得多了，都太大，不宜居住楼房的我收藏，而且凡大的石狮都是专业工匠所凿，千篇一律的威严和细微，它不符合我的审美。我朋友的这个狮子绝对是民间味，狮子的头极大，可能是不会雕凿狮子的面部，竟然成了人的模样，正好有了埃及金字塔前的蹲狮的味道。我一去朋友家，一眼看到了它，我就知道我的那些狮子是乌合之众了。我开始艰难地和朋友谈判，最终重金购回。当六人抬着大狮置于家中，大狮和狮群是那样的协调，使你不得不想到狮群在一直等待着大狮，大狮一直在寻找着狮群。我举办了隆重的拜将仪式，拜大狮为狮军大将军。

有了大将军统领狮军，说不来的一种感觉，我竟然内心踏实，没了躁气，是很少给人夸耀我家里的狮子了。我似乎又恢复了我以前的生活，穿臃臃肿肿的衣服，低头走路。每日从家里提了饭盒到工作室，晚上回去。来人了就陪人说话，人走了就读书写作。不搅和是非，不起风波。我依然体弱多病，讷言笨舌，别人倒说"大人小心"，我依然伏低伏小，别人倒说"圣贤庸行"。出了门碰着我那个邻居的孩子，他曾经抱他家的狗把屎拉在我家门口，我叫住他，他跑不及，站住了，他以为我要骂他揍他，惊恐地盯着我。我拍了拍他的头，说：你这小子，你该理理发了。他竟哭了。

原载于《美文》2006年第1期

楚辞笔记

张　炜

在诗与赋之间

《楚辞》相对于《诗经》放松了许多，铺陈了许多，诗句的字数开始增加，形式上也更为自由；发展到后来，便成为"铺采摛文"的汉赋了。在《诗经》与汉赋之间，《楚辞》起到了桥梁的作用，具有一定的折中性，属于一场文字茂长前的形态。尽管有人也将《楚辞》称为"辞赋"，尤其是西汉初年的所谓"骚体赋"，如贾谊的《吊屈原赋》《鵩鸟赋》、司马相如的《长门赋》和司马迁的《悲士不遇赋》等，确实与《楚辞》有些接近，但毕竟与后来那些丰辞缛藻、穷形极貌的汉赋有着很大的区别。后者更加恣肆放逸，而《楚辞》则节制了许多，仍然属于歌词，可以咏唱。它继承了楚地的民歌传统，或者说最终完成者屈原就是民歌的收集者和规范者，是一个集大成者。他使《楚辞》达到了艺术的最高峰。

也许屈原那些长长的吟唱，时常突破了民歌旋律的形制与要求，这才显得更为自然、自由和放纵，但可能仍未脱离楚地的旋律。它大致是在一首首民谣的循环往复中展现个人的内容，将其扩充或进一步铺开，完成一次更长的咏叹；显然它已经完全不同于节令和仪式中专门使用和定制的谣曲，而是更多地走向了个人化和创造化，越来越具有个人文学书写的特征。《楚辞》的主要部分脱胎于民间文学，又不同于民间文学，而是属于文人的个人书写。这就强化了个体创作的意义，增强了个性化的文学特质。一方面它借助了民歌的自由，另一方面又回到了个人的自由，从那些相对固定的民间仪式中解脱出来，不受或少受制约地涂抹和记录。就文人创作来说，这种回到个人的自由，是保证文学品质的一个基础、一个重要条件。中国古典文学的创作，从《诗经》走到《楚辞》，由于屈原的参与，向赋的路径跨出了很大的一步。

文字的繁衍大致遵循了这样一条道路，即与书写工具的改进有着同步的、密不可分的关系。由龟甲、瓦片、铸铁、竹简到纸的发明，毛笔的出现，文字开始变得松弛开阔，随心所欲了。而书写的简易又助长了文字的轻浮，使其极为凝练和浓缩的品质受到伤害。一种文体的演变往往也与此有关，比如从《楚辞》到汉赋，再到后来那些叠床架屋、铺张浪费、华丽空浮的文字，就能看出很多端倪。后来的钢笔和打字机的时代就更加缺少了节制，到了电脑数字时代，可以说进入了毫无节制的泛滥期，从形式到内容都踏上了一条毁坏语言文字的不归路。

从这个意义上去论断文字，我们似乎十分悲观。技术的进步就是这样强有力地改变了精神的创造,在获得一种自由的同时,却陷入了另一种裹挟,跌进了万劫不复的深谷。在轻浮与放纵中,人的精神世界变得渺小、琐碎,思维的触角在暗处轻浮地躁动,再也没有了简约持重的记录,没有了《诗经》《楚辞》和诸子百家那样郑重的许诺和书写。

就文字看,《楚辞》在《诗经》简约的形式上有所发展,从容酣畅的笔致和境界得到了强化,这基于屈原书面语的深厚修养,以及浪漫开阔的个性与文化视野。我们不得不考虑到他显赫的身份,他与周边各国上层人物的交往,特别是与东方大国齐国之间的紧密关系。诗人必定从中受到了思想与艺术的感染,吸收了诸多营养。屈原身居楚地,深受神巫文化的熏陶,庙堂人物的高深文字功力与民间传统的深度结合,使其表达产生了另一种气象。于是我们就看到了那些前无古人、后无来者的绚烂篇章。它们比北国之《诗经》更开阔,更自由,也更宏大。历史上最长的抒情诗至此诞生。而与汉赋相比,它仍然是凝练和节制的。

汉语言的铺张和泛滥似乎就从汉赋开始。在这个过程中,也许那些庙堂人物起到了推波助澜的作用。与铺张的汉赋连在一起的,是它并未遮掩的赞誉和阿谀,从形制之殇到品质之殇,二者共存,互为表里。这种文字的放纵轻慢,在很大程度上背离了《楚辞》的传统,更远离了《诗经》的传统,最后的结果就是被时间所嫌弃和厌烦。文学演变到唐代,诗歌成为艺术主流,在唐人的艺术反思中,赋的繁衍和扩张被一点点收起,这才有了唐诗的建树与成就。从初唐的陈子昂到盛唐的李白、杜甫、王维、孟浩然，从中唐的白居易、韩愈到晚唐的李商隐、杜牧等，这些代表性的诗人都继承和发展了《诗经》和《楚辞》的艺术传统。当然，汉赋的代表人物也承续了屈原，但是《楚辞》最为核心的品质，即它的批判性与深刻的忧思，更有质朴自然，却没有被他们发扬光大。后代许多作家都受惠于《楚辞》，如司马相如、扬雄、张衡、曹植、陶渊明、鲍照、李白、李贺等，其作品都能看到屈原的印迹，就这一点而言，《楚辞》的影响甚至超过了《诗经》。

从舒展和自由的形制上看，《楚辞》似乎强化了一种道路；从文学形式和品质上看，我们会将"诗"与"辞"予以区别和界定。"辞"与"赋"之间也需要这样。从"辞"到"赋"，音乐性在降低，因为前者仍然要依附于旋律，后者则基本上摆脱了。脱离旋律有一个缓慢的过程，文字的独立是逐步完成的，最后演变为汉赋，大致上也就脱离了旋律的束缚。所以汉赋在变得更自由的同时，却又缺乏边界的收束，变得更铺张更费词。

"辞"的称呼最早出于《史记》，而"辞赋"的称谓，虽然道出了"赋"对于"辞"的继承关系，却难以掩盖二者的区别。《楚辞》作为一种"诗"和"赋"之间的文学形式，其成就是堪与《诗经》比肩的，代表人物屈原也是最为杰出的。自屈原开始，诗的抒情品格得到了强化和确立，尤其是抒情长诗的价值得到了彰显；它既浪漫又节制，既放纵又收敛，其无比浪漫的质地与质朴诚恳的品格合而为一，散发出无可抵御的魅力。因着文学的强大批判品格，《楚辞》为后代文学树立了榜样，它以动人心弦的个体吟唱，与所有庙堂文学划上了一道深刻的界限。

思君之苦

古代诗人，即便像李白、杜甫这样的杰出人物，也常常深陷思君之苦。他们本来是庙堂的受害者，可是对居于庙堂中心的那个人物却是不断地怀念、想象，总是企图靠近，接受太阳般的热烈烘烤。这实在是一种人生悲剧、精神悲剧。作为不可更移的文字，它们生生书写在历史的纸页中，这好像有点无可奈何。

无论是靠近权力中心的诗人，还是一生都被庙堂疏离的文人，似乎其中的一部分都有难以摆脱的思君情结。它作为传统文学的一个伤疤和痼疾，成为一个硬结，硌着无数人的心，这是没有办法的事情。由此又说到伟大的屈原，以及他诗中一再表达的对于"美人"的思念。有人认为这里的"美人"是楚怀王，也有人认为是顷襄王，但无论如何都是指高居庙堂权力中心的那个人物，即所谓君王。"美人"让屈原颠沛流离痛苦不已，以至于走向亡命之途，可直到最后诗人还是在思念他。"美人"到底有多么美，我们作为几千年后的旁观者实在不解。到了唐代杜甫，这种思君情结发展到了极致，就是"每饭不忘君"。"生逢尧舜君，不忍便永诀。当今廊庙具，构厦岂云缺。葵藿倾太阳，物性固莫夺。"（杜甫《自京赴奉先县咏怀五百字》）

当然古代"君王"的概念有所不同，在某种意义上"君王"成为一种精神的寄托，相当于一种宗教符号，而且在很大程度上代表了社稷和国家。大约就是这种混合纠缠、难以厘清的概念，使最杰出的诗人也无法摆脱其强大的磁性,这时候"君王"之于他们,既模糊浑然又具体可感:一旦回到模糊的状态,就会透射出不可抗拒之美,散发出强大的热力和吸力;可是当它回到一个具体形象的时候,又会让人产生深深的遗憾和痛苦。对于思君之苦,我们多少有点不屑,甚至不能原谅和同情。我们不愿看到他们精神的中心有一个庙堂,庙堂的中心有一个君王。

在屈原这里,君王被称为"美人",而这个"美人"居然是雄性的,也就散发出一种诡异之美。在诗人看来,"君王"既有异性的妖娆和不可抗拒的诱惑,又有权力者的威猛与刚健。就在两个极端的游移和徘徊中,诗人走入了幻想的迷途,这种幻想对于精神是至为有害的,从现实生活层面而言是致命的伤害,而对于烂漫的诗性又是另一回事了。它会产生一种迷离之美、幻觉之美,而且还有一种畸形之美。它们掺杂一体,构成复杂、曲折和深邃的审美效果,呈现出极为特异的艺术魅力。

有时我们觉得这种思君情结是来自仕途的规束和汉文化的传统,有时又觉得这是一种生存策略的延伸、扩大,以及惯性使然。在那么多的哀怨,甚至诅咒中,似乎都埋下了一个思君的内核,由此诗人可以变得更为安心或安全也未可知。这要造成多大的矛盾和痛苦。思君之苦深不见底,又令人心存犹疑:庙堂的温暖和安逸毕竟令人难忘,它一开始是现实的和世俗的,后来又变成了精神的。所有精神的困窘和心灵的不安都是因为远离了庙堂,远离了那个中心。"美人"不在,其他的一切似乎都可以忽略了,而那个"美人"就像猫咪一样高冷。高冷之美更具诱惑力，有慑魄丧魂的威力。它对一切都不理不睬，收敛了自己的热情，甚至收敛了所有情感的外露。独立不倚的态度和冷淡的神情覆盖和笼罩了一切，使那些试图亲近者失去了任何建立情感渠道的可能性，于是只好依靠想象和揣度，与对方建立一点点心灵的联系。

最后到来的残酷一击，力量之大超乎预想，受害者自然是诗人自己。这时候他脆弱得不堪一击，开始了物质和精神的双重流浪。没有依傍和归宿的人生是痛苦的，流浪使他产生各种各样的呻吟，呻吟又化成了吟唱，其中很少欣慰，更多的只是痛苦。可是没有任何办法，此时诗人的人生和呻吟已经融为一体，不可分离，这多么不幸。然而正是因为这些痛苦和不幸，才构成了一种独特的哀怨忧伤之美，尽管它戕害了自由的生命，却还是令人感动和迷恋。

无论是李白、杜甫还是屈原，他们的吟哦都强化了古典文学的忠君传统，这是一种庙堂本位的传统，也是一种丧失了主体性的政治抒情诗，其品质有点像《诗经》中的《小雅》一样，"怨悱而不乱"。"乱"就是乱政，是颠覆之心，"不乱"就是忠君。这种哀怨、忧伤之美少有虚伪，基本上是来自一种责任和诚朴。诚实和朴素是一种美，是一种真实，在诗人的全部经历中，它是具有说服力的。在悲愤绝望的时刻，屈原才常常回到一种自我清醒的状态，这个时候他会给人一种痛快淋漓的感觉，也远离了对"怨悱而不乱"的恪守，走向了另一种惨烈的实在。

在最后的真实面前，诗人心灵袒露，身上再无一赘物和矫饰，走向了真正的解脱：摆脱了那种无所不在的权力笼罩，尤其是精神上恍惚迷乱的向往。诗人走向了冰冷无情的荒凉的旅途，走向了本该属于他的真实，走向了大自然，走向了清澈的汨罗江，然后纵身一跃。从此荣辱不再，也最终免除了思君之苦。

开阔无际的神游

就诗歌艺术的放浪、自由与形而上的品质来看，历史上最为引人注目的诗人是屈原和李白。李白被称为"谪仙人"，他的神游常常突破了现实空间，走向了"邈云汉"，飞向了月宫和宇宙。他梦想着长生不老，四处寻找瀛洲，寻找神仙世界，想必是受到前辈屈原的强烈影响。屈原是一个更早的"精骛八极，心游万仞"的灵魂："驷玉虬以乘鹥兮，溘埃风余上征。朝发轫于苍梧兮，夕余至乎县圃。"（《离骚》）在他的诗篇里，与神仙交往的壮丽场面比比皆是："溘吾游此春宫兮，折琼枝以继佩；及荣华之未落兮，相下女之可诒。""百神翳其备降兮，九疑缤其并迎；皇剡剡其扬灵兮，告余以吉故。"（《离骚》）"高飞兮安翔，乘清气兮御阴阳；吾与君兮齐速，导帝之兮九坑。"（《九歌·大司命》）无论是《离骚》《天问》还是《九歌》《九章》，想象无拘无绊，上天入地，浑阔无边，形而上之思充沛而丰满。在汉诗中，它作为一个流脉一直没有断绝，只是到后来变得细弱多了：在一个缺乏想象和浪漫的国度里，似乎"现实主义"更容易被人接受和推崇。

在世俗社会里，李白声名远扬，那是因为作为个体的辨识度之高，无有出其右者。可是在情感和经验的亲近感上，他却远远不及杜甫，因为后者记录的是更加具体的生存现状，这是人们在审美体验中最容易接洽的一部分。而屈原和李白的艺术，却往往在一般人的日常经验之外，这对大多数读者可以说是一次超验阅读。屈李的思绪飞扬于现实生活的层面之外，所以我们必须换一个视角，努力地解放自己，才能进入他们所引导的那个维度，那似乎已经不再是一个三维空间。而以杜甫为代表的所有现实主义诗人，却很少逾越三维空间，它是物质的和现实的，具体可感的，可以触摸的。

对于屈原和李白的艺术，虽然我们并不陌生，但却难以亲近，更不能够悉数把握。他们足以让我们好奇，甚至沉醉其中，却难以用理性思维去簇拥。我们追随着他们的狂放和神游，却不能进入他们的思维逻辑以及想象的天地。那种神游四方是生命的自由属性，是仰望和寻找的本能，但对于现实中的人而言，许多时候这种本能却被向下的注视给取代了。这是极为可惜的。在屈原李白那里，那种向上的能力不是中空和虚飘的，而是另一种真实的存在，它与连接大地的精神内容一样充实和本质。

屈原上达九天，下入幽冥，与神鬼对话，往来无碍，多么自如舒畅。在《离骚》中，"饮余马于咸池兮，总余辔乎扶桑"，坐骑饮水处是太阳洗浴的咸池，马缰就拴在神木扶桑上。"前望舒使先驱兮，后飞廉使奔属；鸾皇为余先戒兮，雷师告余以未具；吾令凤鸟飞腾兮，继之以日夜"，前驱竟然是给月亮驾车的望舒，他发出一声命令，凤凰即展翅奋飞。诗人站在苍穹之上看云霓巨龙，一片斑斓，滚滚而来的云海衬托着他的威赫，从此再无悲戚，也不是那个身披花草的稚弱文人，不是一个依附于君王身侧的臣子，不再像女子那样刻意打扮自己，不是一个面容姣好的吟唱者，更不是一个弄臣，而是一个无所不能、遨游四方、与神仙并列的高贵生命。高贵和自尊应该是诗人的本质，没有这样的生命质地，也就没有真正自由的吟唱。

神的存在，实际上是人们对于自由的一种寄托。神的无所顾忌和无所不能，俨然是获得了最大的自由。向往自由才能向往神灵，才能以神游的方式去接近那个幻想。从某种程度上说，对于神的渴望，就是诗的宗教。在这里，创造与自由、神游与神，是不可分离的整体，有时候甚至可以说它们是同一种事物，仅以不同的称谓和概念呈现出来。当人的灵魂脱离了沉重肉身飞翔到高阔的时候，实际上就是挣脱现实回到永恒的神游之旅，现实与精神之间不可调和的矛盾就此得到了化解。当然那是人生的终点和神游的开端，当现实的躯体变得沉重的时候，就到了处理精神问题的痛苦阶段了。这个时候，只有真正的诗人才能够将心灵上升到苍穹，走向阔大无垠的境界，这是衡量杰出诗人和平庸诗人的一个重要尺度。从这个意义上说，所有专注于精神叙事的艺术家都是第一流的，而那些辗转在物质得失与变易之中的歌者，还不能算完全意义上的诗人。

屈原是居于所有诗人之上的最杰出者，因为他有无所不至的最开阔无际的神游，在沉重肉身的拖累下，仍然勇敢无畏地挣脱，一次次飞向高阔，奔向最后的归宿，飞升于一片精神的平流层之上,抵达了清明的境界。这就是屈原所开辟的浪漫主义的道路,也是他的伟大意义。就诗而言,就艺术而言,"浪漫"才是本质,而"现实"只是生长的土地、一个挣脱的基础、一个过程的开始。

原载于《美文》2019年第7期

吴越春秋事

李敬泽

鱼与剑

有白鱼在长江太湖,天下至味也。

白鱼至鲜,最宜清蒸。在下晋人,本不甚喜吃鱼,但酒席上来了清蒸白鱼,必得再要一份,眼前的这份自己吃,再来的那份大家吃,人皆嘲我,而我独乐。

读袁枚《随园食单》,说到白鱼,曰"白鱼肉最细",这当然不错,但细则薄,而白鱼之细胜在深厚丰腴,所以也宜糟。袁枚又说:"用糟鲥鱼同蒸之,最佳。或冬日微腌,加酒酿糟二日,亦佳。余在江中得网起活者,用酒蒸食,美不可言。"——不可言不可言,唯有馋涎。

总之,清蒸好,浅糟亦佳,至少到清代,这已是白鱼的通行吃法。

还有一种吃法,随园老人听了,必定大叹罪过可惜。那便是——烧烤。

苏州吴县胥口乡有桥名炙鱼，两千五百多年前，此地的烧烤摊连成一片，烤什么？不是羊肉串，当然是烤鱼。那时的太湖，水是干净的，无蓝藻之患，鱼与渔夫与烧烤摊主与食客同乐。那时的吴人也远没有后来和现在这么精致，都是糙人，该出手时就出手，打架杀人等闲事，吃鱼不吐骨头。清蒸，那是雅吃，烧烤，恶做恶吃，方显吴越英雄本色。

这一日，摊上来一客，相貌奇伟：碓颡而深目，虎膺而熊背。"碓颡"解释起来颇费口舌，不多说了，反正中学课本里北京猿人的塑像应该还没删，差不多就是那样。该猿人坐下就吃，吃完了不走，干什么？要学烤鱼。

问：他有什么嗜好？
答：好吃。
问：他最爱吃什么？
答：烤鱼。

现在，谈剑。春秋晚期，吴越之剑名震天下。据专家猜，上次谈到的太伯、仲雍两兄弟，从岐山周原一路逃到吴地，占山为王，同时带来了铜匠。彼时的铜匠是顶级战略性人才，价值不下于钱学森。几个陕西师傅扎根于边远吴越，几百年下来，肠胃由吃面改成了吃鱼，吴越也成了特种钢——准确说是特种铜——工业中心。欧冶子公司、干将莫邪夫妻店都是著名的铸剑企业，所铸之剑，"肉试则断牛马，金试则截盘匜"，盘匜，就是铜盘子铜水盆儿，剑下如西瓜，一切两半儿。

当时的铸剑工艺，现在恐怕是说不清了。大致是，起个窑，安上风箱，点火之后倒矿石，再倒炭，再倒矿石，再倒炭，最后铜水凝于窑底，便可出炉、锻剑。

实际当然没那么简单，否则大炼钢铁也不至于白炼。矿石倒下去炼出精金，或者，铜盘子铜盆扔下去炼出废渣，办法一样，结果不同，这就叫运用之妙，存乎一心。那时不必写论文评职称，也没有专利费可收，心里的事古代的工匠死也不说。但古时大众偏就想知道，想啊想，中国式的想象终究离不了此具肉身，所以，据说，是炼剑师放进了头发、指甲，乃至自己跳进炉子去，当然，跳下去的最好是舒淇一样的美女才算过瘾。——据说有一出讴歌景德镇瓷器的大戏就是这么编的，真不知道他们还想不想卖餐具了。

我家菜刀，宝刀也。灯下观之，霜刃之上冰晶之纹闪烁，正是传说中的"龟文漫理""龙藻虹波"。倒推两千五百年，便是一刀出江湖，惊破英雄胆！春秋之剑，登峰造极之作，刃上皆有此类花纹隐现，"如芙蓉始出，如列星之行，如水之溢于塘"。我家菜刀上的花是怎么来的，我不知道，但专家知道，春秋剑上花是怎么开的，专家也不知道。

有周纬先生，专治古兵器史，逝于一九四九年，博雅大痴之士，不复再有。他老人家从印度的大马士革刀说到马来半岛的克力士刀，都是花纹刀，也都探明了工艺，而且据他推测，克力士刀的技术很可能是古吴越工匠所传。但说到底，大马士革刀和克力士刀乃钢刀铁刀，春秋之剑却是铜剑，所以，还是不知道。

人心不可窥，天意或可参。一日，有相剑者名薛烛，秦国人，远游至越，有幸观摩欧冶子出品之剑，其中一柄名鱼肠，顾名思义，剑刃之上，纹如鱼肠。

薛烛一见此剑，神色大变："夫宝剑者，金精从理，至本不逆。今鱼肠倒本从末，逆理之剑也。佩此剑者，臣弑其君，子杀其父！"

该评论家像如今的学院评论家一样，论证是不要人懂的，但结论我们都听清楚了：

鱼肠，大凶之器也。

命里注定，它是鱼肠，它等待着君王之血。

吴王僚在位已经十三年，即位时他应已成年，那么他现在至少也该三十岁了。这一天，三十岁的吴王僚来找妈妈：

"妈妈妈妈，堂哥请我到他家吃饭。"

妈妈说："堂哥不是好人啊，小心点小心点。"

吴王僚可以不去的，可不知道为什么，他竟去了。也许他不愿让他的堂哥看出他的恐惧，可是，他同时又在盛大夸张地表演他的恐惧：他穿上三层进口高级铠甲，全副武装的卫兵从他的宫门口一直夹道站到他堂哥家门口。进了大堂，正中落座，前后站十七八个武士，寒光闪闪的长戟在头顶搭成一个帐篷。

摆下如此强大的阵势，仅仅是为了防守，真不知他是怎么想的，也许，一个弱点损伤了他的判断力：他爱吃鱼，爱吃烤鱼。

他一定听说了,堂哥家里来了一位技艺高超的烤鱼师傅。

然后,那位北京猿人出现了,他端着铜盘走来,铜盘里是烤鱼,香气扑鼻。他站住,突然——

那是一刹那的事:他撕开烤鱼,扑向吴王僚,武士们警觉的戟同时劈刺下来,他从胸到腹豁然而开,肠子流了一地。

然而,晚了,吴王僚注视着自己的胸口,一柄短剑,胸口只余剑柄,剑尖呢,在他背后冒了出来。

鱼中有鱼肠,臣弑其君。

吴王僚此时是在心疼那盘烤鱼,还是在大骂进口防弹衣的质量问题?

刺客名专诸,主谋公子光,后者登上王位,改号阖闾。

专诸是先秦恐怖分子中最为特殊的一例。他没有任何个人的和政治的动机,他与吴王僚无冤无仇,他和公子光无恩无义,他的日子并非过不下去,严格来说,他是楚人,谁当吴王跟他也没什么关系。

他图什么呀,从《左传》到《史记》都说不清楚。东汉赵晔的《吴越春秋》中杜撰一段八卦,小说家言,于史无证,我以为却正好道出专诸的动机:

后来辅佐阖闾称雄天下的伍子胥,有一次碰见专诸跟人打架,"其怒有万人之气,甚不可当",可是,后方一声喊:还不给我死回去!疯虎立时变了乖猫,跟着老婆回家转。事后二人结识,伍子胥笑问:英雄也怕老婆乎?专诸一瞪眼:俗了吧俗了吧，大丈夫"屈一人之下，必伸万人之上"！

他必伸万人之上，他也必屈一人之下。他一直在寻找那个出了家门之后的"一人"。未来的吴王阖闾使伍子胥这样的绝世英雄拜倒于脚下，他注定就是专诸要找的那人。

人为什么抛头颅、洒热血，为名，为利，为某种理念某种信仰，但也可能仅仅因为，人需要服从，绝对的服从，需要找到一个对象，怀着狂喜为之牺牲。

夏虫不可语冰。春秋之人太复杂，今人不复能解。

桑树战争

风云突变，两个娘们儿开了战。

主题是，哪个烂肠子下作小娼妇偷采了我的桑叶，让她家的蚕死光、生孩子没屁眼！

云云，云云。

天不变，道亦不变。有些事像头上顶着天一样，现在如此，两千年前亦如此。比如，女人打架的方式。所以，这一战的战术不必细表，总之是言辞迅速升级为肢体，揪头发、挠脸、抓奶子、张嘴咬等等。

那棵桑树沉默着，它是战争的根由，是它挑起了人类永恒的愤怒和激情。它当然只是一棵桑树，可是它长得不是地方，它正好就站在吴国和楚国的边界线上。问题是，边界线也并不是一条线，它与其说是画在大地上，不如说是画在人心里，而人心，你知道，古今都一样，这棵满是鲜美桑叶的树立在那儿，对于两千五百年前勤于桑蚕事业的吴妇女和楚妇女来说,那就是一口油井!于是,那条线原本是怎样,吴楚有了完全不同的说法,而那棵树归吴或归楚,就成了必须用牙和指甲解决的问题。

总之,在某个清晨,吴妇女或楚妇女赫然发现,那棵树上的叶子竟然都被采光了!谁干的?当然是卑鄙的楚国人或吴国人干的!

女人之间的战争只是序幕,女人真正的杀伤性武器是她们的男人,孩子他爹啊,你个死鬼啊,我怎么就嫁了这么个软蛋啊。

软蛋不得不硬起来,拳头和锄头齐出,到当天日落时分,楚方大胜,灭了吴方满门。

这也不是什么新鲜事,两千多年间,中国民间为了争夺生存资源,甚至为了别家狗看了我一眼,宗族械斗打得鸡飞狗跳可说是无日无之。但现在,问题不是张家和李家、东村和西村,问题是,吴国和楚国。

于是,问题不可能不了了之,事态迅速升级,那时没有电报没有手机,那时的干部也没有事事请示的习惯,吴国地方官二话不说,发兵越界,把对方一个村屠得鸡犬不留。

这就叫边境冲突,在此之前,这件事和历史无关,等于没有,在此之后,再不来看热闹还算什么史学家!史家之笔嗜血,他们对人类事务重要性的判断基本上是以出血量为准,司马迁眼看着血流漂杵,直写得大珠小珠落玉盘:

卑梁大夫怒,发邑兵攻钟离。楚王闻之怒,发国兵灭卑梁。吴王闻之大怒，亦发兵，使公子光因建母家攻楚，灭钟离、居巢。楚乃恐而城郢。

这段文字见《史记·楚世家》，有兴趣的自己找来看，在下就不讲解了，总之，桑树之战演变成了吴楚之间的大规模战争，而吴方占了上风。

太史公这寥寥一段文字堪称寸铁杀人，胜过在下两千字，胜过张召忠、马鼎盛半个月的口水。"怒""怒""大怒"，战争不断升级不过源于怒气不断高涨。而最后一个"恐"字，辣如后世楚人嗜吃的辣椒，直道出人之轻浮、易变。人之怒有时是出于尊严、豪情，只可惜它差不多像爱情一样不能持久，一转眼，不过失了边境两城，就慌慌张张在首都大修工事，莫非堂堂楚国，都城之外都不打算要了吗？还是大人先生们只想着守住自家的豪宅？

关于桑树之战，《史记》和《左传》说法互异，比照起来看，似乎是太史公只顾了笔下爽利，把前现代的一场战争写成了间不容发的闪电战，其实那时，消息传得慢，又没有高速路，调兵遣将更慢，一场战争如同又臭又长的连续剧，从"怒"到"恐"，怎么也得大半年，这期间还发生了很多事，太史公嫌麻烦，全给省了。比如吴国打钟离，是地方官员自作主张，烧杀抢掠出了气，应是撤兵而还。这边楚王怒了，又去灭卑梁，灭了卑梁就该想到吴王会大怒，但楚王偏偏想不到，或者想到了，他以为他能摆平，摆平的办法就是，率领舰队，浩浩荡荡，沿着吴国边界巡游，顺便还访问了越国，与越王举行了亲切友好的会谈。

这一套办法，古今也没什么变化，这叫武力威慑，这叫建立战略同盟。很好很给力。但是不管什么时候，总有人说不中听的话、说风凉话，也没人请他上电视，但他就是忍不住要说。比如当日楚国就有这么一个讨厌的，名叫戌。戌先生冷眼看天下，在博客上发了一通议论：

咱们楚国到底是想打呀还是不想打？是想大打还是想小打？真要想打就别这么敲锣打鼓的，你当打仗是唱戏啊？咬人的狗不叫，会叫的狗不咬，摆出个架势来可又没真想打，那就是找打，"吴不动而速之，吴踵楚，而疆场无备，邑能无亡乎？"

许多年后，1886年，李鸿章派四艘铁甲舰，包括亚洲最大的巡洋舰"镇远"和"定远"出访日本；1891年，据说称雄黄海的中国海军再度访日，耀武扬威。然后，1894年，甲午海战。

当日若戌先生在，会怎么说呢？有必要去显摆吗？长达八年的时间里，磨牙吮爪的日本海军可是没来过我天朝一趟，咱们左一趟右一趟地去展示自信，自信得真的信了，这时候有没有一个戌先生悄悄问一下李大人，或者问一下"怒"着的诸君：真的要打了吗？

当然，大家光顾怒着自信着，戌先生的话两千年前就没人听。结果，吴王大怒，大怒是真怒，不是发个帖子洗洗睡，不是严正声明，是深思熟虑的决断，是翻腾血气化为钢铁意志，是豁出去了，全押上了，不要命了！楚王的武装公费旅游即将圆满结束，而就在此时，吴军从后面扑了上来……

讨厌的戌先生又说了：

大王这么一折腾就丢了两座城，咱们楚国经得住几回这样的折腾？"亡郢之始于此在矣！"

是的，一切刚刚开始，从一棵桑树开始，十一年后，吴军攻入楚国都城。

那棵桑树，现在归吴，然而争桑之人死光光，采桑之歌不复闻。

哭秦廷

伍子胥与申包胥相遇于途。

此时之伍为孤魂野鬼，无家无国，无法无天，唯余此身、此心、此剑。此时之申仍是楚国高官，他拦住了他的朋友，这个正被追杀的逃犯。

伍子胥：楚王杀我父、杀我兄。告诉我，我该怎么办？

申包胥长叹：走吧。我无话可说。

申包胥让开了路。伍子胥不动，他要自己回答刚才的问题：我与楚，不共戴天！必要灭楚报仇！

申包胥：子能亡之，吾能存之；子能危之，吾能安之！

多年前，与影视界的朋友闲谈，忽然想起伍子胥，为什么不拍伍子胥呢？那是中国最具悲剧感的英雄。

那天晚上，喝了很多酒，我们在亢奋的眩晕中描述和想象伍子胥一生中的每个场景，包括他与申包胥的这次相遇，那根本不需要古道夕阳,让张艺谋式的摄影师歇着去,这两个人,站在那里,就是莽莽苍苍,天何高兮地何远兮。

当然,酒醒了,这件事没有了。我至今为此庆幸,至少,伍子胥还留在黑暗中,他不至于被我辈浮浪之人狠狠糟践一遍。

这个时代,怎么会懂伍子胥。

伍与申的相遇,敞开了中国人伦理生活中的一道深渊:家与国与此身,中国人一直对自己说,这是一体的是一回事。但伍子胥发问,现在,不是一回事,怎么办?申包胥也知道那不是一回事了,"吾欲教子报楚,则为不忠;教子不报,则为无亲友矣。"我们所信奉的某些根本价值有时会是水火不相容,怎么办呢?大路朝天,"子其行矣"。

就在那一刻,两个朋友都做出了决然的选择,从此不中庸、不平衡、不苟且、不后悔,伍子胥从此成为楚国的死敌,而申包胥,他决心以一己之力从他的朋友手中拯救楚国。

这样的朋友、这样的人,春秋之后不复见。他们把圣人、唐僧、知识分子都逼上了绝境,对这样的人,我们无从判断,无话可说,怎么说都只是露出了小人之心。他们凭着血气冲出了我们的边界,任我们的智慧、我们精致的啰唆兀自空转。

血气,在这个时代是完全不能被理解的东西。正如在电影《赵氏孤儿》中,血气翻腾的复仇已被小知识分子小市民的多愁善感彻底消解,而读一读马克思对普鲁士的分析你就知道,多愁善感和歇斯底里是一个硬币的两面。这枚硬币在网络时代疯狂旋转，但永远不会有意外发生。

血气是危险的，是人类生活中永远被处心积虑地制约和消弭的力量。这血气并非脆弱的歇斯底里，并非匹夫的冲动，并非躲在安全处骂人或发出豪语，而是一个人，依据他内心体认的公正和天理，依据铁一般的自然法做出的决断，从此，他绝不妥协，他决然变成了真正的"一个人"，他不再顾及关于人类生活的任何平衡的法则或智慧，他一定会走向绝对、走到黑。

这样的血气注定会严重危及共同体的秩序，亚里士多德早就深刻地注意到这个问题，他对血气的看法非常犹豫，他不能否认这是一种重要价值，但是，他又审慎地提出，人有必要节制他的血气。而孔子同样告诉我们，血气和欲望都会把我们带向极端、带向悬崖，必须执两用中，牢牢站在稳妥的地方。

是的，我完全同意。但是，我怀疑亚里士多德和孔子能否说服伍子胥，在那条路上，他只能听凭血气的指引，面对庞大的、专横的、不义的、非理性的暴力，他只能做出一个人、一个猛兽必会做出的反应，就是孤独地、以牙还牙地反抗。

写这篇短文时，我正在读朋友转来的我所尊敬的作家的一篇文章，他所谈的是发生在中亚的事，我承认我被他的观点吓住了，但同时，我也想起了伍子胥。

但现在要谈的是申包胥。和伍子胥分手后，他一直等待着那一天，他知道，那一天终究要来，他在漫长、恐惧的等待中甚至期待着那一天的到来。

这一天终于来了,伍子胥率领着复仇大军攻破了楚国的国都。楚国面临覆亡。

然后,在千里之外,秦国的宫殿前,申包胥一瘸一拐地走来,他就是一个乞丐,他张开双手,一无所有,他要的是他的楚国。

就这样,他站在宫门的墙边,哭。

这是什么样的哭啊,申包胥哭了七天七夜!

能让一个人在家门口连哭七天,这家子不是残忍就是迟钝。此时当家的秦哀公爱喝酒、爱美人,当然不爱管门外的事,但是哭到第七天,便是铁石心肠的秦人也禁不住了,把哀公架起来,一五一十备细一说,哀公真是哀了,他感动了,这是模范啊,榜样啊,咱秦国咋就没这样的臣子呢?说得左右全都臊眉搭眼,自恨多事。他再喝一碗酒,一发奋就做了一首气壮山河的诗:

岂曰无衣,与子同袍;王于兴师,修我戈予。与子同仇!

——别哭了别哭了,大王答应出兵了!

哭秦廷,是外交史上的奇迹。正如那句名言所说:不管你信不信,反正我信了。申包胥不竭的泪水,正是源于血气。机巧和计较是无用的,申包胥只是把自己交出去,他只是诉诸基本的天理,就是一个人绝对的忠诚。

他果然救了楚国。

再无申包胥,因为人越来越聪明。

下面举聪明之一例：

战国时，楚攻韩，韩向秦求救，派了使者名靳尚，照例说了一篇唇亡齿寒的大道理。此时，秦国当家的是宣太后，该太后想必是年轻守寡，想必是风韵嫣然，听了汇报，召见靳尚，说了一篇话可谓外交史上的经典：

"小女子我伺候先王的时候，那死鬼睡觉不老实，老是把大胖腿压我身上，受不了啊受不了。可是呢，有时候，他全身都压在我身上，我倒不觉得沉了，我舒服我爽，你说说，这是怎么回事？"

靳尚是已婚男子，岂能不知是咋回事？还以为这太后要拿他煞火呢，正扭捏着，太后接着说了：

"因为，少有利焉，有甜头啊。发兵救韩，光军费一天也得花销千金，小女子我当家不易，总得得点甜头吧？"

靳尚知道，哭没用，只好回去，筹款，数钱。

原载于《美文》2012年第6期

春秋时代的春与秋

李 舫

春秋时代的春与秋

孔子问礼于老子,是一段生趣盎然的历史悬案。这不仅是中国文化史上两个巨人的对话、中国思想史上两位智者的相遇,更是两个流派、两种思想的碰撞和激发。战乱频仍、诸侯割据的春秋年代,老子和孔子的会面别有深意;在两千五百年后的今天来看,亦颇具启示。

公元前五百余年的某一天,两位衣袂飘飘的智者翩然相遇。时间,不详;地点,不详;观众,不详。但是,他们短暂的对话,却留下一段妙趣横生的传世佳话。

其中的一位,温而厉,恭而安,儒雅敦厚,威而不猛。另一位,年略长,耳垂肩,深藏若虚,含而不露。这也许是他们的第二次会面,但并不重要,重要的是,此后两千五百余年的岁月中,我们将渐渐知晓这场对话对于世界历史、对于人类文明的伟大意义。

一

他们，一个是孔子，一个是老子。

"孔子适周，将问礼于老子。"司马迁在《史记》中写道。孔子是两千五百年来儒家的始祖，老子是两千五百年来道学的滥觞。司马迁对两人有过明确考证，"孔子生鲁昌平乡陬邑"（《史记·孔子世家》），"老子者，楚苦县厉乡曲仁里人也"（《史记·老子韩非列传》）。这一天，年幼些的孔子将去向年长的老子求教。

贵族世家的孔子生于鲁襄公二十二年，尽管他被后世尊奉为"天纵之圣""天之木铎"，但身世并不光彩，"其先宋人也，曰孔防叔。防叔生伯夏，伯夏生叔梁纥。纥与颜氏女野合而生孔子，祷于尼丘得孔子"。孔子生而七漏，首上圩顶，所以他的母亲为他取名曰丘。与孔子相比，平民出身的老子身世颇为含混，除弥漫坊间的奇闻逸趣外，只知道他"姓李氏，名耳，字聃，周守藏室之史也"，某一日，骑青牛西出函谷关，从此一去不复返。

两千五百年来，人们对他们的会面颇多好奇，也颇多猜测和演绎。《礼记·曾子问》考据孔子17岁时问礼于老子，即鲁昭公七年（前535），地点在鲁国的巷党，这是他们的第一次会面，"孔子曰：'昔者吾从老聃助葬于巷党，及堩，日有食之，老聃曰：'丘！止柩就道右，止哭以听变。'既明反，而后行，曰'礼也'。"《史记》载，他们的第二次相见是在十七年之后的春秋昭公二十四年（前518），地点在周都洛邑（今洛阳），孔子适周，这一年他已经34岁。第三次，孔子年过半百，即周敬王二十二年（前498），地点在一个叫沛的地方。《庄子·天运》曰："孔子行年五十有一而不闻道，乃南之沛见老聃。"第四次在鹿邑，具体时间不详，只有《吕氏春秋·当染》简单的记载："孔子学于老聃、孟苏、夔靖叔。"历史不可妄测，但有时间有地点有人物，这样的记载虽然未必逼近真实，却足见后人的善意与期待。

孔子对老子一向有着极大的好奇。我们不妨想象这样的场景——两位孤独的智者踽踽独行，他们的神情疲倦而诡谲，赫然卓立，没人理解他们的激奋，更没人理解他们的孤独和愁苦。

孔子的弟子曾点有"暮春者，春服既成，冠者五六人，童子六七人，浴乎沂，风乎舞雩，咏而归"的志向，颇得孔子的赞许。这是一幅春秋末期世态人情的风俗画，生命的充实和欢乐盎然风中。阳光明媚，春意欢愉，人们沐浴、歌唱、远眺，无忧无虑，身心自由，我们似乎从中感受到了春的和煦，歌的嘹亮，诗的馥郁。

老子也徘徊在这春末的暖阳中，他看到的却是不同的景象："唯之与阿，相去几何？美之与恶，相去若何？"在他的耳边，是呼喊声、应诺声、斥责声，世事喧嚣纷扰，世人兴高采烈，就像要参加盛大宴席，又如春日登台览胜，嫭妍良善邪恶美丽狰狞，又有什么分别，谁又能够分辨？

人之所畏，不可不畏。荒兮，其未央哉！众人熙熙，如享太牢，如春登台。我独泊兮，其未兆；沌沌兮，如婴儿之未孩；儡儡兮，若无所归。众人皆有余，而我独若遗。我愚人之心也哉！俗人昭昭，我独昏昏。俗人察察，我独闷闷。澹兮，其若海；飂兮，若无止。众人皆有以，而我独顽且鄙。我独异于人，而贵食母。

如此忧伤而又抒情的语气，在老子散文般的叙事中，并不少见。在茫茫人海中，老子反复抒写自己"独异于人"的孤独与惆怅，在"小我"与"大众"之间种种难以融合的差异中，老子在反思、在犹豫、在踟蹰，在审视众生，在拷问自己。这孤独和惆怅曾吸引过年幼的孔子，而这一次，他想问的是，孤独和惆怅背后的机杼。

历史的天空，就在这一刻定格。

一个温良敦厚，其文光明朗照，和煦如春；一个智慧狡黠，其文潇洒峻峭，秋般飘逸。他们是春秋时代的春与秋。两千五百年前的这一刻，他们终于相遇。司马迁以如椽巨笔记录了这历史的一刻：

孔子适周，将问礼于老子。老子曰："子所言者，其人与骨皆已朽矣，独其言在耳。且君子得其时则驾，不得其时则蓬累而行。吾闻之，良贾深藏若虚，君子盛德容貌若愚。去子之骄气与多欲，态色与淫志，是皆无益于子之身。吾所以告子,若是而已。"

妙趣横生的描画,读来令人浮想联翩。

老子直言不讳。他认为孔子所说的礼,倡导它的人和骨头都已经腐烂了,只有其言论还在。况且君子时运来了就驾着车出去做官,生不逢时,就像蓬草一样随风飘转。老子听说,善于经商的人把货物隐藏起来,好像什么东西也没有,君子具有高尚的品德,他的容貌谦虚得像愚钝的人。他建议孔子,抛弃他的骄气和过多的欲望,抛弃做作的情态神色和过大的志向,这些对于孔子、对于世人,都是没有好处的。

寥寥数语,意味隽永。这不仅是中国文化史上两个巨人的对话、中国思想史上两位智者的相遇,更是两个流派、两种思想的碰撞和激发。战乱频仍、诸侯割据的春秋年代,老子和孔子的会面别有深意。

孔子问礼于老子,是一段生趣盎然的历史悬案。时光远去,短暂的四次会面,诸多细节已不可考,其对话却涉及道家和儒家思想的所有核心内容。毋庸置疑,孔子的思想就是在数次向老子讨教中逐步形成和成熟的,与此同时,孔子的提问也敦促老子的反思。司马迁评价老子之学和孔子之学的异同,历数后世道学与儒学对于他者眼界、胸怀的退缩,怅然若失:"世之学老子者则绌儒学,儒学亦绌老子。'道不同不相为谋',岂谓是邪?"

二

这次问礼对于孔子，是晴天霹雳，更是醍醐灌顶。

孔子辞别老子，沉吟良久，对弟子们感慨："鸟，吾知其能飞；鱼，吾知其能游；兽，吾知其能走。走者可以为罔，游者可以为纶，飞者可以为矰。至于龙，吾不能知其乘风云而上天。吾今日见老子，其犹龙邪！"

鸟能飞，鱼能游，兽能跑。会跑的可以织网捕获，会游的可制成丝线去钓，会飞的可以用箭去射。而龙，御风飞天，何其迅疾。回味着与老子的对话，孔子说："我今天见到的老子，大概就是龙吧！"

一千六百年后，宋代理学大家朱熹引用诗人唐子西的话来表达他对这位坦荡求真、不惧坎坷的君子的崇敬之情："天不生仲尼，万古如长夜。"

老子与孔子性格迥异。老子致虚守静、知雄守雌，孔子信而好古、直道而行。然而，老子作为周守藏室之史，孔子作为摄相事的鲁国大司寇，两者自然都有辅教天子行政的职责，救亡图存的使命将他们联系在一起。

《春秋左氏传》评价，春秋时代是一个"礼崩乐坏"的时代。翻开春秋时期的社会历史，不难看到其中充斥的血污和战乱。诸侯国君的私欲膨胀引发了各国间的兼并战争，诸侯国内那些权臣之间的争斗攻杀更是异常激烈，"君不君、臣不臣、父不父、子不子"成了那个时代的最大特点，"《春秋》之中，弑君三十六，亡国五十二，诸侯奔走不得保其社稷者不可胜数"（《史记·太史公自序》），以致"世衰道微，邪说暴行有作。臣弑其君者有之，子弑其父者有之，孔子惧，作《春秋》"（《孟子·滕文公下》）。诸侯割据，礼教崩殂，周天子的权威逐渐坠落，世袭、世卿、世禄的礼乐制度渐次瓦解，各国诸侯假"仁义"之名竞相争霸，卿大夫之间互相倾轧。值此之时，老子的避世、孔子的救世，不可谓不哀不恸也。

老子之高标自持、高蹈轻扬，确是世俗之人、尘俗之世难以想象，更难以理解的。老子研究道德学问，只求隐匿声迹，不求闻达于世。他傲然地对孔子说，周礼是像朽骨一样过时而无用的东西。老子在否定周礼的同时，其实更是在阐释自己的思想，这种观念与孔子的理念大不相同，所以孔子才会以能"乘风云而上天"的"龙"来比喻老子，他对老子内心的敬仰和钦佩，溢于言表。

当然，同样作为一代宗师，孔子也不会因为一次谈话而轻易改变自己的立场和志向。与其相呴以湿，相濡以沫，不如相忘于江湖吧。孔子依然故我，宵衣旰食，席不暇暖，赶起牛车，带领他的弟子出发了。他们周游列国，宣传自己的主张，纵使困难重重，也要"知其不可为而为之"。

及去周，老子送之，曰："吾闻富贵者送人以财，仁者送人以言。吾虽不能富贵，而窃仁者之号，请送子以言乎：凡当今之士，聪明深察而近于死者，好讥议人者也；博辩闳达而危其身者，好发人之恶者也。无以有己为人子者，无以恶己为人臣者。"孔子曰："敬奉教。"自周返鲁，道弥尊矣，远方弟子之进，盖三千焉。

这是春秋时代怎样的一幅画卷？黑格尔说过："一个民族有一群仰望星空的人，他们才有希望。"两千五百年前漆黑的长夜里，两位仰望星空的智者，刚刚结束一场人类历史上的伟大对话，旋即坚定地奔向各自的未来——一个怀抱"至智"的讥诮，"绝圣弃智""绝仁弃义""绝巧弃利"；一个满腹"至善"的温良，惶惶不可终日，"累累若丧家之狗"。在那个风起云涌、命如草芥的时代，他们孜孜矻矻，奔突以求，终于用冷峻包藏了宽柔，从渺小拓展着宏阔，由卑微抵达至伟岸，正是因为有他们的秉烛探幽，才有了中国文化的纵横捭阖、博大精深。

在中国两千多年的思想潮流中，道家思想有效地成为儒家思想的最大反动，儒家思想有效地成为道家思想的重要补充。

中国历史文化在秦汉以前，尽管百家诸陈，但儒、墨、道三家基本涵盖了当时的文化精神。唐、宋之后，释家繁荣，儒、释、道三家相互交锋、相互融合，笼罩了中国历史文化一千余年。南怀瑾说："纵观中国历史每一个朝代，在其鼎盛之时，都有一个共同的秘密，即'内用黄老，外示儒术'，不论汉、唐，还是宋、元、明、清。中国传统文化的核心思想，其实是黄（黄帝）老（老子）之学。"老子哲学和孔子哲学的存世价值可见一斑。

老子与孔子的这一次会面，尽管短暂，却完满地完成了中国文化内部的第一次碰撞、升华。

老子与孔子所处之时代，西周衰微久已，东周亦如强弩之末。有周一朝，由文、武奠基，成、康繁盛，史称刑措不用者四十年，是周朝的黄金时期。昭、穆以后，国势渐衰。后来，厉王被逐，幽王被杀，平王东迁，进入春秋时代。春秋时代王室衰微，诸侯兼并，夷狄交侵，社会处于动荡不安之中。不难理解，老子的哀民之恸，孔子的仁者爱人，都是对这个时代的悼挽与反拨。

举凡春秋诸子，大凡言人道之时，必亦言天道。其实，老子和孔子学说最重要的一点，是他们处在中国历史最分崩离析的年代，对中国社会现实和未来发展所进行的积极、认真、深刻的思考。他们的努力，让中国社会行至低谷之时，中国文化没有随之衰微。

事实表明，在中国两千多年来的发展中，对中国社会起到最直接推动作用的还是儒家、道家两家学派，他们试图在总结历史经验教训的基础上，找到一条适合国家发展、具有现实意义的治国之道，尽管他们的理论体系、社会影响大不相同，但是两者的相互交流、相互交融、相互交锋，最终推动了中国的进步。

三

假设时间是一条线性轴，我们从今天这个端点回溯，不难发现一个奇怪的现象——公元前800年至公元前200年这个时间段内，还处于童年时期的人类文明，已经完成了思想的第一次重大突破。

古代希腊、古代中国、古代印度、古代以色列等地域,不约而同地产生了伟大的思想家——在古希腊,有苏格拉底、柏拉图、亚里士多德;在以色列,有犹太教的先知;在古印度,有释迦牟尼;在中国,有老子与孔子。尽管他们处于不同的文明之中,他们提出的思想原则塑造了不同的文化传统,推动着智慧、思想和哲学精神完成了从低谷到高峰的飞跃,这些智慧、思想和哲学精神一直影响着今天的人类生活。

一百余年前,德国海德堡有一位年轻的医生,他对当时流行的研究方法很不满意。终于一天,这位医生抛弃了厌倦已久、陈旧刻板的日常工作,由心理学转向哲学,并且扩展到精神病学,从此成为大名鼎鼎的哲学家——他就是雅斯贝尔斯。

在1949年出版的《历史的起源和目标》中,雅斯贝尔斯提出了一个重大的命题:"轴心时代"。他将影响了人类文明走向的公元前800年至公元前200年定义为"轴心时代",甚至断言,"轴心时代"发生的地区大概是在北纬30度,亦即北纬25度至35度区间。

值得重视的是,同在此时段,同在此区间,虽然中国、印度、中东和希腊之间千山万水,重重阻隔,但它们在"轴心时代"的文化却有很多相通的地方。雅斯贝尔斯称这几个古代文明之间的相通为"终极关怀的觉醒"。

这是一件有趣的事。尽管地域分散、信息隔绝,在四个文明的起源地,人们不约而同地选择了用理智和道德的方式来面对世界。理智和道德的心灵需求催生了宗教,从而实现了对原始文化的超越和突破，最后形成今天西方、印度、中国、伊斯兰不同的文化形态，它们像春笋一样，鲜活，蓬勃，拔节向上，生生不息。

然而，与此同时，那些没有实现突破的古代文明，如巴比伦文化、埃及文化，虽然规模宏大，但最终难以摆脱灭绝的命运，成为文化的化石。

在雅斯贝尔斯提到的古代文明中，有两个中国文化巨人，一个是孔子，一个是老子。孔子专注文化典籍的整理与传承，老子侧重文化体系的创新和发展。一部《论语》，11705字，一部《道德经》，5284字，两部经典，统共16989字，按今天的报纸排版，不过三个版面容量。然而，两者所代表的相互交锋又相互融合的价值取向，激荡着中国文化延绵不绝、无限繁茂的多元和多样。

孔子与老子，不仅是春秋时代的春与秋，更是文明形态的生与长、守与藏。

他们的哲学思想对中国文化的巨大影响，与春秋末年自由、开放、包容、丰富的思想氛围不可分割，也与他们之间平等包容的切磋、砥砺不可分割。孔子带领弟子周游列国十四年，晚年修订六经，孔子之后的孟子、荀子、董仲舒、程颐、朱熹、陆九渊、王守仁等继承他的旗帜，将儒学思想发扬光大。老子一生独往独来，在老子之后的韩非子、淮南子进一步阐释了他的思想体系，庄子更是将他的思想推向一个高峰。老子的无为、不言、不始、不有、不恃、不居，不仅是对春秋战国纷乱局面的一种暂时的应对，其对后世更有着无穷的影响。在这里，大道是精神，也是生活。

孔子、老子相继卒于春秋之末、战国之初。几乎就在这个时刻，在遥远的恒河岸边，乔达摩·悉达多刚刚涅槃成佛，即将开启佛教的众妙之门；在更加遥远的雅典城邦，苏格拉底将要诞生，即将开启希腊哲学的崭新纪元。几乎就在这个时刻，承续春秋的战国大幕即将拉开，为求生存，各诸侯国继续变法和改革，吴起、商鞅变革图强，张仪、苏秦纵横捭阖，廉颇、李牧沙场争锋，信陵君、平原君各方斡旋、招贤天下……大秦帝国即将訇然而至，中央集权的统一中国萌芽即将形成。

老子哲学和孔子哲学的一个奇特之处在于，他将哲学问题扩大到人类思考和生存的宏大范畴，甚至由人生扩展为整个宇宙。他们开创了一种辩证思维方式，一种哲学研究范式，一种身处喧嚣而凝神静听的能力，一种身处繁杂而自在悠远的智慧，这不仅是个人与自我相处的一种能力，更是人类与社会相处的一种能力。

有意思的是，与东方文化秉持的守礼、中庸、拘谨的儒教情怀不同，老子在西方的传播要盛于孔子。林语堂在《老子的智慧》中写道："西方读者都认为，孔子属于'仁'的典型人物，道家圣者——老子则是'聪慧、渊博、才智'的代表。"老子曾云："上士闻道，勤而行之。中士闻道，若存若亡。下士闻道，大笑之。不笑不足以为道。"林语堂在做这句话的注释时写道："相信大半西方读者第一次研读老子的书时，第一个反应便是大笑吧！我敢这么说，并非对诸位有何不敬之意，因为我本身就是如此。"

大笑，恰是进入老子哲学迷宫的一把密钥，也是进入中国文化的一条暗道。

就在孔子带领弟子们兀兀穷年，在城邦之间奔走宣告、比武论招之时，老子却茕茕孑立，踽踽独行，以心中的胆气与剑气，打通了江湖武林的所有通关秘道。

恰如林语堂所言，"那些上智的学者，便由讥笑老子、研究老子，而成为今日的哲学先驱，同时，老子还成了他们终身的朋友。"事实上，"在孔子的名声远播西方之前，西方少数的批评家和学者，早已研究过老子，并对他推崇备至。"在恭谦良善、持节守中的儒教之外，老子以其凝敛、含藏、内收的智慧，完成了高傲的西方对于神秘中国的全部兴趣和完整想象。

近现代西方哲学家、思想家在老子哲学和孔子哲学中受到启发，找到灵感。英国科学家李约瑟一生研究中国，对中国文化情有独钟。在他看来，中国文化就像一棵参天大树，而这棵参天大树的根在道家。联合国教科文组织做过统计，在世界文化名著中，译成外国文字出版发行量最大的是《圣经》，其次是《老子》。之所以有这样令人惊愕的翻译量、印刷量、阅读量，根本原因在于，它包含着对人类精神世界恒常的思辨和警醒。

孔子是国际的，老子是世界的。

夫唯弗居，是以不去。信哉！

原载于《美文》2016年第11期

司马迁的选择

徐 可

一

汉武帝天汉二年（前99）的秋天，一股肃杀之气弥漫在京都长安城内。秋风萧瑟，草木枯槁，寒意袭人。

这一年，对太史令司马迁来说，是黑色的，他的人生从此堕入无尽的寒冬和黑夜；而这场灾难，又如凤凰涅槃一般，成就了人类文明史上一位百科全书式的文化巨人。

汉廷未央宫内，空气格外凝重。

汉武帝在大发雷霆，大臣们随声附和。

事情起因于李陵——西汉名将，"飞将军"李广的孙子。

这年夏天，汉武帝派宠姬李夫人之兄，贰师将军李广利率三万骑兵去攻打匈奴，想让他立功封侯，同时又命李陵担任他的后勤指挥官，但是为高傲的李陵所拒绝。李陵认为他的部下都是荆楚勇士，奇才剑客，力能扼虎，箭法高超，不愿接受这种后勤的差事。他请求汉武帝派他独率兵马到兰干山一带活动，这样就可分散单于兵力,减轻李广利的压力。汉武帝说:"我现在发的兵多,再无骑兵派给你。"于是拨给他五千步卒,命令他立即出击。李陵率兵从居延出塞,向北行军,行军三十余日,进展顺利,最后深入浚稽山一带扎营,并把沿途所见山川形势绘成地图,派部将陈步乐呈送汉武。汉武闻报,大为高兴,朝中大臣们也无不举杯欢庆李陵纵横千里的英雄壮举。

可是不久,李陵所部遭遇匈奴大军围攻。他身先士卒,智勇果敢,杀敌万人。可是由于叛徒告密、矢尽粮绝、后无援军,终于战败被俘。消息传来,武帝大怒,那些以前为李陵唱赞歌的大臣们也见风使舵,跟着皇帝大骂李陵。就在这一片讨伐声中,司马迁站了出来,仗义执言,勇敢地为李陵做了辩护。在十年后他写给好友任安的信中,我们看到了他是如何为李陵辩护的:

"夫人臣出万死不顾一生之计,赴公家之难,斯已奇矣。今举事一不当,而全躯保妻子之臣,随而媒孽其短,仆诚私心痛之!且李陵提步卒不满五千,深践戎马之地,足历王庭,垂饵虎口,横挑强胡,仰亿万之师,与单于连战十有余日,所杀过当。虏救死扶伤不给,旃裘之君长咸震怖,乃悉征其左右贤王,举引弓之民,一国共攻而围之。转斗千里,矢尽道穷,救兵不至,士卒死伤如积。然李陵一呼劳军,士无不起,躬流涕,沫血饮泣,更张空弮,冒白刃,北首争死敌者。"

"李陵素与士大夫绝甘分少,能得人死力,虽古之名将不能过也。身虽陷败，彼观其意，且欲得其当而报于汉。事已无可奈何，其所摧败，功亦足以暴于天下矣。"

在司马迁看来，李陵置生死于度外，赴国家之难，这已经是非常难得的英雄壮举了。他深入匈奴腹地，以五千步卒对抗八万骑兵，并杀敌万人。如今事情已经无可奈何，但如此卓越战功，也足以向天下显示他的本心了。虽然他最后投降了，但自己相信，只要一有机会，他还会重新报效汉朝的。

这一番话条分缕析，入情入理，有节有据。司马迁讲这些，没有丝毫私心，他看到皇上悲戚哀伤，真心想献上自己的恳切忠诚，为皇上解忧。"仆窃不自料其卑贱，见主上惨凄怛悼，诚欲效其款款之愚。""欲以广主上之意，塞睚眦之辞。"他想用这番话宽慰皇上的心胸，并堵塞那些攻击、诬陷李陵的言论。没想到，他的几句话如同一勺凉水倒进沸腾的油锅里，不仅没有降温，反而点燃熊熊烈火。

当司马迁在皇上面前侃侃而谈的时候，这个不会察言观色的书生没有注意到，汉武帝的脸色渐渐阴沉下来；他没有想到，他的无心之言，恰恰触到了汉武帝的痛处。汉武帝认为，他为李陵辩护，称颂李陵的战功，实是讽刺李广利的庸懦无能，而讽刺皇帝宠信的人，也就是讽刺皇帝本人。汉武帝大怒之下，当即把司马迁投入大牢。"明主不晓，以为仆沮贰师，而为李陵说游，遂下于理。"不久，又传来李陵为匈奴练兵的消息，于是汉武帝下令杀了李陵全家，判处司马迁死刑。

这一年，司马迁三十七岁，在朝廷里担任着一个不大不小的职务：太史令。官虽不大，吏禄只有六百石，却是他喜欢的职务。他继承父志，正在全力著述的《太史公书》（即《史记》）已经进入第七个年头。如果司马迁此时被杀，将是中华文明史上的巨大损失。

二

司马迁的先世源远流长，司马迁自称其先祖是颛顼时期的天官。《史记·太史公自序》记载："昔在颛顼，命南正重司天，火正黎司地。唐虞之际，绍重黎之后，使复典之，至于夏商，故重黎氏世序天地。"司马迁的父亲司马谈是西汉武帝时期太史令。司马谈是一位非常杰出的学者，著有《论六家要旨》一文，系统总结了春秋战国秦至汉初以来阴阳、儒、墨、法、名、道各家思想的利弊得失，并对道家思想进行了高度肯定。他在司马迁的教育上起到了关键的作用。

具有讽刺意味而又令人悲哀的是，身为历史学家，司马迁本人的生卒年份却是一个谜。《史记·太史公自序》和《汉书·司马迁传》都没有记载他的出生年代。后人根据唐人的两条《史记》注文，分为两派意见。一派推定司马迁诞生于汉武帝建元六年（前135），另一派则推定司马迁当生于汉景帝中元五年（前145），两种说法相差十岁。我认真比对了有关资料，倾向于取前说。

司马迁的童年是在故乡左冯翊夏阳县（今陕西韩城市）度

过的。他自述这段经历说:"迁生龙门,耕牧河山之阳。"龙门山,横跨黄河两岸,对峙秦晋之间,两岸山崖高峻欲倾,湍急水流从中穿过,波涛激荡,声若雷鸣,是著名的险阻。清乾隆《韩城县志》卷一载:"两岸皆断山绝壁,相对如门,唯神龙可越,故曰龙门。"雄奇的河山,圣王的遗迹,优美的神话,在童年司马迁的心里刻下了深深的印记。在父亲的指导下,他刻苦学习,"年十岁则诵古文"。司马迁所学的"古文",不是我们今天理解的文言文,而是用周代篆文书写的先秦残存的古籍。《史记》中提到的,便有《春秋古文》《国语》《世本》。他向孔子第十二世孙、武帝朝著名的古文大师孔安国请教《古文尚书》,跟随董仲舒学习《公羊春秋》。

汉武元鼎元年(前116),司马迁开始壮游天下。二十岁的他已研习了当时所能见读的今、古文典籍,学问具备了坚实的根底。司马谈为他安排的这次壮游,是一次有目的、有计划的行动。他从长安出发,足迹遍及江淮流域和中原地区,所到之处考察风俗,采集传说。《自序》记载了这次行程:"二十而南游江、淮,上会稽,探禹穴,窥九嶷,浮于沅、湘。北涉汶、泗,讲业齐、鲁之都,观孔子之遗风,乡射邹、峄;厄困鄱、薛、彭城,过梁、楚以归。"在汨罗江畔,他凭吊屈原投水自尽处,深为诗人的伟大人格与不幸遭遇所感动:"余读《离骚》《天问》《招魂》《哀郢》,悲其志。适长沙,观屈原所自沉渊,未尝不垂涕,想见其为人。"(《屈原贾生列传》)"想见其为人"这句话,在《史记》中至少出现了两次。还有一处是:"余读孔氏书，想见其为人。适鲁，观仲尼庙堂、车服、礼器，诸生以时习礼其家，余祗回留之，不能去云。"（《孔子世家》）当司马迁与屈原、孔子等古圣贤相遇时，他的脑海里浮现出传主的音容笑貌，不禁潸然泪下，低回不能去。他把自己的感情直接带入文中，丝毫不掩饰自己对先贤的追慕和怀想。他是带着感情来写传主的，不是冷冰冰的。

这次壮游大约花了一两年时间，足迹踏遍汉王朝的腹心地带，是为写《史记》做准备的一次实地考察。他亲自采访，获得了许多第一手材料，保证了《史记》的真实性和科学性。他这个漫游，也是《史记》实录精神的一种具体体现。回京后，他当了汉武帝的侍卫，护卫皇上祭祀天地、诸神、名山大川，封禅泰山，又奉使出征西南夷，行踪遍及全中国。正如他在《史记·五帝本纪》中所说："余尝西至崆峒，北过涿鹿，东渐于海，南浮江、淮矣。"这在古今文人中是罕有其匹的。

元封元年（前110）司马谈卒，弥留之际，要求儿子在他死后一定要接任太史的职务，一定要完成他生前未能实现的宏愿：继续孔子的事业，作第二部《春秋》。"余死，汝必为太史；为太史，无忘吾所欲论著矣。""今汉兴，海内一统，明主贤君忠臣死义之士，余为太史而弗论载，废天下之史文，余甚惧焉！汝其念哉！"面对赍志将终的父亲，司马迁俯首流涕，对父亲立下了庄严的誓言：

"小子不敏，请悉论先人所次旧闻，弗敢阙！"

——儿子虽然驽钝，但我会全力编撰先人所记的历史材料，不敢稍有遗漏！

　　司马迁深深地理解父亲的心愿。父亲带着事业未竟的遗憾而死，他希望司马迁子承父业，克绍箕裘。面对父亲的重托，司马迁做出了庄重承诺，也做出了他人生中的第一次选择。这次选择，确定了司马迁的人生目标和价值标准。他立志要当一名历史学家，要写出一部伟大的史书。"迁闻君子所贵乎道者三：太上立德，其次立功，其次立言。"父亲的临终遗命、自己的庄严承诺，成为司马迁前进的动力、精神的支柱，指引着他历经磨难而无怨无悔地把第二部《春秋》——《太史公书》写下去。

　　站在中华历史三千年文明之巅——大汉盛世，司马迁深刻地意识到自己所负的历史使命和责任担当，发出了"舍我其谁"的洪钟巨响。"先人有言：'自周公卒五百岁而有孔子。孔子卒后至于今五百岁，有能绍明世，正《易传》，继《春秋》，本《诗》《书》《礼》《乐》之际？'意在斯乎！意在斯乎！小子何敢让焉！"著史，成为司马迁人生中的第一次抉择。

　　元封三年（前108），司马迁继任太史令。他"紬史记、石室、金匮之书"，开始了庞大而浩繁的资料整理编辑。太初元年（前104）正式开始著述。

　　正当司马迁全心全意撰著《史记》的时候，一场飞来横祸使他深陷于生命的绝境之中。

三

司马迁被投入监狱后，很快以"诬上罪"被判以死刑。

据汉朝的刑法，死刑有两种减免办法：一是拿五十万钱赎罪。二是受官刑。如果这两条路都走不通的话，就只有死路一条了。

司马迁又一次面临人生的选择，而且是生死抉择：是选择生还是选择死？

求生避死，是人之本能。生命是世间最可宝贵的，不到万不得已，谁都愿意活下去。司马迁受到冤屈，当然也有活下去的权利。为了活下去，现在他有两条路可走：

第一是花钱赎罪。司马迁官小家贫，当然拿不出这么多钱赎罪。司马迁当时担任的是太史令，每年的官俸是六百石谷子。从公元前108年开始担任太史令职位，到他受冤下狱正好十年。五十万钱相当于他十年全部收入的一半。这样的收入维持正常生活应该没有问题，但是估计也所剩无几，一下子要拿出这么多钱肯定不行。所以他说："家贫，货赂不足以自赎。"不唯如此，往日的亲朋好友就像对待瘟疫一样避之唯恐不及，没有谁敢去为他说上一句好话，没有谁肯出资为他赎罪。"交游莫救，左右亲近不为一言"。也不能怪亲朋好友们势利眼，在汉武帝的淫威之下，谁还敢为司马迁辩解，谁还敢施以援手？即使他们心怀同情也不敢流露半分，司马迁本人的遭遇就是前车之鉴。这条路显然是走不通了。

二是接受官刑。官刑，又称蚕室、腐刑、阴刑和椓刑，就是阉割男子生殖器、破坏女子生殖机能的一种肉刑，是古代极为残忍的一种刑罚。接受宫刑之后，一个正常的人就变成废人，与太监无异。孔夫子强调："身体发肤，受之父母，不敢毁伤，孝之始也。"一个人的身体发肤尚且不能受到损伤，何况是阉割生殖器这样的极刑？所以受过宫刑的人，被视为对祖先大不孝，生前被人鄙视，死后不能入祖坟。宫刑不但给当事人的身体造成巨大伤害和痛苦，而且残酷地摧残人的精神，极大地侮辱人格，这是士大夫万万不能接受的奇耻大辱。作为一个深受儒家思想影响的知识分子，司马迁比一般人保有更高的个人尊严，当然不愿意忍受这样的刑罚。他说："行莫丑于辱先，而诟莫大于宫刑。"也就是说，最丑的行为就是侮辱先人，而一个人最大的污点，就是被处以宫刑。又说："太上不辱先，其次不辱身，其次不辱理色，其次不辱辞令；其次诎体受辱，其次易服受辱，其次关木索、被箠楚受辱，其次剔毛发、婴金铁受辱，其次毁肌肤、断肢体受辱，最下腐刑极矣！"显然，这也不是他应有的选择。

既然无钱赎罪，又不愿苟且偷生，那么，现在就剩下最后一条路了：接受死刑。中国古代文人特别重视个人名节，把它看得比个人的生命都重要。宁可丧失生命，不能丧失名节。在生命与仁义的关系上，先贤有过很多精辟的论述："儒有可亲而不可劫也，可近而不可迫也，可杀而不可辱也。""志士仁人，无求生以害仁，有杀身以成仁。""生，亦我所欲也；义，亦我所欲也。二者不可得兼，舍生而取义者也。"司马迁不怕死，事实上他也考虑过接受这一选择。"人生实难，死如之何！"牺牲生命,以"全其名节",这是司马迁最好的选择。

然而,如我们所知,司马迁最终选择的是第二条路:接受宫刑。他接受了阉割,接受了奇耻大辱,从此成了一个与太监一样的废人,成为一个苟且偷生的废人,终生生活在奇耻大辱中,生活在别人的白眼和鄙夷中。

难道他忘了先贤的教诲吗?难道他贪生怕死吗?

不。司马迁没有忘记先贤的教诲,他也不怕死。他之所以在这生死关头选择屈辱地活下来,是他想起了自己肩负的使命:他还有大业没有完成。他的心里有一个伟大的任务,有一个伟大的理想,他要写一部在他之前还没有过的、贯通千古的史书。这不仅是他的目标,也是他父亲的目标。他不能死,他的生命已经不属于他自己,他得为这个目标而活着。

接受宫刑,司马迁经受了痛苦的灵魂挣扎。他在《报任安书》中详细叙述了当时自己的心理纠结:"夫人情莫不贪生恶死,念亲戚,顾妻子;至激于义理者不然,乃有所不得已也。今仆不幸,蚤失二亲,无兄弟之亲,独身孤立。少卿视仆于妻子何如哉?且勇者不必死节,怯夫慕义,何处不勉焉!仆虽怯懦,欲苟活,亦颇识去就之分矣,何至自沉溺缧绁之辱哉!且夫臧获婢妾,犹能引决,况仆之不得已乎?"

接受宫刑,司马迁遭受了残忍的肉体虐待。"身非木石,独与法吏为伍,深幽囹圄之中,谁可告诉者!""今交手足,受木索,暴肌肤,受榜箠,幽于圜墙之中,当此之时,见狱吏则头抢地,视徒隶则正惕息。"

司马迁的选择

接受宫刑，司马迁承受了沉重的精神压力。"仆以口语遇遭此祸，重为乡党戮笑，以污辱先人，亦何面目复上父母之丘墓乎？虽累百世，垢弥甚耳！是以肠一日而九回，居则忽忽若有所亡，出则不知其所往。每念斯耻，汗未尝不发背沾衣也。"

受宫刑对司马迁是一种难以忍受的侮辱，是对司马迁精神和肉体的无以复加的折磨和摧残。

当他的身体和精神备受摧残和凌辱的时候，为了维护人格的尊严，他曾多次萌生自杀的念头。但一想到《史记》尚未完成，他便涣然清醒了，他告诫自己：你无权选择自尽！"（《史记》）草创未就，会遭此祸，惜其不成，是以就极刑而无愠色。"众多倜傥不群的古圣先贤忍辱负重、发愤著书的壮举更坚定了他的生命意志："古者富贵而名摩灭，不可胜记，唯倜傥非常之人称焉。盖西伯拘，而演《周易》；仲尼厄，而作《春秋》；屈原放逐，乃赋《离骚》；左丘失明，厥有《国语》；孙子膑脚，《兵法》修列；不韦迁蜀，世传《吕览》；韩非囚秦，《说难》《孤愤》；《诗》三百篇，大抵圣贤发愤之所为作也。"他从古圣先贤发愤著书的榜样中获得力量，终于战胜了人生的大灾难、大痛苦、大屈辱，为自己寻求到了一条未来的战斗道路：隐忍苟活，发愤著书。"所以隐忍苟活，幽于粪土之中而不辞者，恨私心有所不尽，鄙陋没世而文采不表于后世也。""发愤著书"，是司马迁选择"隐忍苟活"的唯一目的、唯一动力。为了实现父亲的遗愿，为了实现自己的承诺，他以沉雄果毅的大勇主动申请接受奇耻大辱。

四

司马迁接受宫刑后，仍系狱服刑，直到太始元年（前96）"夏，六月，赦天下"，司马迁方有机会被赦出狱。他出狱之后不久，就以"中人"（太监）身份被汉武帝任命为中书令，以"闺阁之臣"的身份"领赞尚书，出入奏事"，类似于皇帝在后宫的秘书长。表面看来，是在皇帝近旁"尊宠任职"，实际上却是对司马迁人格的莫大污辱。但是，他以极大的毅力忍受着这种屈辱，全力以赴、争分夺秒地撰写《史记》。

李陵之祸，让司马迁重新审视他的撰述工作。他对汉武帝、对汉王朝有了新的认识，他对《史记》的撰述也有了新的考虑。在《史记》的叙事断限上，他将叙事上限由战国上升到陶唐，与孔子整理的《尚书》断于尧取齐，叙事下限由当初的"至太初而讫"下延到汉武帝铸黄金为麟止的太始二年。"七年而太史公遭李陵之祸，幽于缧绁。乃喟然而叹曰：'是余之罪也夫！是余之罪也夫！身毁不用矣。'退而深惟曰：'夫《诗》《书》，隐约者欲遂其志之思也。……此人皆意有所郁结，不得通其道也，故述往事，思来者。'于是卒述陶唐以来，至于麟止。自黄帝始。"而实际上，最后的下限是"下至于兹"。"下至于兹"当指《报任安书》写作和《史记》纪事截止的实际年代，也就是征和二年八月"巫蛊之难"中的卫太子刘据之死。这是《史记》最后的纪事。"巫蛊之难"对于司马迁来说，也是一大悲剧。他曾寄希望于刘据嗣位后能够拨乱反正，中兴汉室。而汉武帝一手导演的家族"巫蛊之难"逼迫太子自经,使司马迁在现实世界拨乱反正的最后一线希望彻底破灭。这是继李陵之祸后对司马迁的又一次沉重打击。于是他将《史记》纪事的下限"麟止"延伸到"巫蛊之难",在卫太子刘据自杀之日画上一个句号,宣告《史记》至此绝笔!

《史记》的编纂主旨也发生了重大变化,由原来的为汉武帝歌功颂德改为"究天人之际,通古今之变,成一家之言"。他秉笔直书,在称赞汉武帝功德的同时,也斥责了汉武帝"内多欲而外施仁义"。《史记》由原先的颂汉尽忠之史,升华为拨乱反正之经,如包世臣所说的"百王大法"。司马迁在《史记·太史公自序》中说:"维昔黄帝,法天则地。四圣遵序,各成法度;唐尧逊位,虞舜不台;厥美帝功,万世载之。作《五帝本纪第一》。""法天则地"是《史记》的总主题。天道公明无私,地道厚德载物。这是百王治国的大本,也是生民为人的准则。这真正是应该"万世载之"的金言!经历李陵之祸后重新命笔,《史记》方才成为真正意义上的第二部《春秋》。

征和二年(前91),司马迁终于完成了《史记》这部巨著。这年十一月他在《报任安书》中向知己任安通报了这个消息。"仆窃不逊,近自托于无能之辞,网罗天下放失旧闻,略考其行事,综其终始,稽其成败兴坏之纪。上计轩辕,下至于兹,为十表,本纪十二,书八章,世家三十,列传七十,凡百三十篇。……仆诚已著此书,藏之名山,传之其人。"

从太初元年开始起草,到征和二年杀青成书,司马迁用了14

年时间完成《史记》的写作。如果算上写作的资料准备，则超过了20个年头。现在，他已没有遗憾，没有牵挂，可以坦然走向死亡了。

这是司马迁人生中的第三次重大选择，也是他最后一次选择：死亡！他的使命已经完成，现在他可以慷慨赴死了，以死抗争，以死明志，以死洗刷汉武帝带给他的耻辱！第一次选择，是遵父嘱而做，确立人生目标。第二次选择，是被汉武帝逼迫，在生死关头他选择了隐忍苟活，发愤著书。而第三次选择，则是他主动做出的，在没有任何外力的情况下，他主动选择了死亡。他不怕死，但是要死得其所，死得有价值，死得"重于泰山"。

《报任安书》是司马迁的一次总爆发，也是他勇敢地面对死亡的挑战！"要之死日，然后是非乃定"。司马迁决心用死来洗清那么多年来所受的屈辱，他要用壮烈的死来表明自己的心迹，让他和他的价值真正地被人们所认识。所以，死，对他来说是一个心甘情愿的选择："仆诚已著此书，藏之名山，传之其人，通邑大都，则仆偿前辱之责(债)，虽万被戮，岂有悔哉！"

任安（少卿），是司马迁的好朋友，汉武帝时曾为卫青舍人，后迁任为益州刺史，征和二年因太子事变被判处死刑。在司马迁受宫刑后出狱担任中书令时，他曾写信给司马迁，多有指责，"教以慎于接物，推贤进士为务"，"故人益州刺史任安予迁书，责以古贤臣之义"（班固《汉书·司马迁传》）。许是出于《史记》尚未写完的考虑，司马迁没有作答。现在，《史记》已经完成，故友面临死刑，司马迁终于无所顾忌，把一腔怒火倾泻而出。学界多数认为，正是这篇《报任安书》再一次触怒了汉武帝，致使他最终杀死了司马迁。

关于司马迁的卒年，古代典籍皆无记述。《汉书·司马迁传》叙述司马迁生平，只到全文转录《报任安书》便戛然而止，以后的事迹只字不提，更不记司马迁卒于何时，对于司马迁之死只以一语带过："迁既死后，其书稍出。宣帝时，迁外孙平通侯杨恽祖述其书，遂宣布焉。王莽时，求封迁后，为史通子。"这一反常做法显然是有所隐讳。而前后汉之际的著名古文经学家卫宏在《汉旧仪注》中则明确写道："司马迁作《景帝本纪》，极言其短及武帝过。武帝怒而削去之。后坐举李陵，陵降匈奴，故下迁蚕室。有怨言，下狱死。"司马迁在递送出《报任安书》后不久，再度下狱骤死，时间当在征和二年（前91年），终年四十五岁。

五

司马迁在李陵之祸后选择隐忍苟活，蒙受了巨大的耻辱，"重为乡党戮笑"。与司马迁差不多同时期的桑弘羊就曾说过："一日下蚕室，疮未瘳而宿卫人主，出入宫殿，得由受俸禄，食太官享赐，身以尊荣，妻子获其饶。"（桓宽《盐铁论·周秦》）这段话似有所指。不仅桑弘羊，很可能任安在给司马迁的信中也触及了这个问题，对司马迁有所误解和指责，所以司马迁在《报任安书》中才用了那么大的篇幅引古征今地反复解释自己的动机。

然而，时间的长河终于洗刷了汉武帝泼在司马迁身上的脏水，洗刷了他所蒙受的奇耻大辱。司马迁伟大的灵魂终于放射出璀璨光辉，《史记》也显示其巨大价值，成为中华文明史上一座巍然耸立、永不倾颓的丰碑。

最早对司马迁及《史记》做出高度评价的，是汉代史学家班固。他在《汉书·司马迁传》中写道："然自刘向、扬雄博极群书，皆称迁有良史之材，服其状况序事理，辩而不华，质而不俚，其文直、其事核，不虚美、不隐恶，故谓之实录。"扬雄也在《法言》一书中写道："太史迁，曰实录。"他们不约而同地赞扬了司马迁"不虚美、不隐恶"的实录精神，可谓一语中的。

宋元之际的史学家郑樵对《史记》极为推崇，他说："百代而下，史官不能易其法，学者不能舍其书，六经之后，惟有此作。"清代杰出史学家章学诚在他的史学理论名著《文史通义》中说："史迁之学，《春秋》之后一人而已。"梁启超说："史界太祖，端推司马迁。"更为当代中国人所熟知的是鲁迅先生的评价："史家之绝唱，无韵之离骚。"司马迁为了实现自己的艺术理想，为了完成自己的历史使命，不惜做出巨大的牺牲，他的英名永载史册。

多年来，我曾多次阅读《史记》，我是把它当成伟大的教科书来读的。书中那些英雄故事给我无尽的遐思和启迪。"人固有一死，或重于泰山，或轻于鸿毛，用之所趋异也。"在中国，这句话因为一位伟人的引用而深入人心。在生与死、义与利、荣与辱之间，司马迁做出了人生正确的选择，他用自己的抉择完美地诠释了生命的价值。

捧读《史记》，我时时触摸到那个伟大的、孤独的、不屈的灵魂。

余读太史公书，未尝不垂涕，想见其为人。

原载于《美文》2017年第7期

两个王朝的缩影

［英］罗宾·吉尔班克

胡宗锋 译

大秦帝国

竹帛烟销帝业虚，
关河空锁祖龙居。
坑灰未冷山东乱，
刘项原来不读书。

——（唐）章碣

我只去过一次草堂寺，经历到现在都让我觉得无比奇特。一踏进槐树荫下宽阔的石砌广场，微风中就夹杂着一股淡淡的刺鼻香味，胜过了火炉里的香味。味道的来源不详，接下来忽然一道灰光划过我的眼角。起初，好像是因为年轻的光头尼姑在用手推车搬煤球——就是食堂与火炉用的燃料。当她把东西从推车里取出来的时候，一切才清楚了。这位尼姑处理的是烧焦的纸张，其他什么也没有。游客们在窃窃私语发生的事,原来是电线质量差,引发电源短路,烧着了寺里的书架。这场不幸发生在半夜,而这儿离城最少也有几里路。神圣的尼姑们不得不披着湿毛毯,提着水桶从卧室里跌跌撞撞往下跑。眼下天一亮,大家开始为难了,面对几吨虽然部分被烧毁,但却依旧对自己的信仰有神圣价值的经书不知所措。那些被烧残的经书,书脊依旧完整,被晾在正午日头下的条凳上,让人感到很惋惜。合着的经书封面上展现的是在酷暑下变了形的图案,有些经书上的莲花标志被烧得像用过了的烟花筒。手指细长,伸出去的手化成了凄惨的骨节。在比较光洁的版本上,禅宗大师的笑脸因表面玻璃纸的熔化而变得伤痕累累。

上溯到公元四世纪,著名的草堂寺和佛教寺庙在中国的发展历史一样悠久。即便如此,当天的尴尬让我想起了更加遥远的往事。在这所寺庙被供奉的六百年前,大秦帝国下令"焚书",此举并非悲惨的意外,而是彻头彻尾的意志行为。贾谊在他的《过秦论》中对此可怕的悖理逆天之行哀叹不已,其矛头直指秦始皇,他写道:

> ……于是废先王之道,焚百家之言,以愚黔首;隳名城,杀豪杰,收天下之兵,聚之咸阳,销锋镝,铸以为金人十二,以弱天下之民……始皇之心,自以为关中之固,金城千里,子孙帝王万世之业也。

秦始皇在此被斥责为暴君和败家子。现在，当全球的人都在学校里研读他，或者是通过博物馆和电视纪录片对他有所了解时，人们也许想不到他那坚定的独裁嗜好。尽管如此，他统一度量衡和车同轨的成就使秦国在七国中脱颖而出，缔造了第一个统一的中华帝国，这一切都掩盖了他的负面影响。陕西省称之为"三秦"（San Qin）不是偶然与其有关，英语把中国叫"China"和法语把中国叫"La Chine"都有秦始皇对世界的贡献。

西汉的贾谊实际上是为后来的年代史编者树立了一个典范。也就是说，他写史的目的就是为了支持自己效力的朝廷，对前朝的朝政给予质询和批判。此模式的翻版在世界各地和不同年代很容易找到例证。英国人为什么会模模糊糊地认为身有残疾的查理三世是位独裁的暴君，谋害了自己的两位侄子呢？那是因为在他战死一百多年后，莎士比亚有个剧本阐述他的一生，嘲笑他是一个"喷毒液的驼背蟾"，在追逐权力的时候残酷无情。这与事实不符，查理的尸骨遗骸2012年被考古学家发现，他是个和普通人一样身体完好的男人。剧作家是否为了赞美当朝的伊丽莎白一世而让查理三世成为替罪羊呢？毕竟伊丽莎白一世是亨利·都铎（后来的亨利七世）的孙女，就是亨利推翻了查理，篡夺了王位。何其相似乎！

看历史作品，不论是非杜撰的学术著作，还是媒介和电影里的演绎，我们都要考虑到赞助商的立场。是谁在告诉我们要相信前朝的何事何人，他们让我们相信其观点的目的何在？判断以前的是是非非实属不易。陕西的历史积淀深厚,很难切割成易消化的大块。吾辈当铭记锻造历史的熔炉里不仅有秦始皇和李自成,也有文人司马迁和班固记录历史的手笔。探究植根于关中大地的这两个王朝——秦和汉,我没有做《史记》的豪情,更谈不上书写历史了。我写下面的文字,只有一个目的,那就是探究在二十世纪和二十一世纪,为了大众消费,这些过去的历史是怎样被重新包装的。司马迁留给后世的文字,现在大多成了昙花一现、迎合大众口味的历史娱乐。不管喜欢还是鄙视,我们是生活在一个电视商业化和主题公园的时代,值得庆幸的是历史还没有被完全遗忘。

  从个人来说,我尽量想把"兵马俑"的"月份"做足。我在中国住了相当于"十月怀胎"的时间后,才跳上了去临潼县的公共汽车。而我的同事,来自美国密苏里的米勒斯一家开学的第一周就迫不及待地去了。在我们第一次正式会面的时候,他们就喋喋不休地炫耀自己不但看到了古老的世界奇迹,而且还是在没有导游的情况下自己找到了去那里的车。对于很多人来说有些神秘的经历我倒不怎么着急,到了2009年春,大多数兵马俑的皮肤、头发、武器和盔甲的颜色都成了一样的,不论用什么色彩,怎样地提高商店里的对比度,最后一批制作的美术明信片全部被氧化和消失了。在我心里,我不可避免地把最近看到的一幅让人充满敬意的作品和这儿做不连贯的比较。颇有争议的英国雕塑家安东尼·葛姆雷(Anthony Gormley)创作了一系列艺术作品,他称之为《土地》。部分人受邀用泥捏一个自己的形象,再把这几千个不情愿的泥人挤在一起，排列在美术馆的走廊里。他的另一个《土地》是广东农村人的手工。在临潼的那一瞬间，我想起了那些农民的面孔，个个红彤彤的，衣衫不整跳到了我跟前，但却带着兵马俑明显缺乏的活力。人可以感受到这些来自南方的人有活的肝脏，血管里流淌着血液。而来自过去的兵马俑似乎想当忧郁的变色龙，单调的色彩和附近的省会相当。

秦始皇兵马俑这种让人尴尬的态度像是个不好打破的坚果，但却在无意中被打破了。有天，我刚好把电视调到了电视剧《秦俑情》(电影片名也叫《古今大战秦俑情》)，这真是播出的最俗的一部电视剧。故事的开始是一个保安的手电筒在兵马俑里照来照去，但却没有照到那个不知怎么是假死了两千年的兵俑忽闪的眼睛。这类故事都老掉牙了，我小的时候父母看的是《急冻游侠》（*Adam Adamant Live*），说的是维多利亚时代伦敦的一个花花公子，在二十世纪六十年代被人发现并且复活了，成了一个有名的除暴安良者。《古今大战秦俑情》的剧情有所不同。秦俑蒙天放不知何故戴着眼镜，驾着一辆偷来的吉普车开到了路边，这就开始了他和韩冬儿的旷世之恋。韩冬儿是一个大儒的女儿，她和父亲以及全家面临死亡。这个逃亡的女子在捡流星雨带来的在秦陵无用的陨石时，引起了秦始皇的注意。这场三角恋迂回曲折，涉及《史记》中保留的细节，尤其是秦始皇寻找长生不老药。就在秦始皇最后踏上不归路，要到蓬莱岛去永生时，他发现了韩冬儿的不忠，使用抛硬币的方法来决定韩冬儿和蒙天放的死活。抛硬币遭厄运，韩冬儿蹈火自焚，被吓坏了的蒙天放祈求把自己在兵马俑旁用泥土裹起来，变成活人俑，这样他就可以永远守护皇帝了。

故事编得似乎可信的一点是，韩冬儿把徐福炼成的长生不老药偷偷给了她的情人。在民国的时候，蒙天放曾经一度复活，并和海盗白云飞为一个有点神秘、像韩冬儿的女人朱莉莉大打出手。虽然打败了情敌，但却失去了情人，蒙天放就自愿回到了秦陵里。第三幕讲的是随着竹简的出土，现代人知道了这段古代的爱情故事，并帮助他们实现了浪漫的愿望。该剧从对奸人和宦官赵高皮笑肉不笑的刻画，到对妹姜宛如莎乐美般舞姿的描述简直是俗不可耐。而另一方面，通过耐着性子看完这部俗剧，我不仅诧异大秦帝国实际上是不是像罗夏（墨迹）测验图那样，让中国人观看，从而反思自己和这个国家（罗夏（墨迹）测验图（Rorschach diagram），国外让人解释墨水点绘的图形以判断其性格的方术）。对于许多政治家来说的这段在纷乱中建立的政治有序和稳定局面（虽然很遗憾带有封建性），对于浪漫的人来说，受被人遗忘的不死金丹的催化，打开了一扇可能是爱情不朽的窗户。

司马迁本身就是陕西人，出生并葬在韩城附近。对汇总当时中国历史的重任他有不同的看法。由于拒绝谴责李陵在公元前99年抗击匈奴的失败，他被监禁，备受迫害，面临伏法受诛。虽然后来被缓刑，但由于交不起罚金，不得不选择接受腐刑之辱。这位宫廷太监给自己披上了一件保护性的谦卑外衣，宣称自己受此辱就是为了完成《史记》：

> 仆之先非有剖符丹书之功，文史星历，近乎卜祝之间，固主上所戏弄，倡优所畜，流俗之所轻也。假令仆伏法受诛，若九牛亡一毛，与蝼蚁何以异？
>
> ——引自司马迁《报任安书》

他的《报任安书》言辞狡黠，称：

> 仆诚以著此书，藏之名山，传之其人，通邑大都，则仆偿前辱之责，虽万被戮，岂有悔哉！然此可为智者道，难为俗人言也！

大多数剧作都采用的是司马迁和其他汉代历史学家的表面价值观，认为秦始皇是个暴君，对其政权的愤恨导致了秦二世的短命和大秦帝国的灭亡。相形之下，大汉的开国者刘邦（就是后来的汉高祖）是更经典的从小官做起的"平民"皇帝，他用减轻田租、免其徭役等体恤民情的方法巩固自己的铁腕统治。对秦始皇的这种看法在三原出生的作家孙皓辉这里遇到了挑战，他长达十几本的《大秦帝国》不仅备受严肃文学作品的读者青睐，也是观众喜爱的小说改编的电视剧。在四十三岁的时候，孙皓辉是西北大学从事中国古代法制研究的法学教授。在第一部将秦的历史转化为小说形式的手稿得到肯定以后，他得到了撰写后续三本的学术假期，最终，他为此耗费了十六年的心血。后来，他居住在气候温和的海南岛,心里萦绕的是两句古训。一是出自韩非子的"多事之时,大争之世",二是晏子的"凡有血气,皆有争心"。孙皓辉意识到大秦帝国给人的伟大启示在于:任何一个政权要想牢牢地掌握政权,就要抓住和动员民心。他和谴责秦始皇是暴君的人见解不同,认为秦始皇的统治展示了对主流控制的重要性。这位前大学法学教授推崇商鞅的变法,认为商鞅变法为民间社会铸就了法律意识,而战争的实质在于营造和平与稳定。

就其人来讲,孙皓辉教授是一个有魅力的男人。几年前,他决意让头上的最后几根黑发消失,选择了单色无装饰的行头。用餐的时候,他喜欢放松,听别人说话。他会夹一根大雪茄或外国烟,像古时盘踞在山上的龙一样,任烟雾从嘴和鼻孔里飘出。我发现他不在意人们讲带色的笑话,偶尔对一些过分的行为也是呵呵一笑。我们第一次见面的时候,我冒昧地问起了他的小说被改编为电视剧时的一个问题。"你找到了扮演秦始皇母亲的情人嫪毐的人吗?是不是得靠三维动画?""我是创作顾问,演员的事不归我管。当然要是你觉得你能干,我可以安排你试镜。"他的回答让我脸红,但这让他知道我至少读过司马迁的作品,后来再见面,他常以此开我的玩笑。

有一次,在五粮液的作用下,我曾请他坐下并采访他。虽然气氛很好,但到了最后,我的感觉有点像当年萨默塞特·毛姆很冒昧地缠着要采访辜鸿铭,结果发现自己对手头深刻的东西缺乏全面了解。

罗:《大秦帝国》确实让人激动,只有十五年的历史影响了后世两千年。您是怎样将这一切压缩在一部作品里的？

孙：你能说五百万字是压缩吗？

罗：也不尽然。我知道你把你的作品压缩准备翻译为英文。

孙：对，一年前就做完了。

罗：但说实话，英文很少有这样长的巨著。外国人对中国文学的期望不同，我们觉得二十多万字就是史诗性的作品了，要是一个有名的中国作家出版这样一部大作，读者可能会觉得是上当了。

孙：真的是这样吗？

罗：要是你写一部短一些的小说，或是介绍秦朝的一个简写本，我们可以将这翻译成英文，出英汉对照本，就只在临潼卖也会很吃香的。

孙：对于那段历史我没有什么可写的了。你觉得我花一生中十五年的工夫可以取得和一本小册子同样的效果吗？

罗：我想不是。您眼下在写什么散文？

孙：不写散文了，只写中国古代哲学和法律。没有几个人，外国人当然就更没有了，真正地理解中国文明的精髓，这也许是我余生的使命了。

罗：没有你欣赏的外国汉学家吗？我觉得费正清（John King Fairbank）就擅长把哲学和宗教糅在一起来写历史。他的学生史景迁（Jonathan Spence）现在很有影响，我那些不了解中国的朋友从他那里学到了不少东西。

孙：哈哈，我知道你的意思。但事实在于这些人只是在讲轶事。快餐就是快餐,能反映一点中国文化,然而真正的历史学家能分清精华和糟粕。

罗:采访你实属不易,我要写篇文章,真的需要一些更加具体的答案。一个人该怎样理解真正的中国文化精髓呢?

孙:你是英国人?你在二十几岁就拿到了中世纪文学博士学位?

罗:两个都对。

孙:那么,英国文化的精髓是什么?

罗:源自古希腊和罗马、带有民主和市民文化的犹太基督教,还有本土的民间传说、凯尔特文化和其他影响。

孙:那本身就够人学一辈子了。要是你要献身于此,下辈子最好托生成一个中国人,只有这样你才能真正地理解中国。

孙皓辉有一个自己的研究中心,主要是研究大秦。在我居住的校园里,研究中心大红的墙壁和古典的灯笼在水泥建筑中很显眼。他到底在此会花多少时间来搞研究,而不是在海南追逐自己的梦想还有待以观后效。谁能责怪他呢?

在水一方:汉代的静谧与谢阁兰的中国梦

在陕西的中部,说城市在扩张或房地产在吞噬绿化带是不恰当的。计划中的西咸和其他几个新区将在十几年后,将西安和其卫星城咸阳联结在一起。新都市的灵感出自埃比尼泽·霍华德的"花园城市"概念。政府将会把优良的基础设施和大片的园区和空地结合起来,从而降低人口居住的稠密度。在咸阳,已经有迹象显示地产开发商在投资小城市的现有资产了。河边的连栋别墅明显在涨价，明眼人一看就清楚到2020年后，高档社区将会在那里。

且不说现代的咸阳面貌以及是西安姊妹城的身份，我们当记得咸阳才是大秦帝国真正的国都。在夺取政权后，秦始皇把以前六国的皇室家族集中软禁在这里，并强迫两万多户上流家族移居咸阳，使首都的人口达到了一百万。在封建时代，秦始皇一下子就可以把城市的人口扩大，其做法现代的地产商一辈子也无法企及。

咸阳现在以陵园和坟墓而著名，其寓意就是当年该是多么辉煌。这里的钟楼除了小一点外，和西安的建筑风格一模一样。另外，和秦始皇的地下兵马俑兵团相比，从汉阳陵出土的兵马俑就像是儿童玩具。的确，怎样发力来建设咸阳这些可和西安媲美的文化遗产遗址成果不大。"秦渭楼"最初是由知县黄孝先在北宋时修的，2014年重建为一家艺术博物馆。可喜的是里面可以看到"江南四大才子"和"清初四王"的真迹，但建筑和周围的结构以及楼房被推倒后的空地很不协调。在我看来，第一次见到的影像仿佛是一只巨大的喜鹊把拉萨的布达拉宫叼起，飞了几千里路，然后丢在了关中。

咸阳真正的魅力用不着特意展示。我们要避过现代市中心的繁华装饰，也无须纠缠于附近这个县或那个县能遇到的有形遗址。最佳起点就是由明朝的一座孔庙而改建的咸阳博物馆，这种变通用法颇具讽刺意味，因为汉武帝当年采纳的是董仲舒的建议,实行"罢黜百家,独尊儒术"。这里的第三展厅很有特色,展示的是从咸阳宫3号遗址收集来的彩色瓦当碎片,就是这些瓦当组成了中国现存最早的壁画。有的瓦当还带有烟熏的痕迹,毫无疑问是当年霸王项羽火烧咸阳宫,大火连绵几月的结果。瓦当的设计中有诸如"长乐"和"未央"等字,这是两处皇宫的名字。瓦当中也有代表方向的四相:青龙白虎和朱雀玄武。

最推崇汉代美学价值的外国人是法国考古学家、作家和博学家维克多·谢阁兰,人们现在记得他的是以清朝末年的北京为背景的小说《勒内·莱斯》。他两次旅居中国(1909年至1914年,和1917年),在文学创作和人文研究上都有建树。作为爱德华·沙畹(Edouard Chavannes,是学术界公认的19世纪末20世纪初世界上最有成就的中国学大师,公认的"欧洲汉学泰斗"。同时他也是世界上最早整理研究敦煌与新疆文物的学者之一,被视为法国敦煌学研究的先驱者——译者注)的助手,他是第一个准确估算秦始皇陵高度的人。爱德华·沙畹在伯顿·沃森出版英文版的五十年前,就将《史记》的大部分译成了法语。在古代中国石碑的铭文上,谢阁兰发现了一个在军事上自豪并热衷于奉献的世界。以此为起点,他出版了自己两卷名为《碑》的法语诗集。他不是在逐字翻译碑文,而是在想象这个神圣帝国的辉煌过去。

在描述陵墓的地形和其中的内容时,维克多·谢阁兰的热情不知不觉地陷入到了一种狂喜的高度。那些没有生命的石块被他赋予了不朽的力量,超越了日晒雨淋、面目全非的表象。在其中他最爱的茂陵,在霍去病的纪念碑前,他把自己融入故事中去:

从严格的雕塑角度讲，这是一件很有启迪的作品。它不仅仅是一匹马和一个人的雕塑，而是一个让人感到有分量的组合——在皱痕的上面，有三道阴线，肯定代表的是肋骨，是一种善于长跑，可以看得见肋骨、体形瘦小的动物。它的肩关节同样也有简单的解剖线，其明智之处在于不是为了装翅膀（我们将会看到，在后汉的作品里常常出现这种造型）。它的鬃毛短直，与脖子之间有一道阴线。其头历经两千年的风雨，疲惫地耷拉着，失去了耳朵，成了一个不雅的塌鼻梁罩子。就整体而言头太大，过重；鼻子隆起，圆嘴厚唇。但很明显像马，就是中国北部那种出色的、有耐力的蒙古马。虽然惊人地粗糙，这匹很久以前的汉代马，确实是我骑着来发现它，并在几步之外吃草的这匹马的兄弟。只是雕塑的胸部有随意的发挥，高傲地拱着，不可一世，富有装饰性。肌肉强健的马腿均匀对称，造型完美的马蹄端正地扣在两边，与底座浑然一体。虽然我也有些言之过急，这匹马无疑是在"践踏"，这匹马既没有用它的双蹄，也没有用它的重量，正如我们看到的那样在踏着身下的一个人。它环视周围，形态轩昂，将那人完全踏在蹄下。它主宰一切。

——引自维克多·谢阁兰著《伟大的中国雕塑》

老实讲，虽然这件雕塑的细节极具西汉石雕的特征，但将这样的石雕安置在陵墓前却非当今的标准方法。就个人来讲，我和维克多·谢阁兰有共鸣。这种东西在兴平周围比比皆是,但却没有引发他的贪欲。就在他写下这些文字的时候,美国收藏家偷走了"昭陵六骏"中的两骏。而此后不久,丹麦探险家何乐模(Frits Holm)试图得到西安的景教碑,把它运到伦敦在大英博物馆展出。这个丹麦人后来改变了主意,花钱让当地的石匠打造了一件复制品,送给了纽约市。霍去病和他的同类得以在关中永存,难道是因为汉代的艺术如此威严,震撼住了那些贪婪之徒的勾当。

原载于《美文》2016年第11期

第二辑

骑着狮子画龙去

中国文脉

余秋雨

一

中国文脉,是指中国文学几千年发展中最高等级的生命潜流和审美潜流。

这种潜流,在近处很难发现,只有从远处看去,才能领略大概,就像那一条倔强的山脊所连成的天际线。

正是这条天际线,使我们知道那个天地之大,以及那个天地之限,并领略了一种注定要长久包围我们生命的文化仪式。

因为太重要,又处于隐潜状态,就特别容易产生误会。必须要纠正的误会有以下六个方向——

一、这股潜流,在绝大多数情况下,不是官方主流;

二、这股潜流,在绝大多数情况下,不是民间主流;

三、这股潜流,属于文学,并不从属于哲学学派;

四、这股潜流,虽然重要,但体量不大;

五、这股潜流,并不一以贯之,而是时断时续,断多续少;

六、这股潜流,对周围的其他文学现象有吸附力,更有排斥力。

寻得这股潜流,是做减法的结果。我一向主张,研究文化和文学,先做加法,后做减法。减法更为重要,也更为艰难。

减而见筋,减而显神,减而得脉。

减法难做,首先是因为人们千百年来一直处于文化匮乏状态,见字而敬,见文而信,见书而畏,不存在敢于大胆取舍的心理高度;其次,即使有了心理高度,也缺少品鉴高度,与多数哄传一时的文化现象相比,"得脉"者没有那么多知音。

大胆取舍,需要锐利斧钺。但是,手握这种斧钺的人,总是在开山辟路。那些只会坐在凉棚下说三道四、指手画脚的人,大多不懂斧钺。开山辟路的人没有时间参与评论,由此造成了等级的倒错、文脉的失落。

等级,是文脉的生命。

人世间,仕途的等级由官阶来定,财富的等级由金额来定,医生的等级由疗效来定,明星的等级由传播来定,而文学的等级则完全不同。文学的等级,与官阶、财富、实效、传播等因素完全无关,只由一种没有明显标志的东西来定,这个东西叫品位。

其他行业也讲品位,但那只是附加,而不像文学,是唯一。

总之,品位决定等级,等级构成文脉。但是,这中间的所有流程,都没有清晰路标。这一来,事情就麻烦了。

环顾四周,现在越来越多的"成功者"都想以文炫己,甚至以文训世,结果让人担忧。有些"儒商"为了营造"企业文化",强制职工背诵古代那些文化等级很低的发懵文言;有些电视人永远在绘声绘色地讲述着早就应该退出公共记忆的文化残屑;有些当代"名士"更是染上了古代的"嗜痂之癖",如鲁迅所言,把远年的红肿溃烂,赞之为"艳若桃花"。

颇让人不安的,是目前电视上某些文物鉴定和拍卖节目,只要牵涉到明清和近代书画,就对作者的文化地位无限拔高。初一听,溢美古人,无可厚非,但是这种事情不断重复也就颠覆了文化的基本等级。就像一座十层高塔,本来轮廓清晰,突然底下几层要自成天台,那么上面的几层只能坍塌。试想,如果唐伯虎、乾隆都成了"中国古代一流诗人",那么,我们只能悄悄把整部《全唐诗》付之一炬了。书法也是一样,一个惊人的天价投向一份中等水准的笔墨,就像一堆黄金把中国书法史的天平压垮了。

面对这种情况我曾深深一叹:"文脉既隐,小丘称峰;健翅已远,残羽充鹏。"

照理,文物专家不懂文脉,亿万富翁不懂文化,十分正常。但现在,现代传媒的渗透力度,拍卖资金的强烈误导,使很多人难以抵拒地接受了这种空前的"文化改写",结果实在有点恐怖。

有人说,对文学,应让人们自由取用,不要划分高低。这是典型的"文学民粹主义",似是而非。就个人而言,不经过基本教育,何能自由取用?鼠目寸光、井蛙观天,恰恰违背了"自由"的本义;就整体而言,如果在精神文化上也不分高低,那就会失去民族的大道、人类的尊严,一切都将在众声喧哗中不可收拾。

如果不分高低，只让每个时间和空间的民众自由取用、集体"海选"，那么，中国文学，能选得到那位流浪草泽、即将投水的屈原吗？能选得到那位受过酷刑、耻而握笔的司马迁吗？能选得到那位僻居荒村、艰苦躬耕的陶渊明吗？他们后来为民众知道，并非民众自己的行为。而且，知道了，也并不能体会他们的内涵。因此我敢断言，任何民粹主义的自由海选，即便再有人数、再有资金，也与优秀文学基本无关。

这不是文学的悲哀，而是文学的高贵。

我主张，在目前必然寂寞的文化良知领域，应该重启文脉之思，重开严选之风，重立古今坐标，重建普世范本。为此，应努力拨去浮华热闹，远离滔滔口水，进入深度探讨。选择自可不同，目标却是同归，那就是清理地基，搬开芜杂，集得高墙巨砖，寻获大柱石础，让出疏朗空间，洗净众人耳目。

二

文脉的原始材料，是文字。

汉字大约起源于五千多年前。较系统地运用，大约在四千年前。不断出现的考古成果既证明着这个年份，又质疑着这个年份。据我比较保守的估计，大差不差吧，除非有了新的惊人发现。

汉字产生之后，经由"象形——表意——形声"这几个阶段，开始用最简单的方法记载历史，例如王朝谱牒。应该夏朝就有了，到商代的甲骨文和金文，已相当成熟。但是，甲骨文和金文的文句，还构不成文学意义上的"文脉之始"。文学，必须由"意指"走向"意味"。这与现代西方美学家所说的"有意味的形式"，有点关系。既是"意味"又是"形式"，才能构成完整的审美。这种完整，只有后来的《诗经》，才能充分满足。《诗经》产生的时间，离现在二千六百年到三千年左右。

然而，我发现了一个有趣的现象。商代的甲骨文和金文虽然在文句上还没有构成"文脉之始"，但在书法上却已构成了。如果我们把"文脉"扩大到书法，那么，它就以"形式领先"的方式开始于商代，比《诗经》早，却又有所交错。正因为此，我很喜欢去河南安阳，长久地看着甲骨文和青铜器发呆。甲骨文多半被读解了，但我总觉得那里还埋藏着孕育中国文脉的神秘因子。一个横贯几千年的文化行程将要在那里启航，而直到今天，那个老码头还是平静得寂然无声。

终于听到声音了，那是《诗经》。

《诗经》使中国文学从一开始就充满了稻麦香和虫鸟声。这种香气和声音，将散布久远，至今还闻到，听到。

十余年前在巴格达的巴比伦遗址，我读到了从楔形文字破译的古代诗歌。那些诗歌是悲哀的，慌张的，绝望的，好像强敌刚刚离去，很快就会回来。因此，歌唱者只能抬头盼望神祇，苦苦哀求。这种神情，与那片土地有关。血腥的侵略一次次横扫，人们除了奔逃还是奔逃，因此诗句中有一些生命边缘的吟咏，弥足珍贵。但是，那些吟咏过于匆忙和粗糙，尚未进入成熟的文学形态,又因为楔形文字的很早中断,没有构成下传之脉。

同样古老的埃及文明,至今没见过古代留下的诗歌和其他文学样式。卢克索太阳神庙大柱上的象形文字,已有部分破译,却并无文学意义。过于封闭、过于保守的一个个王朝,曾经留下了帝脉,而不是文脉。即便有气脉,也不是诗脉。

印度在古代是有灿烂的文学、诗歌、梵剧、理论,但大多是围绕着"大梵天"的超验世界。同样是农耕文明,却缺少土地的气息和世俗的表情。

《诗经》的吟唱者们当然不知道有这种对比,但我们一对比,它也就找到了自己。其实,它找到的,也是后代的中国。

《诗经》中,有祭祀,有抱怨,有牢骚,但最主要、最拿手的,是在世俗生活中抒情。其中抒得最出色的,是爱情。这种爱情那么"无邪",既大胆又羞怯,既温柔又敦厚,足以陶冶风尚。

在艺术上,那些充满力度又不失典雅的四字句,一句句排下来,成了中国文学起跑点的砖砌路基。那些叠章反复,让人立即想到,这不仅仅是文学,还是音乐,还是舞蹈。一切动作感胀满其间,却又毫不鲁莽,优雅地引发乡间村乐,咏之于江边白露,舞之于月下乔木。终于由时间定格,凝为经典。

没有巴比伦的残忍,没有卢克索的神威,没有恒河畔的玄幻。《诗经》展示了黄河流域的平和、安详、寻常、世俗,以及有节制的谴责和愉悦。

但是,写到这里必须赶快说明,在《诗经》的这种平实风格后面，又有着一系列宏大的传说背景。传说分两种：第一种是"祖王传说"，有关黄帝、炎帝和蚩尤；第二种是"神话传说"，有关补天、填海、追日、奔月。

按照文化人类学的观念，传说和神话虽然虚无缥缈，却对一个民族非常重要，甚至可以成为一种历久不衰的"文化基因"。这在中华民族身上尤其明显，谁都知道，有关黄帝、炎帝、蚩尤的传说，决定了我们的身份；有关补天、填海、追日、奔月的传说，则决定了我们的气质。这两种传说，就文化而言，更重要的是后一种神话传说，因为它们为一个庞大的人种提供了鸿蒙的诗意。即便是离得最近的《诗经》，也在平实的麦香气中熔铸着伟大和奇丽。

于是，我们看到了，背靠着一大批神话传说，刻写着一行行甲骨文、金文，吟唱着一首首《诗经》，中国文化隆重上路。

其实，这也就是以孔子、老子为代表的先秦诸子出场前的精神背景。

先秦诸子出场，与世界上其他文明的巨人们一起组成了一个"轴心时代"，标志着人类智能的大爆发。现代研究者们着眼最多的，是各地巨人们在当时的不同思想成果，却很少关注他们身上带着什么样的文化基因。

三

先秦诸子，都是思想家、哲学家、教育家、社会活动家，没有一个是纯粹的文学家。但是，他们要让自己的思想说服人、感染人，就不能不运用文学手段。而且，有一些思维方式，从产生到完成都必须仰赖自然、譬引鸟兽、倾注情感、形成寓言，这也就成了文学形态。

思想家和哲学家在运用文学手段的时候，有人永远把它当作手段，有人则不小心暴露了自己其实也算得上是一个文学家。

先秦诸子由于社会影响巨大，历史贡献卓著，因此对中国文脉的形成有特殊贡献。但是，这种贡献与他们在思想和哲学上的贡献，并不一致。

我对先秦诸子的文学品相分为三个等级——

第一等级：庄子、孟子；

第二等级：老子、孔子；

第三等级：韩非子、墨子。

在这三个等级中，处于第一等级的庄子和孟子已经是文学家，而庄子则是一位大文学家。

把老子和孔子放在第二等级，实在有点委屈这两位精神巨匠了。我想他们本人都无心于自身的文学建树，但是，虽无心却有大建树。这便是天才，这便是伟大。

在文脉上，老子和孔子谁应领先？这个排列有点难。相比之下，孔子的声音，是恂恂教言，浑厚恳切，有人间炊烟气，令听者感动，令读者萦怀；相比之下，老子的声音，是铿锵断语，刀切斧劈，又如上天颁下律令，使听者惊悚，使读者铭记。

孔子开创了中国语录式的散文体裁，使散文成为一种有可能承载厚重责任、端庄思维的文体。孔子的厚重和端庄并不堵眼堵心，而是仍然保持着一个健康君子的斯文潇洒。更重要的是，由于他的思想后来成了千年正统，因此他的文风也就成了永久的楷模。他的文风给予中国历史的，是一种朴实的正气，这就直接成了中国文脉的一种基调。中国文脉，蜿蜒曲折，支流繁多，但是那种朴实的正气却颠扑不灭。因此，孔子于文，功劳赫赫。

本来，孔子有太多的理由在文学上站在老子面前，谁知老子另辟奇境，别创独例。以极少之语，蕴极深之义，使每个汉字重似千钧，不容外借。在老子面前，语言已成为无可辩驳的天道，甚至无须任何解释、过渡、调和、沟通。这让中国语文，进入了一个几乎空前绝后的圣哲高台。

我听不止一位西方哲学家说："仅从语言方式，老子就是最高哲学。孔子不如老子果断，因此在外人看来，更像一个教育家、社会评论家。"

外国人即使不懂中文，也能从译文感知"最高哲学"的所在，可见老子的表达有一种"骨子里"的高度。有一段时间，德国人曾骄傲地说："全世界的哲学都是用德文写的。"这当然是故意的自我夸耀，但平心而论，回顾以前几百年，也确实有说这种"大话"的底气。然而，当他们读到老子就开始不说这种话了。据统计，现在几乎每个德国家庭都有一本老子的书，其普及度远远超过老子的家乡中国。

我一直主张，一切中国文化的继承者，都应该虔诚背诵老子那些斩钉截铁的语言，而不要在后世那些层级不高的文言文上厮磨太久。

说完第二等级，我顺便说一下第三等级。韩非子和墨子，都不在乎文学，有时甚至明确排斥。但是，他们的论述也具有了文学素质，主要是那些干净而雄辩的逻辑所造成的简洁明快，让人产生了一种阅读上的愉悦。当然，他们两人实干家的形象，也会帮助我们产生文字之外的动人想象。

更重要的是要让出时间来看看第一等级，庄子和孟子。孟子是孔子的继承者，比孔子晚了一百八十年。在人生格调上，他与孔子很不一样，显然有点骄傲自恃，甚至盛气凌人。这在人际关系上好像是缺点，但在文学上就不一样了。他的文辞，大气磅礴，浪卷潮涌，畅然无遮，情感浓烈，具有难以阻挡的感染力。他让中国语文，摆脱了左顾右盼的过度礼让，连接成一种马奔车驰的畅朗通道。文脉到他，气血健旺，精神抖擞，注入了一种"大丈夫"的生命格调。

但是，与他同一时期，一个几乎与他同年的庄子出现了。庄子从社会底层审察万物，把什么都看穿了，既看穿了礼法制度，也看穿了试图改革的宏谋远虑，因此对孟子这样的浩荡语气也投之以怀疑。岂止对孟子，他对人生都很怀疑。真假的区分在何处？生死的界线在哪里？他陷入了困惑，又继之以嘲讽。这就使他从礼义辩论中撤退，回到对生存意义的探寻，成了一个由思想家到文学家的大步跃升。

他的人生调子，远远低于孟子，甚至也低于孔子、墨子、荀子或其他别的"子"。但是这种低，使他有了孩子般的目光，从世界和人生底部窥探，问出一串串最重要的"傻"问题。

但仅仅是这样,他还未必能成为先秦诸子中的文学冠军。他最杰出之处,是用极富现象力的寓言,讲述了一个又一个令人难忘的故事,而在这些寓言故事中,都有一系列鲜明的艺术形象。这一下,他就成了那个思想巨人时代的异类,一个充满哲思的文学家。《逍遥游》《秋水》《人间世》《德充符》《齐物论》《养生主》《大宗师》……这些篇章,就成了中国哲学史,也是中国文学史的第一流佳作。

此后历史上一切有文学才华的学人,都不会不粘上庄子。这个现象很奇怪,对于其他"子",都因为思想观念的差异而有明显的取舍,但庄子却例外。没有人会不喜欢他讲的那些寓言故事,没有人会不喜欢他与南天北海融为一体的自由精神,没有人会不喜欢他时而巨鸟、时而大鱼、时而飞蝶的想象空间。

在这个意义上,形象大于思维,文学大于哲学,活泼大于庄严。

四

我把庄子说成是"先秦诸子中的文学冠军",但请注意,这只是在"诸子"中的比较。如果把范围扩大,那么,他在那个时代就不能夺冠了。因为在南方,出现了一位比他小三十岁左右的年轻人,那就是屈原。

屈原,是整个先秦时期的文学冠军。

不仅如此,作为中国第一个大诗人,他以《离骚》和其他作品,为中国文脉输入了强健的诗魂。对于这种输入,连李白、杜甫也顶礼膜拜。因此，戴在他头上的，已不应该仅仅是先秦的桂冠。

前面说到，中国文脉是从《诗经》开始的，所以对诗已不陌生。然而，对诗人还深感陌生，何况是这么伟岸的诗人。

《诗经》中也署了一些作者的名字，但那些诗大多是朝野礼仪风俗中的集体创作，那些名字很可能只是采集者、整理者。从内容看，《诗经》还不具备强烈而孤独的主体性。按照我给北京大学学生讲述中国文化史时的说法，《诗经》是"平原小合唱"，《离骚》是"悬崖独吟曲"。

这个悬崖独吟者，出身贵族，但在文化姿态上，比庄子还要"傻"。诸子百家都在大声地宣讲各种问题，连庄子也用寓言在启迪世人，屈原却不。他不回答，不宣讲，也不启迪他人，只是提问，没完没了地提问，而且似乎永远无解。

从宣讲到提问，从解答到无解，这就是诸子与屈原的区别。说大了，也是学者和诗人的区别、教师和诗人的区别、谋士与诗人的区别。划出了这么多区别，也就有了诗人。

从此，中国文脉出现了重大变化。不再合唱，不再聚众，不再宣讲。在主脉的地位，出现了行吟在江风草泽边那个衣饰奇特的身影，孤傲而天真，凄楚而高贵，离群而悯人。他不太像执掌文脉的人，但他执掌了；他被官场放逐，却被文学请回；他似乎无处可去，却终于无处不在。

屈原自己没有想到，他给两千多年的中国历史开了一个大玩笑。玩笑的项目有这样两个方面——

一、大家都习惯于称他"爱国诗人",但他明明把"离"国作为他的主题。他曾经为楚抗秦,但正是这个秦国,在他身后来世统一了中国,成了后世"爱国主义"概念中真正的"国"。

二,他写的楚辞,艰深而华赡,民众几乎都不能读懂,但他却具备了最高的普及性,每年端午节出现的全民欢庆,不分秦楚,不分雅俗。

这两大玩笑也可以说是两大误会,却对文脉意义重大。第一个误会说明,中国官场的政治权脉试图拉拢文脉,为自己加持;第二个误会说明,世俗的神祇崇拜也试图借文脉,来自我提升。总之,到了屈原,文脉已经健壮,被"政脉"和"世脉"深深觊觎,并频频拉扯。说"绑架"太重,就说"强邀"吧。

雅静的文脉,从此经常会被"政脉""世脉"频频强邀,衍生出一个个庞大的政治仪式和世俗仪式。这种"静脉扩张",对文脉而言有利有弊,弊大利小;但在屈原身上发生的事,对文脉尚无大害,因为再扩大、再热闹,屈原的作品并无损伤。在围绕着他的繁多"政脉""世脉"中间,文脉仍然能够清晰找到,并保持着主干地位。

记得几年前有台湾大学学生问我,大陆民众在端午节划龙舟、吃粽子的游戏,是否曲解了屈原?我回答:没有。屈原本人就重视民俗巫风中的祭祀仪式,后来,民众把他也当作了祭祀对象。屈原已经不仅仅是你们书房里的那个屈原。但是如果你们要找书房里的屈原也不难,《离骚》《九章》《九歌》《招魂》《天问》自可细细去读。一动一静,一祭一读,都是屈原。

如此文脉，出入于文字内外，游弋于山河之间，已经很成气象。

五

屈原不想看到的事情终于发生了，秦国纵横宇内，终于完成了统一大业。

几乎所有的文学史都在谴责秦始皇为了极权统治而"焚书坑儒"的暴行，严重斫伤了中国文化。繁忙烟尘中的秦朝，所留文迹也不多，除了《吕氏春秋》，就是那位游士政治家李斯了。他写的《谏逐客书》不错，而我更佩服的是他书写的那些石刻。字并不多，但一想起就如直面泰山。

对秦始皇的谴责是应该的，但我从更宏观的视角来看，却有另一番见解。

我认为，秦始皇有意做了两件对不起文化的事，却又无意做了两件对得起文化的事，而且那是真正的大事。

他统一中国，当然不是为了文学，却为文学灌注了一种天下一统的宏伟气概。此后中国文学，不管什么题材，都或多或少地有所隐含。李白写道："秦王扫六合，虎视何雄哉。"可见这种气概在几百年后仍把诗人们笼罩。王昌龄写道："秦时明月汉时关，万里长征人未还。"秦人为后人开拓了情怀。

不仅如此，秦始皇还统一了文字，使中国文脉可以顺畅地流泻于九州大地。这种顺畅，尤其是在极大空间中的顺畅，反过来又增添了中国文学对于三山五岳、五湖四海的视野和责任。这就使工具意义和精神意义，产生了相辅相成的互哺关系。我在世界上各个古文明的废墟间考察时，总会一次次想到秦始皇。因为那些文明的割裂、分散、小化，都与文字语言的不统一有关。如果当年秦始皇不及时以强权统一文字，那么，中国文脉早就流逸不存了。

由于秦始皇既统一了中国又统一了文字，今后两千多年，只要是中国文人，不管生长在如何偏僻的角落，一旦为文便是天下兴亡、炎黄子孙；而且，不管面对着多么繁密的方言壁障，一旦落笔皆是汉字汉文，千里相通。总之，统一中国和统一文字，为中国文脉提供了不可比拟的空间力量和技术力量。秦代匆匆，无心文事，却为中华文明的格局进行了重大奠基。

六

很快就到汉代了。

历来对中国文脉有一种最表面、最通俗的文体概括，叫作：楚辞、汉赋、唐诗、宋词、元曲、明清小说。在这个概括中，最弱的是汉赋，原因是缺少第一流的人物和作品。

是枚乘？是司马相如？还是早一点的贾谊？是《七发》《子虚》《上林》？这无论如何有点拿不出手，因为前前后后一看，远远站着的，是屈原、李白、杜甫、苏东坡、关汉卿、曹雪芹啊。

就我本人而言，对汉赋，整体上不喜欢。不喜欢它的铺张，不喜欢它的富丽，不喜欢它的雕琢，不喜欢它的堆砌，不喜欢它的奇僻,当然,更不喜欢它的歌颂阿谀、不见风骨。我的不喜欢,还有一个长久的心结,那就是从汉代以后两千年间,中国社会时时泛起的奉承文学,都以它为范本。

汉赋的产生是有原因的。一个强大而富裕的王朝建立起来了,确实处处让人惊叹,而"罢黜百家,独尊儒术"的思想文化统治使很多文人渐渐都成了"润色鸿业"的驯臣。再加上汉武帝自己的爱好,那些辞赋也就成了朝廷的主流文本,可称为"盛世宏文"。几重因素加在一起,那么,汉赋也就志满意得、恣肆挥洒。文句间那层层渲染的排比、对偶、连词,就怎么也挡不住了。这是文学史上的一种奇观,如此抑扬顿挫、涌金叠银、流光溢彩,确实也使汉语增添了不少辞藻功能和节奏功能。

说实话,我在研究汉代艺术史的时候曾从不少赋作中感受过当时当地的气象,颇有收获;但从文学的角度来看,这些赋,毕竟那么缺少思想,缺少个性,缺少真切,缺少诚恳,实在很难在中国文脉中占据太多正面地位。这就像我们见过的有些名流,在重要时段置身重要职位,服饰考究,器宇轩昂,但一看内涵,却是空泛呆滞,言不由衷,那就怎么也不会真正入心入情,留于记忆。这,也正是我在做过文学史、艺术史的各种系统阐述之后,特别要跳开来用挑剔的目光来检索文脉的原因。如果仍然在写文学史,那就不应该表达那么鲜明的取舍褒贬。

汉赋在我心中黯然失色,还有一个尴尬的因素,那就是,离它不远,出现了司马迁的《史记》。

司马迁和《史记》,这是我心中永远的太阳。

中国文脉

大家可能看到,坊间有一本叫《中国文化四十七堂课——从北大到台大》的书,这是我为北京大学中文系、历史系、哲学系、艺术学院的部分学生讲授"中国文化史"的课堂纪录,在大陆和台湾都成了畅销书。四十七堂课,每堂都历时半天,每星期一堂,因此是一整年的课程。用一年来讲述四千年,无论怎么说还是太匆忙,结果,即使对于长达五百年的明、清两代,我也只用了两堂课来讲述(第四十四、四十五堂课)。然而,我却为一个人讲了四堂课(第二十一、二十二、二十三、二十四堂课)。这个人就是司马迁。看似荒唐的比例,表现出我心中的特殊重量。

司马迁在历史学上的至高地位,我们在这里暂且不说,只说他的文学贡献。是他第一次,通过对一个个重要人物的生动刻画,写出了中国历史的魂魄。因此也可以说,他将中国历史拟人化、生命化了。更惊人的是,他在汉赋的包围中,居然不用整齐的形容、排比、对仗,更不用辞藻的铺陈,而只以从容真切的朴素笔触、错落有致的自然文句,做到了这一切。于是,他也就告诉人们:能把千钧历史撬动起来浸润到万民心中的,只有最本色的文学力量。

大家说,他借用文学写好了历史;我则说,他借用历史印证了文学。除了虚构之外,其他文学要素他都酣畅地运用到了极致。但他又不露痕迹,高明得好像没有运用。不要说他同时的汉赋,即使是此后两千年的文学一旦陷入奢靡,不必训斥,只要一提司马迁,大多就会从梦魇中惊醒,吓出一身冷汗。除非,那些人没读过司马迁,或读不懂司马迁。

我曾一再论述,就散文而言,司马迁是中国古代第一支笔。他超过"唐宋八大家",更不要说其他什么派了。"唐宋八大家"中,也有几个不错,但与司马迁一比,格局小了,又有点"作"。这放到后面再说吧。

七

不要快速地跳到唐代去。由汉至唐,世情纷乱,而文脉健旺。

我对于魏晋文脉的梳理,大致分为"三段论"——

首先,不管大家是否乐见,第一个在战马硝烟中接续文脉的,是曹操。我曾在《丛林边的那一家》中写道:"曹操一心想做军事巨人和政治巨人而十分辛苦,却不太辛苦地成了文化巨人。"我还拿同时代写了感人散文《出师表》的诸葛亮和曹操相比,结论是:"任何一部《中国文学史》,遗漏了曹操是难于想象的,而加入了诸葛亮也是难于想象的。"

曹操的军事权谋形象在中国民间早就凝固,却缺少他在文学中的身份。然而,当大家知道,那些早已成为中国熟语的诗句居然都出自他的手笔,常常会大吃一惊。哪些熟语?例如:"老骥伏枥,志在千里。""烈士暮年,壮心不已。""对酒当歌,人生几何?""何以解忧,唯有杜康?""青青子衿,悠悠我心。""月明星稀,乌鹊南飞。""山不厌高,海不厌深。""东临碣石,以观沧海。""秋风萧瑟,洪波涌起。""日月之行，若出其中；星汉灿烂，若出其里。"……还有那些描写乱世景象的著名诗句："白骨露于野，千里无鸡鸣。生民百遗一，念之断人肠。"……

在漫长的历史上，还有哪几个文学家，能让自己的文句变成千年通用？可能举得出三四个，不多，而且渗入程度似乎也不如他广泛。

更重要的是等级。我在对比后曾说，诸葛亮的文句所写，是君臣之情；曹操的文句所写，是宇宙人生。不必说诸葛亮，即便在文学史上，能用那么开阔的气势来写宇宙人生的，还有几个？而且从我特别看重的文学本体来说，像他那么干净、朴素、凝练的笔墨，又有几个？

曹操还有两个真正称得上文学家的儿子：曹丕、曹植。父子三人中，文学地位最低而终于做了皇帝的曹丕，就文笔论，在数千年中国帝王中也能排到第二。第一是李煜，以后的事了。

在三国时代，哪一个军阀都少不了血腥、谋略。中国文人历来对曹操的恶评，主要出于一个基点，那就是他要"断绝刘汉正统"。但是我们如果从宏观文化上看，在兵荒马乱的危局中真正把中国文脉强悍地接续下来的，是谁呢？

这是"三段论"的第一段。

第二段，曹操的书记官阮瑀生了一个儿子叫阮籍，接过了文脉。还算直接，却已有了悬崖峭壁般的"代沟"。比阮籍小十余岁的嵇康，再加上一些文士，通称为"魏晋名士"。其实，真正得脉者，只有阮籍、嵇康两人。

这是一个"后英雄时代"的文脉旋涡。史诗传奇结束，代之以恐怖腐败，文士们由离经之议、忧生之嗟而走向虚无避世。生命边缘的挣扎和探询，使文化感悟告别正统，向着更危险、更深秘的角落释放。奇人奇事，奇行奇僻，随处可见。中国文化，看似主脉已散，却四方奔溢，气貌繁盛。当然，繁盛的是气貌，而不是作品。那时留下的重大作品不多，却为中国文人在血泊和奢侈间的人格自信，提供了众多模式。

阮籍、嵇康是同年死的。在他们死后两年建立了西晋王朝，然后内忧外患，又是东晋，又是南北朝，说起来很费事。只是远远看去，阮籍、嵇康的风骨是找不到了，在士族门阀的社会结构中，文人们玄风颇盛。

玄谈，向被诟病。其实中国文学历来虽有写意、传神等风尚，却一直缺少形而上的超验感悟、终极冥思。倘若借助于哲学，中国哲学也过于实在。而且在汉代，道家、儒家又被轮番征用为朝廷主流教化，那就不能指望了。因此，我们的这些玄谈文士们能把哲学拉到自己身上，尤其出入佛道之间，每个人都弄得像是从空而降的思想家似的，我总觉得利多于弊。胡辩瞎谈的当然也有不少，但毕竟有几个是在玄思之中找到了自己，获得了个体文化的自立。

其中最好的例子要算东晋的王羲之了。他写的《兰亭序》，大家只看他的书法，其实内容也可一读，是玄谈中比较干净、清新的一种。我在为北大学生讲课时特地把它译述了一遍，让年轻人知道当时这些人在想什么。学生们一听，都很喜欢。

王羲之写《兰亭序》是在公元353年,地点在浙江绍兴,那年他正好五十岁。在写完《兰亭序》十二年之后,江西九江有一个孩子出生,他将开启魏晋南北朝文学"三段论"的第三段。

这就是第三段的主角,陶渊明。

就文脉而言,陶渊明又是一座时代最高峰了。自秦汉至魏晋,时代最高峰有三座:司马迁、曹操、陶渊明。若要对这三座高峰做排列,那么,司马迁第一,陶渊明第二,曹操第三。曹操可能会气不过,但只能让他息怒了。理由有三:

一、如果说,曹操们着迷功业,名士们着迷自己,而陶渊明则着迷自然。最高是谁,一目了然。在陶渊明看来,不要说曹操,连名士们也把自己折腾得太过分了。

二、陶渊明以自己的诗句展示了鲜明的文学主张,那就是戒色彩,戒夸饰,戒繁复,戒深奥,戒典故,戒精巧,戒黏滞。几乎,把他前前后后一切看上去"最文学"的架势全推翻了,呈现出一种完整的审美系统。态度非常平静,效果非常强烈。

三、陶渊明创造了一种以"田园"为标识的人生境界,成了一种千年不移的文化理想。不仅如此,他还在这种"此岸理想"之外提供了一个"彼岸理想"——桃花源,在中华文化圈内可能无人不知。把一个如此缥缈的理想闹到无人不知,谁能及得?

就凭这三点,曹操在文学上只能老老实实地让陶渊明几步了,让给这位不识刀戟、不知谋术,在陋屋被火烧后不知所措的穷苦男人。

陶渊明为中国文脉增添前所未有的自然之气、洁净之气、淡远之气。而且，又让中国文脉跳开了非凡人物，而从凡人身上穿过，变得更普世了。

讲了陶渊明，也省得我再去笑骂那个时代很嚣张的骈体文了。那是东汉时期开始的汉赋末流，滋生蓬勃于魏晋，以工整、华丽的"假大空"为其基本特征。而且也像一切末流文学，总是得意洋洋，而且朝野吹捧。只要是"假大空"，朝野不会不喜欢。

八

眼前就是南北朝了。

那就请允许我荡开笔去，说一段闲话。

上次去台湾，文友蒋勋特意从宜兰山居中赶到台北看我，有一次长谈。有趣的是，他刚出了一本谈南朝的书，而我则花几年时间一直在流连北朝，因此虽然没有预约，却一南一北地畅谈起来。台湾《联合报》记者得知我们两人见面，就来报道，结果出了一大版有关南北朝的文章，在今天的闹市中显得非常奇特。

蒋兄写南朝的书我还没有看，但由他来写，一定写得很好。南朝比较富裕，又重视文化，文人也还自由，可谈的话题当然很多。蒋兄写了，我就不多啰唆了，还是抬头朝北，说北朝吧。

蒋兄沉迷南朝，我沉迷北朝，这与我们不同的气质有关，虽老友也"和而不同"。我经过初步考证，怀疑自己的身世可能是古羌而入西夏，与古代凉州脱不了干系，因此本能地亲近北朝。北朝文化，至少有一半来自凉州。

当然，我沉迷北朝，还有更宏观的原因，而且与现在正在梳理的宏观文脉相关。

文脉一路下来，变化那么大，但基本上在一个近似的文明之内转悠。或者说，就在黄河和长江这两条河之间轮换。例如，《诗经》和诸子是黄河流域，屈原是长江流域，司马迁是黄河流域，陶渊明是长江流域。这么一个格局，在幅员广阔的中国也不见得局促。但是那么多年过去，人们不禁要问，作为一种大文化，能不能把生命场地放得再开一些？

于是，公元五世纪，大机缘来了。由鲜卑族建立的北魏王朝，由于文明背景的重大差异，本该对汉文化带来沉重劫难，就像公元476年欧洲的西罗马帝国被"北方蛮族"灭亡，古希腊、古罗马文明一时陷入黑暗深渊一般；谁料想，北魏的鲜卑族统治者中有一些杰出人物，尤其是孝文帝拓跋宏（元宏），居然虔诚地拜汉文化为师，快速提升统治集团的文明等级，情况就发生了惊人的变化。他们既然善待汉文化，随之也就善待佛教文化，以及佛教文化背后的印度文化。这一来，已经在犍陀罗等地相依相溶的希腊文化、波斯文化，乃至巴比伦文化也一起卷入，中国北方出现了前所未有的世界文明大汇聚。

从此，中国文化不再只是流转于黄河、长江之间了。经由从大兴安岭出发的浩荡胡风，茫茫北漠、千里西域，都被裹卷，连恒河、印度河、幼发拉底河、底格里斯河的波涛也隐约可见，显然，它因包容而更加强盛。山西大同的云冈石窟可以作为这种文明大汇聚的最好见证，因此我在那里题了一方石碑，上刻八字：

"中国由此迈向大唐"。

这就是说,在差不多同时,当苏格拉底、亚里士多德的文脉被"北方蛮族"突然阻断,而且会阻断近千年的当口上,中国文脉,却突然被"北方蛮族"大幅提振,并注定要为全人类的文明进程开辟一个值得永远仰望的"制高点"。

阿基米德说:"给我一个支点,我能撬起整个地球。"我觉得,北魏就是一个历史支点,它撬起了唐朝。

当然,我所说的唐朝,是文化的唐朝。

为此,我长久地心仪北魏,寄情北魏。

即使不从"历史支点"的重大贡献着眼,当时北方的文化,也值得好好观赏。它们为中华文化提供了一种力度、一种陌生,让人惊喜。

例如,那首民歌:"敕勒川,阴山下。天似穹庐,笼盖四野。天苍苍,野茫茫,风吹草低见牛羊。"

这里出现了中国文学中未曾见过的辽阔和平静,平静得让人不好意思再发什么感叹。但是,它显然闯入了中国文学的话语结构,不再离开。

当然,直接撼动文脉的是那首北朝民歌《木兰诗》。"唧唧复唧唧,木兰当户织",这么轻快、愉悦的语言节奏,以及前面站着的这位健康、可爱的女英雄,带着北方大漠明丽的蓝天,带着战火离乱中的伦理情感,大踏步走进了中国文学的主体部位。你看,直到当代,国际电影界要找中国题材,首先找到的也还是花木兰。

在文人圈子里，南朝文人才思翩翩，有一些理论作品为北方所不及，如刘勰的《文心雕龙》、钟嵘的《诗品》。而且，他们还在忙着定音律、编文选、写宫体。相比之下，北朝文人没那么多才思。但是，他们拿出来的作品却别有一番重量，例如我本人特别喜爱的郦道元的《水经注》和杨衒之的《洛阳伽蓝记》。这些作品的纪实性、学术性，使一代散文走向厚实，也使一代学术亲近散文。郦道元和杨衒之，都是河北人。

九

唐代是一场审美大爆发，简直出乎所有文人的意料之外。

文人对前景的预料，大多只从自己和文友的状况出发。即便是南朝的那些专门研究来龙去脉的理论家、文选家，也无法想象唐代的来到。

人们习惯于从政治上的盛世，来看待文化上的繁荣，其实这又在以"政脉"解释"文脉"。

政文两途，偶尔交错。然而，虽交错也未必同荣共衰。唐代倒是特例，原先酝酿于北方旷野上、南方巷陌间的文化灵魂已经积聚有时，其他文明的渗透、发酵也到了一定地步，等到政局渐定，民生安好，西域通畅，百方来朝，政治为文化的繁荣提供了极好的平台，因此出现了一场壮丽的大爆发。

这是机缘巧合，天佑中华，而不是由政治带动文化的必然规律。其实，这种"政文俱旺"的现象，在历史上也仅此一次。

不管怎么说，有没有唐代的这次大爆发，对中国文化大不一样。试看天下万象，一切准备，如果没有展现，那就等于没有准备；一切贮存，如果没有启用，那就等于没有贮存；一切内涵，如果没有表达，那就等于没有内涵；一切灿烂，如果没有迸发，那就没有灿烂；一切壮丽，如果没有汇聚，那就没有壮丽。更重要的是，所有的展现、迸发、汇聚，都因群体效应产生了新质，与各自原先的形态已经完全不同。因此，大唐既是中国文化的平台，又是中国文化的熔炉；既是一种集合，又是一种冶炼。

唐代还有一个好处，它的文化太强了，因此成了中国历史上唯一不以政治取代文化的朝代。说唐朝，就很难以宫廷争斗掩盖李白、杜甫。而李白、杜甫，也很难被曲解成政治人物，就像屈原历来所蒙受的那样。即使是真正的政治人物如颜真卿，主导了一系列响亮的政治行动，但人们对他的认知，仍然是书法家。鲁迅说，魏晋时代是文学自觉的时代。这大致说得不错，只是有点夸张，因为没有"自立"的"自觉"，很难长久成立。唐代，就是一个文学自立的时代，并因自立而自觉。

文学的自立，不仅是对于政治，还对于哲学。现代有研究者说，唐代缺少像样的哲学家和思想家。这种说法也大致不错，但不必抱怨。作为一种强大而壮丽的审美大爆发，不能不让哲学的油灯黯淡了。

文学不必贯穿一种稳定而明确的哲学理念。文学就是文学，只从人格出发，不从理念出发；只以形式为终点，不以教化为目的。请问唐代那些大诗人各自信奉什么学说？实在很难说得清楚，而且一生多有转换，甚至同时几种交糅。但是，这一点儿也不影响他们写出千古佳作。

为什么一个时代不能由文学走向深刻呢？为什么一批文学家不能以美为目标，而必须以理念为目标？

唐代文学，说起来太冗长。我多年前在为北大学生讲授中国文化史时曾鼓励他们用投票的方式为唐代诗人排一个次序。标准有两个：一是诗人们真正抵达的文学高度；二是诗人们在后世被民众喜爱的广度。

北大学生投票的结果是这样十名——

第一名：李白；

第二名：杜甫；

第三名：王维；

第四名：白居易：

第五名：李商隐；

第六名：杜牧；

第七名：王之涣；

第八名：刘禹锡；

第九名：王昌龄；

第十名：孟浩然。

有意思的是，投票的那么多学生，居然没有两个人的排序完全一样。

这个排序，可能与我自己心中的排序还有一些出入。但高兴的是，大家没有多大犹豫，就投出了前四名：李白、杜甫、王维、白居易。这前四名，合我心意。

在一个琳琅满目的世界,学会排序是一种本事,不至于迷路。有的诗文,初读也很好,但通过排序比较,就会感知上下之别。日积月累,也就有可能深入文学最微妙的堂奥。例如,很多人都会以最高的评价来推崇初唐诗人王勃所写的《滕王阁序》,把其中"落霞与孤鹜齐飞,秋水共长天一色"说成是"全唐第一佳对",这就是没有排序的结果。一排,发现这样的骈体文在唐代文学中的地位不应该太高。可理解的是,王勃比李白、王维大了整整半个世纪,与唐代文学的黄金时代相比,是一种"隔代"存在。又如,人们也常常对张若虚的《春江花月夜》赞之有过,连闻一多先生也曾说它"诗中的诗,顶峰上的顶峰"。但我坚持认为,当李白、杜甫他们还远远没有出生的时候,唐诗的"顶峰"根本谈不上,更不要说"顶峰上的顶峰"了。

但是,无论是王勃还是张若虚,已经表现出让人眼睛一亮的初唐气象。在他们之后,会有盛唐、中唐、晚唐,每一个时期各不相同,却都天才喷涌,大家不绝。唐代,把文学的各个最佳可能,都轮番演绎了一遍。请看,从发轫,到飞扬,到悲哀,到反观,到个人,到凄迷,各种文学意味都以最强烈的方式展现了,几乎没有重大缺漏。

因此,一个杰出时代的文学艺术史,很可能看成了人类文学艺术史的浓缩版。有学生问我,如果时间有限,却要集中地感受一下中国文化的极端丰富,又不想跳来跳去,读什么呢?

我回答:"读唐诗吧。"

与我前面列述的中国文脉的峰峦相比,唐诗具有全民性。唐诗让中国语文具有了普遍的附着力、诱惑力、渗透力,并让它们笼罩九州、镌刻山河、朗朗上口。有过了唐诗,中国大地已经不大有耐心来仔细倾听别的诗句了。

因为有过了唐诗,倾听者的范围早就超过了文苑、学界,拓展为一个漫无边际的不确定群落。他们粗糙,但很挑剔。两句听不进去,他们就转身而去,重新吟诵起李白、杜甫。

十

再说一说唐代的文章。

唐代的文章,首推韩愈、柳宗元。

自司马迁之后九百多年,中国散文写得最好的,也就是他们两位了,因此他们并不仅仅归属于唐代,也算是"千年一出"之人。

他们两位,是后世所称"唐宋八大家"的领头者。我在前面说过,"唐宋八大家"的文学成就,在整体上还比不过司马迁一人,这当然也包括他们两位在内。但是,他们两位,做了一件力挽狂澜的大事,改变了一代文风,清理了中国文脉,这是司马迁所未曾做过的。

他们再也不能容忍从魏晋以来越来越盛炽的骈体文了。自南朝的宋、齐、梁、陈至唐初,这种文风就像是藻荇藤蔓,已经缠得中国文学步履蹒跚。但是,文坛和民众却不知其害,以为光彩夺目、堆锦积绣,就是文学之胜,还在竞相趋附。

面对这种风气,韩愈和柳宗元都想重新接通从先秦诸子到屈原、司马迁的气脉，为古人和古文"招魂"。因此，他们发起了一个"古文运动"。按照韩愈的说法，汉代以后的文章，他已经不敢看了（《答李翊书》："非三代两汉之书不敢观。"）。这种主张，初一看似乎是在"向后走"，但懂得维护文脉的人都知道，这是让中国文化有能力继续向前走的基本条件。

他们两人，特别是韩愈，显然遇到了一个矛盾。他崇尚古文，又讨厌因袭，那么，对古人就能因袭了吗？他几经深思，得出明确结论：对古文，"师其意而不师其辞"，学习者必须"自树立，不因循"。甚至，他更透彻地说："惟陈言之务去。"只要是套话、老话、讲过的话，必须删除。因此，他的"古文运动"，其实不是模仿古文，而是寻找千年来未颓的"古意"。"古意"本身，就包含着创新，包含着不可重复的个性，即"词必己出"。

他与柳宗元在这件事上有一个强项，那就是不停留在空论上，而是拿出了自己的一大批示范作品。韩愈的散文，气魄很大，从句式到词汇都充满了新鲜活力。但是相比之下，柳宗元的文章写得更清雅、更诚恳、更隽永。韩愈在崇尚古文时，也崇尚古文里所包含的"道"，这使他的文章难免有一些说教气。柳宗元就没有这种毛病，他被贬于柳州、永州，离文坛很远，只让文章在偏僻而美丽的山水间一笔笔写得更加情感化、寓言化、哲理化，因此也达到了更高的文学等级。与他一比，韩愈那几篇名文，像《原道》《原毁》《师说》《争臣论》等等，道理盖过了审美，已经模糊了论文和文学的界限。

总之，韩愈、柳宗元他们既有观念，又有实践，"古文运动"展开得颇有声势，骈体文的地位很快被压下去了。但是，随之也带来了一些消极的后果。在骈体文盛行的魏晋南北朝，文学已经逐渐自觉，虽触目秾丽，也是文学里边的事。现在"古文运动"让文章重新载道，迎来了太多观念性因素。这些因素，与文学不亲。

十一

讲了诗文，忍不住还想顺便说一下书法，因为所有的诗文都离不开它。

唐代书法，是继晋代书法之后的又一次辉煌。如果要对唐代的书法家排一个序，我不分字体地排列如下——

第一名：颜真卿；

第二名：欧阳询；

第三名：张旭；

第四名：怀素；

第五名：褚遂良；

第六名：柳公权；

第七名：孙过庭；

第八名：虞世南。

我知道这个排列会引起不同意见，但希望不要对颜真卿的至高地位产生争议。其实在这个排列中，颜真卿的第一名是远远高出于后面这个名单的。后面这个名单里的人，都是第一流的书法家,而颜真卿,则是整个中国历史上的文化巨人。

记得我在前面说到王羲之《兰亭序》时曾脱开它的书法意义而提到了它的内容,还说我在给北大学生讲课时还特地把它翻译成了现代文。这让我想起,我讲到颜真卿时曾做了一件让学生们很吃惊的事,那就是暂停课程的讨论形态,那天下午,由我一个人完整地讲述颜真卿的生平事迹,这也就构成了全部课程中的第三十九课。对于颜真卿的人格力量,我实在太敬佩了,因此,由他拌泪书写的《祭侄文稿》,我也看成是千年文脉的突发性呈现。由神赋形,那份文稿的书法价值达到了仅有《兰亭序》可比肩的程度。相较之下,《兰亭序》仍是典雅之最,而颜真卿的文稿则把中国文化的生命悲壮,推到了极致。书法是无声的,但中国成语"可歌可泣"四字,在这幅书法中得到最佳体现。

正因为如此,我是不赞成把另一位书法家柳公权与他并列的(所谓"颜筋柳骨")。草书将张旭列为首位,是觉得他的线条张力所呈现的生命强度,超过了怀素和孙过庭。唐代著名文学家留下的墨迹中,我最赞赏的是杜牧的《张好好诗》三百多字。其实,唐太宗李世民本人的字也写得不错,那份《晋祠铭》,可把他推到中国历代皇帝中书法第一名。第二名是后来写"瘦金体"的宋徽宗赵佶。两位帝王,政治盛衰各至极端,而书法名次却连在一起,分获冠亚。

十二

写到这里,联想到了另一位衰运之帝,李煜。

唐朝灭亡后，由藩镇割据而形成了五代十国的分裂局面。曾经一度诗情充溢的北方已经很难寻到诗句，而南方却把诗文留存了。特别是，那个南唐的李后主李煜，本来从政远不及吟咏，当他终于成了俘虏被押解到汴京之后，一些重要的诗句穿过亡国之痛而飘向天际，使他成了一种新的文学形式——"词"的里程碑人物。

李煜又一次充分证明了"政脉"与"文脉"是两件事。在那个受尽屈辱的俘居小楼，在他时时受到死亡威胁而且确实也很快被毒死的生命余隙之中，明月夜风知道：中国文脉光顾此处。

从此，"春花秋月""一江春水""不堪回首""流水落花""天上人间""仓皇辞庙"等等意绪，以及承载它们的"长短句"的节奏，将深深嵌入中国文化；而这个倒霉皇帝所奠定的那种文学样式"词"，将成为俘虏他的王朝的第一文学标帜。

人类很多文化大事，都在俘虏营里发生。这一事实，在希腊、罗马、波斯、巴比伦、埃及的互相征战中屡屡发生。在我前面说到的凉州到北魏的万里蹄声中，也被反复印证。这次，在李煜和宋词之间，又一次充分演绎。

十三

那就紧接着讲宋代。

我前面说过，在唐代，政文俱旺；那么，在宋代，虽非"俱旺"，却政文贴近。

这有两个原因。

第一个原因，宋代重视文官当政，比较防范武将。结果，不仅科举制度大为强化，有效地吸引了全国文人，而且让一些真正的文化大师如范仲淹、欧阳修、王安石、司马光等居行政高位。这种景象，使文化和政治出现了一种特殊的"高端联姻"，文化感悟和政治使命混为一体。表面上，既使文化增重，又使政治增色，其实，并不完全如此，有时反而各有损伤。

第二个原因，宋代由于文人当政，又由于对手是游牧民族的浩荡铁骑，在军事上屡屡失利，致使朝廷危殆、中原告急。这就激发了一批杰出的文学家心中的英雄气概、抗敌意志，并在笔下流泻成豪迈诗文。陆游、辛弃疾就是其中最让人难忘的代表，可能还要包括最后写下《过零丁洋》和《正气歌》的文天祥。

这确实也是中国文脉中最为慷慨激昂的正气所在，具有长久的感染力。但是，我们在钦佩之余也应该明白，一个历时三百余年的重要朝代的文脉，必然是一种多音部的交响。与民族社稷之间的军事征战相比，文化的范围要广泛得多，深厚得多，丰富得多。

因此，文脉的首席，让给了苏东坡。苏东坡也曾经与政治有较密切关系，但终于在"乌台诗案"后两相放逐了：政治放逐了他，他也放逐了政治。他的这个转变，使他一下子远远地高过于王安石、司马光，当然也高过于比他晚得多的陆游、辛弃疾。他的这个转变，我曾在《黄州突围》中有详细描述。说他"突围"，不仅仅是指他突破文坛小人的围攻，更重要的是，突破了他自己沉溺已久的官场价值体系。因此，他的突围，也是文化本体的突围。有了他，宋代文化提升了好几个等级。所以我写道，在他被贬谪的黄州，在无人理会的彻底寂寞中，在他完全混同于渔夫樵农的时刻，中国文脉聚集到了那里。

苏东坡是一个文化全才，诗、词、文、书法、音乐、佛理，都很精通，尤其是词作、散文、书法三项，皆可雄视千年。苏东坡更重要的贡献，是为中国文脉留下了一个快乐而可爱的人格形象。

回顾我们前面说过的文化巨匠，大多可敬有余，可爱不足。从屈原、司马迁到陶渊明，都是如此。他们的可敬毋庸置疑，但他们可爱吗？没有足够的资料可以证明。曹操太有威慑力，当然挨不到可爱的边。魏晋名士中有不少人应该是可爱的，但又过于怪异，过于固执，过于孤傲，我们可以欣赏他们的背影，却很难与他们随和地交朋友。到唐代，以李白为首的很多诗人一定可爱，但那时诗风浩荡，一切惊喜、感叹都凝聚成了众人瞩目的审美典范，而典范总会少了可爱。即便到了晚唐只描摹幽雅的私人心怀，也还缺少寻常形态。

谁知到宋代出了一个那么有体温、有表情的苏东坡，构成了一系列对比。不管是久远的历史、辽阔的天宇、个人的苦恼，到他笔下都有了一种美好的诚实，让读到的每个人都能产生感应。他不仅可爱，而且可亲，成了人人心中的兄长、老友。这种情况，在中国文学史上几乎绝无仅有。因此，苏东坡是珍罕的奇迹。

把苏东坡首屈一指的地位安顿妥当之后，宋代文学的排序，第二名是辛弃疾,第三名是陆游,第四名是李清照。

辛弃疾和陆游,除了前面所说的英雄主义气概之外,还表现出了一种品德高尚、怀才不遇、热爱生活的完整生命。这种生命,使兵荒马乱中的人心大抵不至下堕。在孟子之后,他们又一次用自己的一生创建了"大丈夫"的造型。

李清照,则把东方女性在晚风细雨中的高雅憔悴写到了极致,而且已成为中国文脉中一种特殊格调,无人能敌。因她,中国文学有了一种贵族女性的气息。以前蔡琰也写出过让人动容的女性呼号,但李清照不是呼号,只是气息,因此更有普遍价值。

李清照的气息,又具有让中国女性文学扬眉吐气的厚度。在民族灾难的前沿,她写下了"生当作人杰,死亦为鬼雄"的诗句,就其金石般的坚硬度而言,我还没有在其他文明的女诗人中找到可以比肩者。这说明,她既是中国文脉中的一种特殊格调,又没有离开基本格调。她离屈原,并不太远。

十四

在宋代几位一流的文学家中,辛弃疾是最后一个压阵之人。他在晚年曾勇敢地赶不少路去吊唁当时受贬的朱熹。朱熹比他大十岁,也算是同辈人。他在朱熹走后七年去世,一个时代的高层文化,就此垂暮。在我看来,这也许是我心中整个中国古典文脉的黄昏。

朱熹算不上文学家,我也不喜欢他重道轻文的观念。但是,观念归观念,这位杰出的哲学家对文学的审美感觉却是不错。哲学讲究梳理脉络,他在无意之中也对文脉作了点化,让人印象深刻。

朱熹说,学诗要从《诗经》和《离骚》开始。宋玉、司马相如等人"以浮华为尚,而无实之可言矣"。相比之下,汉魏之诗很好,但到了南朝的齐梁,就不对了。"齐梁间之诗,读之使人四肢皆懒,慢不收拾"。这种论断,切中要害。

朱熹对古代乐府、陶渊明、李白、杜甫都有很好的评价。他认为陶渊明平淡中含豪放,而李白则有"清水出芙蓉,天然去雕饰"的自然美。对他自己所处的宋代,则肯定陆游的"诗人风致"。这些评价,都很到位。但是,他从理学家的思维出发,对韩愈、柳宗元、苏东坡、欧阳修的文学指责,显然是不太公平。他认为他们道之不纯,又有太多文人习气。

在他之后几十年,一个叫严羽的福建人写了一部《沧浪诗话》,正好与朱熹的观念完全对立。严羽认为诗歌的教化功能、文学功能、批判功能都不重要,重要的是吟咏性情,达到妙悟。他揭示的,其实就是文学超越理性和逻辑的特殊本质。由于他,中国文学在今后谈创作时,就会频频用到"不涉理路,不落言筌""羚羊挂角,无迹可求""透彻玲珑,不可凑泊""水中之月,镜中之象"等等词语,这是文学理论水准的一大提升。但是,他对同代文学家的评论,失度。

从朱熹和严羽,不能不追溯到前面提到过的《文心雕龙》《诗品》等理论著作。那是七百多年前的事了,我之所以没有认真介绍,是因为那是中国文论的起始状态,还在忙着为文学定位、分类、通论。当然这一切都是需要的，而《文心雕龙》在这方面确实也做得非常出色，但要建立一种需要对大量感性作品进行概括的理论，在唐朝开国之前八十多年就去世了的刘勰毕竟还缺少宏观对比的时间和范例。何况，南朝文风也不能不对概念的裁定带来局限，影响了理论力度。这只要比一比七百多年后那位玩遍了一切复杂概念的顶级哲学家朱熹，就会发现，真正高水准的理论表述，反倒是朴实而干净。

十五

李清照、陆游、辛弃疾、文天祥他们都认为，中国文脉将会随着大宋灭亡而断绝，蒙古马队的铁骑是中华文明覆灭的丧葬鼓点。但是，实际情况并非如此。

元代的诗歌、散文，确实不值一提。但是，中国文脉在元代却突然超常发达。那就是，中华文明几千年的一个重大缺漏，在这个不到百年的短暂朝代获得了完满弥补。这个被弥补的重大缺漏，就是戏剧。不管是古希腊悲剧还是古印度梵剧，都在两千五百多年前已经充分成熟。而中国，不仅孔子没看到过戏剧，连屈原、司马迁、曹操、李白、杜甫、苏东坡都没有看到过，这实在有点说不过去了。为什么会产生这种情况，而元代又为什么会改变，这是很复杂的课题，我在《中国戏剧史》一书中有系统探讨。有趣的是，既然中国错过了两千多年，照理追赶起来会非常困难，岂能料，不知从哪里冒出来关汉卿、王实甫、马致远、纪君祥等一大批文化天才，合力创作的元杂剧，结果，正如后来王国维先生所说,中国可以立即在戏剧上与其他文明并肩而"毫无愧色"。

此时的中国文脉,在《窦娥冤》,在《望江亭》,在《救风尘》,在《西厢记》,在《赵氏孤儿》,在《汉宫秋》……

在这里,我和王国维先生一样,并不是从表演、唱腔着眼,而只是从文学上评价元杂剧。那些形象,那些故事,那些冲突,那些语言,以及它们的有机组合,在中国文学史和艺术史上几乎是空前的。

是不是绝后呢?还不好说。但是如果与明代的传奇——昆曲相比,昆曲虽然也出现了汤显祖这样的作家写出了《牡丹亭》这样的作品,但放在元杂剧面前,却会在整体张力上略逊一筹。多数昆曲作品过于冗长、秾丽、滞缓、入套,缺少元杂剧那种活泼而爽利的悲欢。比《牡丹亭》低一等级的《桃花扇》《长生殿》又过于拘泥历史,减损了作为一种民间艺术的生命力。

至于清代后期勃发的京剧,唱腔很好,表演虽然没有戏迷们幻想的那么精彩,也算可以,而文学剧作,则完全不能细问。没有文学就只能展示演唱技能了,在整体上当然不能与元杂剧相提并论。

因此,中国文脉之于中国戏剧,如果以十分计,那么,大概是六分归元杂剧,三分归昆曲,一分归地方戏曲。这一分中不包括京剧,因为它已不是地方戏曲。当然,如果是从音乐唱腔着眼,它的地位就会不低。

由于元代的统治者是少数民族,一些本该褪色的文化也就失去了官方支撑，因此比较彻底地挣脱了文辞间的道统气、宫廷气、阿谀气、头巾气、腐儒气，为贴近自然的天籁式创造留出了空间。这种空间看似边缘，却很辽阔，足以伸展手脚。由此联想到同样产生于元代的那幅具有划时代意义的《富春山居图》。比之于宋代那些皇家画院里的宫廷画师，黄公望只是一个居无定所的流浪卜者，但是，即使把宋代所有宫廷画师的最好作品加在一起，也无法与他相比。

元杂剧的情况也是如此，我们哪怕是把后来京剧从慈禧太后开始给予的全部最高权力的扶持加在一起，也无法追赶元杂剧的依稀踪影。元杂剧即使衰落也像一个英雄，完成了生命过程便轰然倒下，拒绝有人以"振兴"的说法来做人工呼吸、打强心针。

一切需要刻意"振兴"的文化，都已经与文脉无关。而且，极有可能扰乱了文脉的自然进程。现在社会上经常有人忙着要把那些该由博物馆保护的文化遗产折腾到现实生活中来，而且动静很大，我就很想让他们听听元杂剧轰然倒地的壮美声响。

十六

明清两代五百四十余年，中国文脉严重衰弱。

我在给北京大学学生讲授中国文化史的时候指出，这五百多年，如果要找到能与屈原、司马迁、陶渊明、李白、杜甫、苏东坡、关汉卿可以并肩站立的文化巨人，只有两个，一是明代的哲学家王阳明，二是清代的小说家曹雪芹。我们今天所说的文脉，范围要比我在北大讲的文化更小，王阳明不应列入其中，因此只剩下曹雪芹。

这真要顺着他说过的话,感叹一句:白茫茫一片大地真干净。

为什么会产生这么惊人的情况?

原因之一,是明清两代统治者实行的文化专制主义已发展到了文化恐怖主义(如"文字狱")。这就必然毁灭文化创新,培养出大量的文化侍从、文化鹰犬、文化侏儒。当然也产生了一些文化叛逆者和思考者,但囿于时间和空间,叛逆和思考的程度都不深。有人把他们当作"启蒙主义者",其实言之有过,因为并没有形成"被启蒙群体"。真是可称得上启蒙的,要等到近代的严复。

原因之二,是中国文脉的各个条块,都已在风华耗尽之后自然老化,进入萧瑟晚景。这是人类一切文化壮举由盛而衰的必然规律,无可奈何。文脉,从来不是一马平川的直线,而是由一组组抛物线组成。要想继续往前,必须大力改革,重整重组,从另一条抛物线的起点开始。但是明清两代,都不可能提供这种契机。

除了这两个原因外,从今天的宏观视野看去,还有一个对比上的原因。那就是在中国明代,欧洲终于从中世纪的漫长梦魇中醒了。而且由于睡得太久,因此醒得特别深刻。一醒之后,他们重新打量自己,然后精力充沛地开始奔跑。而中国文化,却因创建过太久的辉煌而自以为是。欧洲文艺复兴发生在中国的什么时候?我只需提供一个概念:米开朗琪罗只比王阳明小三岁。

明清两代五百年衰微中，只剩下两个光点，一是小说，二是戏剧。但明清戏剧我在前面已经作为元杂剧的对比者而约略提过，因此能说的只有小说了。

小说，习惯说"四大名著"，即《三国演义》《水浒传》《西游记》《红楼梦》。我们中国人喜欢集体打包，其实这四部小说完全没有理由以相同的等级放在一起。

真正的杰作只有一部：《红楼梦》。其他三部，完全不能望其项背。

《三国演义》气势恢宏，故事密集。但是，按照陈旧的正统观念来划分人物正邪，有脸谱化倾向。《水浒传》好得多，有正义，有性格，白话文生动漂亮，叙事能力强，可惜众好汉上得梁山后便无法推进，成了一部无论在文学上还是精神上都是有头无尾的作品，甚为可惜。《西游记》是一部具有精神格局的寓言小说，整体文学品质高于上两部，可惜重复过多，套路过多，影响了精神力度。如果要把这三部小说排序，那么第一当是《西游记》，第二当是《水浒传》，第三当是《三国演义》。

这些小说，因为有民间传闻垫底，又有说书人的描述辅佐，流传极广。在流传过程中，《三国演义》的权谋哲学和《水浒传》的暴力哲学对民间有严重的负面影响，于今尤烈。

《红楼梦》则完全是另外一个天域的存在了。这部小说的高度也是世界性的，那就是：全方位地探寻人性美的存在状态和幻灭过程。它为天地人生设置了一系列宏大而又残酷的悖论，最后都归之于具有哲思的巨大诗情。虽然达到了如此高度，但它的极具质感的白话叙事，竟能把一切不同水准、不同感悟的读者深深吸引。这又是世界上寥寥几部千古杰作的共同特性，但它又中国得不能再中国。

于是，一部《红楼梦》，慰抚了五百年的荒凉。

也许，辽阔的荒凉，正是为它开辟的仰望空间？

因此，中国文脉悚然一惊，猛然一抖，然后就在这片辽阔的空地上站住了，不再左顾右盼。

明清两代，也有人关注千年文脉。关注文脉之人，也就是被周围的荒凉吓坏了的人。

例如，明代以李梦阳、何景明等"前七子"提出过"文必秦汉、诗必盛唐"的口号。他们还认为"今真诗乃在民间"，例如《西厢记》能与《离骚》相提并论。他们得出结论：各种文学的创建之初虽不精致但精神弥漫，可漫"高格"，必须追寻、固守。这种观点，十分可喜。

清代的金圣叹则睥睨历史，把他喜欢的戏剧、小说，如《西厢记》《水浒传》，与《庄子》《离骚》《史记》和杜甫拉成一条线，构成了强烈的文脉意识。

明清两代在文脉旁侧稍可一提的，是"晚明小品"。在刻板中追求个性舒展，在道统下寻找性灵自由，虽是小东西，却开发了中国散文的韵致和情趣。这种散文，对后来五四新文化运动中白话美文的建立，起到了正面的滋养作用。新时代的文学改革者们不会喜欢清代桐城派的正统，更不会喜欢乾嘉骈文的回潮，为了展示日常文笔之美，便找到了隔代老师。当然，在精神上并非如此，闲情逸致无法对应大时代的风云。

与明代相比，清代倒有两位不错的诗人。一是前期的纳兰性德，以真切性灵写出很多佳句，让人想到即使"李煜"处于胜利时代也还会是一个伤感诗人；二是后期的龚自珍，让人惊讶在一个朝野破败的时代站出来的一位思想家居然还能写出这么多诗歌精品。但是，这两位诗人都遇到了太大的变动：纳兰性德脚下的民族土壤急速变动，龚自珍脚下的精神土壤急速变动，使他们诗句一时找不到稳定的承载。他们的天分本该可以进入文脉，但文脉本身却在那个找不到价值坐标的年月仓皇停步了。

除了他们两位，我还要顺便提一笔个人爱好，那就是十八世纪只活了三十几岁的年轻诗人黄景仁。我认为二十世纪古体诗写得最好的郁达夫，就是受了他的影响。

十七

既然已经说到现代，那就顺着再说几句吧。

中国近、现代文学，成就较低。我前面刚说明清两代五百多年只出了两个一流文人，哲学家王阳明和小说家曹雪芹，那么，我必须紧接着说一句伤心话了：从近代到现代，偌大中国，没出过一个近似于王阳明的哲学家，也没有出过一个近似于曹雪芹的小说家。

一位友人对我说：感冒无药可治，因此世上感冒药最多；同样，中国近、现代文学成果寥落，因此研究队伍最大。研究队伍一大就必然出现夸张、伪饰、围啄、把玩的风尚，直接影响当代文学的创作。

说起来，中国现代文学的起点倒是可喜，那就是应顺中国文脉已经不能不转型的指令，成功示范并普及了白话文。由于几个主事者气格不俗，有效抵拒了中国文学中最能闻风而动、见隙而钻的骈俪、虚靡、炫学、装扮等旧习，选了朴实、通达一路，诚恳与国际接轨，与当代对话，一时文脉大振。但是，由于兵荒马乱、国运危殆、民生凋敝、颠沛流离，本来迫于国际压力所产生的改革思维，很快又被救亡思维替代，精神哲学让位给现实血火，文学和文化都很难拓展自身的主体性。结果，虽然大概念上的中华文明有幸免于崩溃，而文脉则散佚难寻。已经显出实力的鲁迅和沈从文都过早地结束了文学生涯，至于其他各种外来流派的匆忙试验，包括现实主义在内，即便流行一时也没有抵达真正的"高格"。

现代作家之中，真正懂文脉的也是鲁迅。这倒不是从他的小说史，而是从他对屈原、司马迁和魏晋人物的评价中可以窥探。郭沫若应该也懂，但天生的诗人气质常常使他轻重失度，投情过专，影响了整体平正。

在学者中，对中国文脉的梳理做出明显贡献的，有梁启超、王国维和陈寅恪三人。本来胡适也应排列在内，但他作为一个优秀的大学者却缺少文学感悟能力，例如他那么成功地考证了《红楼梦》，却不知道这部小说的真正魅力在何处，因此对文脉总有一些隔阂。梁启超具有宏观的感悟能力，又留下了大量提纲挈领的表述；王国维对甲骨文、戏曲史、《红楼梦》的研究和《人间词话》的写作，处处高标独立；陈寅恪文史互证，对佛教文学、唐代文学和明清之际的研究十分精到。我本人对陈先生的最高评价，在他对唐中期分界为中国全部古代历史分界的论定。这三位中，成就最大的是王国维。可惜，这位真正的大学者只活到五十岁就自沉于北京颐和园昆明湖。

其他人文学者，即使学贯中西、记忆惊人，也都没有来得及对中国文化做出什么实质性的推动。须知，记忆性学问和创造性学问，毕竟是两回事。

现代既是如此荒瘠，那就不要在那里流浪太久了。

如果有年轻学生问我如何重新推进中国文脉，我的回答是：首先领略两种伟大——古代的伟大和国际的伟大，然后重建自己的人格，创造未来。

也就是说，每个试图把中国文脉接通到自己身上的年轻人，首先要从当代文化圈的吵嚷和装扮中逃出，滤净心胸，腾空而起，静静地遨游于从神话到《诗经》、屈原、司马迁、陶渊明、李白、杜甫、苏东坡、关汉卿，以及其他文学星座的苍穹之中。于是，你就有可能成为这些星座的受光者、寄托者、企盼者。

原载于《美文》2012年第9期

老叟学琴

费秉勋

打年轻时,我就和现实时务格格不入,在聪明的世人面前我纯粹是一个傻子。我想离群索居而不得,只能在心里怀想古人,尤其怀想魏晋时候那些人;在魏晋时代的人中,又特别想慕嵇康。"目送归鸿,手挥五弦。俯仰自得,游心太玄",这种澹远闲雅的精神意境,追慕得令人心疼。于是,我想学古琴,我以为这是接近古人的一条有效路径。我从灵魂里发出来对古琴的向往。

我佩服您,嵇老先生!在"竹林七贤"中,性情最真的就是你,也数你最有骨气。权要来拜见你,你照旧打你的铁,连眼皮子都不抬一下。山涛推荐你当官,你立马写信跟他断绝交情。你一生好弹琴,还写了《琴赋》那样的皇皇宏文。都说你弹的《广陵散》是鬼教给你的,现在的人一般不信,但我信。因为那不是个一般的鬼,而是个雅鬼,雅鬼是不屑于与一般人交接的;再是有谁有你那等对鬼的宽和气量呢?在风清月白的子夜里,这鬼是把头拿在手里跟你对话的,而你说"形骸之间复何足计"?

态度无比的坦然，所以鬼才把他的绝曲教给你。可世不容你，临刑之前，你保持了一个高尚者的尊严，从容不迫地弹了你的《广陵散》，喟叹："《广陵散》从此绝矣！"你离开这个世界时的风致，是多么的漂亮！其实《广陵散》没有绝，我最近买了两张CD碟，上头都有《广陵散》琴曲。我想，此曲未绝有两种可能：一是后人慕你的高风，创作了新曲而托名于你的《广陵散》，这你应当理解吧；一是跟当初一样，鬼又给后世琴家传授了这曲绝响。如是后一种情况，这个琴家就绝不是个一般的弹琴人，他一定是一个特立独行的人，不然雅鬼不会理睬他的。

三十多岁时，我就萌生了学琴的念头。但古琴似乎和古人一样难觅。古琴不是在作坊里批量生产的，而是凝结着斫琴家意匠的艺术作品。斫琴家都是高士，他们不是为着商业利益去斫琴的，像画家画一幅画，雕塑家造一尊佛，完全是一种安顿心魂的艺术创作，因此无论古今，琴都是稀有的。所以几十年中我苦求一琴而不得。我知道，一个人一心追求的东西到死都没有得到，这是人生的常事。眼看着我已到了"夕阳红"的年岁，仍然没有与琴结缘的契机，我虽然深觉遗憾，却不得不慢慢死了这条心。然而出我意料的是，当我已退休三年之后，天假我以缘，我得到一张好琴，这一年我是六十三岁。

我有一张古琴了，我终于可以学琴了，我可以与古人进行精神对话了。

在说我学琴之前，我先得为古琴正名。古人当然不说"古琴"而是叫"琴"，现代人与古乐器接触的机会越来越少了，对古乐器已很生疏，觉得有一种文物的味道，因之才加一个"古"字。古琴是一种"阳春白雪"乐器，宋元以后，它已只为一些具有出世倾向的文人所染指，至近代操琴者益少，所以现代人大部分不知古琴为何种乐器。我常碰到许多人问："古琴是不是古筝？"因为筝容易见到，人们便在想象中用古筝去取代古琴，但古琴毕竟不是古筝，而且两者大异其趣。我这样比喻它们的区别：古琴是在深闺中写诗作画的薛涛、李清照；古筝是穿着流行服装在大街上招摇的歌星。筝的弦较多（十三至二十五不等），每弦用一个"柱"支撑着，一根弦基本上只能弹出一个音来；琴只有七根弦而不用柱，有十三个徽，每弦上的每个徽位都能弹出泛音来，世上再没有一种乐器是这样的，而且右手只在一根弦上弹一下，左手便能移动出许多音来，这便为创造千汇万状的声韵提供了独有的条件。《易传》说："易简而天下之理得矣；天下之理得，而成位乎其中矣。"比起筝来，琴的七弦就是"易简"。正如太极图，阴阳互抱的两条鱼便囊括了宇宙万有，而且显示着万事万物间阴阳互转、相依相对的哲理内涵，所以我称太极图为"宇宙魔图"。琴也有它的魔劲，它只有七根弦，这种简化反而为它的声音带来无穷无尽的丰富性。丰富常常是从简括中取得的，这一点只有东方人才能体悟到。

我这样谈古乐器有些不知害臊，因为我的古乐器的知识也是贫乏的。譬如作为一个在大学中文系教古代文学的人，对古代诗文中经常写到的"瑟""筑"这两种弦乐器就很不了然，最多知道瑟无徽而有柱，是二十五弦，连李义山写的"锦瑟无端五十弦"也给学生解释不清。至于高渐离在易水边为荆轲饯行时演奏的"筑",仅知演奏时左手也按弦,但右手却是持竹尺敲击,故演奏筑称为"击筑",光从右手看,有点像打扬琴。"瑟""筑"这两种乐器都已失传,我当然没有见过,所以对它们的认识至今不大清晰。

又回过头来说琴。琴不特寓丰富于简单之中,而且由这种特征便带来了它通于幽玄的品质。琴的孤高雅洁,不但通俗浮华之士无法同声相应,而且无形之中拒斥了一般俗人听者,他们不能进入琴的境界,觉得在琴中找不出他们所要的兴味。琴与筝的雅俗高下也因此而分。筝韵清丽明净,婉转铿锵,常人皆能受其感染,所以它是通俗的俳优之器,是弹给别人听的,是娱人的;琴是一己抒发情志之器,一进入境界,则魂魄升腾于宇宙自然山水之诗境而不知有我,更遑论取悦他人,因此每每感动自然精灵、天地鬼神。瓠巴鼓琴,鸟舞鱼跃;师涓鼓琴,四马噱天;师旷鼓琴,玄鹤群集,延颈而鸣,舒翼而舞。古书中这些记载也许有些夸张,但这符合琴的深层品质。

在常人耳中,琴的声音低微幽闷,不能过瘾,这又是琴能斥俗之处。所以在这浮躁之世,琴越发与时暌违,只有能清心寡欲、精神静虚的人,琴音才能入于耳中。表面听来琴的音量不大,但若能会其妙境,则鹤鸣九皋,声闻于天。古人中有个求婴,琴音尽管低沉悠远,他还嫌它太亮,要求学生弹琴时把指甲剪光只用肉弹,学生接受不了,他生气地说:"你图声大何不去敲鼓!"

说到我的琴缘,我便想到一个人,这人叫董欣宾,是南京一位奇人,是画家,也是哲学家。我们本不相识,1994年他托一位在南京攻读硕士的陕西青年索要了我的《易卦新述》,四年之后,他又托人从南京带给我一本他的40万字的巨著《太阳的魔语——人类文化生态学导论》。他在来信中说:"1970年后,我便粘上了《易经》,且好收天下异著,你那大著,先有内子手抄一本,而后复得真龙。陕上还有一李明忠,今世之斫琴老手,且于琴学善思研,有二位在,我自当入陕一乐。"受董先生之托从南京把《太阳的魔语》带给我的,就是李明忠。我们一见之后意气相投,几年后他送我一张亲斫的琴,并时时指导我弹奏。而董欣宾先生终于未能游秦,近得消息,他已沉疴在身,卧床不起了。而不管到任何时候,董先生作为我的结缘人,我都是不会忘记的。

我都是六十三岁,老牙已经松动,头发也已脱光,手指不免僵硬,还能学弹出情韵高妙的琴曲吗?我坚信能!我五十岁学《易》,五十六岁学书法,都能进入状态,我早把"人过三十不学艺"这句老话彻底抛到脑后去了。当然,拿来琴也有另一种玩赏法,陶渊明弄了一张"素琴",连徽、弦也不全,而他和友朋聚会时却带了这张琴抚弄,他的高论是"但识琴中趣,何劳弦上声"。嵇康曾追游三年的道士孙登,弹的是"一弦琴",我想也不会弹出多少旋律的。我还听明忠先生说,董欣宾也蓄有一张古琴,不是放置在琴几上,而是放在床上枕边,朝夕伸指绷几声。仅听这几声,他就被带入广袤幽邈的宇宙中,半天才回到地上来。如此逐渐成癖,对琴入迷,一天也离不开了。孙登是神仙,陶渊明的境界也和神仙差不多,董欣宾是奇人,他们都参透了"大音希声"的玄机;我究竟是俗人,不弹出宫商旋律来是不会满足的。我于是开始学琴了。

学琴从识谱始。我记得《红楼梦》的某一回写到,当大观园中诸人看到黛玉弹琴的琴谱时,都觉得像天书一样,没文化的王熙凤就更感到琴谱古怪。说到"谱",我就深感我们华夏祖先的聪明,七、八世纪时我国的乐谱、舞谱都已成熟,我国的工尺谱比西方的五线谱早三四百年,敦煌舞谱比西方最早成熟的西班牙舞谱早七八百年。我尤其佩服我国的琴谱。自唐人曹柔创制以来,至今用之。它只用一些汉字的胳膊腿在一起一装配,就把弹奏过程中左右手如何配合,弹第几弦,按第几徽,左手用哪个指头及如何按、绰、注、淌、逗,右手用哪个指头及如何抹、挑、勾、剔、打,标示得清清楚楚。而其他的乐谱对古琴弹奏动作的指示则完全无能为力。曹柔发明的这种琴谱,后人称作"减字谱",我现在要学琴,就得先熟悉曹柔先生创制的这个办法,即学会识琴谱。我觉得识琴谱并不难,不过是反复记忆和训练而已,比学外语简单得多了。

既是诚心学习,你就得老老实实当一个小学生。你不要以为当小学生是吃亏,其实是走一条捷径,这在我老来的自学中是深有体会的。譬如学《易》,你得扎扎实实从记六十四卦卦画开始;譬如学用电脑写文章,你必须铁着心掌握五笔字型输入法;譬如练书法,你必须下功夫反复临习古代名家碑帖。我这种经验是从二十多岁学二胡失败的教训中反着得出来的。这种教训就是急于求成，不从基本功苦练，一开始就拉《江河水》《二泉映月》这些不易演奏的名曲。必然地，许多难度大的地方过不了关，简单的地方又容易流于油滑，所以拉来拉去，始终不能臻于原曲的妙境，越拉越觉得寡味，最后走到绝路，以失败告终。从年轻时学二胡失败和老年学诸艺的成功中，我得出一个结论：从一开始就沉下心从零做笨功课，是所有学艺成功的诀窍。这次学琴，从简单的泛音、散音的练习开始，我都是规规矩矩按谱进行的。我不惮枯燥，用足够的时日依"简字谱"弹练习曲。这种练习必须严格，就像电脑的盲打，用哪个指头敲哪个键，丝毫不可苟且，不能图一时方便。谱上是大指，绝不能用中指或食指，谱上是"勾"绝不能"抹"。这样就会日日有长进，由生而熟，由蹩脚而自如，由紧张而松弛。于是半个月练下来，我就能正规地弹《仙翁操》了，进而《秋风辞》，进而《关山月》。现在，我也能弹大部分的《平沙落雁》了。

　　能弹古琴了，我感到我作为一个万物之灵的人的个体，又提升了一个境界。这种提升，与升官发财的提升是有本质区别的。有了钱有了官，社会地位迅速飙升，当然会带来强烈的幸福感，但作为个体人的生命质量没有变，而且由于权和钱的副作用，其生命质量还有可能沉降。所谓生命质量的提升，就是多了一种宇宙体味，这种体味是生命享受。我经学《易》、学书法，都获取了这种体味和享受。这种提升和享受是依凭于一种自我救赎，别人是无法代劳的，身外的东西是帮不上忙的。李白、苏东坡诸人常陶醉于享受清风明月，就是达到他们这种文化个体后的宇宙体味。"清风明月不用一钱买,玉山醉倒非人推";"惟江上之清风,与山间之明月,耳得之而为声,目遇之而成色,取之无禁,用之不竭,是造物者之无尽藏也,而吾与子所共适"。以前我觉得这是一种阿Q式的自我安慰,现在想来也不完全是。当然,对清风明月,愚夫愚妇也会感觉到舒服,这是人的本能。但农工渔樵忧于生计,一般很难到品味风月的份儿上;就是富贾高官之于清风明月,也不会升到李白苏轼这个境界来。一来他们没有这个闲情,他们就是有了空闲,也只能在酒店、舞厅、按摩房、高尔夫球场度过,这是他们的生活方式和运转规律所决定的;再则除了没有"闲情",他们还缺乏"逸致"。逸致是靠自我救赎获取的,富贾高官没进行过这项工作,或者说逸致是富贾高官的天敌,即使以前有过这种提升,一到成为富贾高官,便会被从逸致的天国抛到通俗的凡间。这时候纵然把他们安排到清风明月里,他们也会觉得情味寡淡,干脆叫司机开车回衙。

当然,琴再雅,也不能雅成了孤家寡人。

据古书中说,伯牙跟成连先生学琴,非常用心,但三年过去了,却没有学成名堂。成连先生的确是高师,他知道要把琴学好,不能只纠缠于指法技巧,更重要的还是琴外工夫。成连对伯牙说:"我的老师方子春住在东海,他一定会使你的琴艺有一个飞跃。"于是带着伯牙一起到了东海边上,说:"你就在这里等着,我坐船去迎老师。"他一去十几天不见回来。伯牙一个人待在海边,精神寂寥,向前远望,水天相接,渺无人迹,只听到海水汹涌,群鸟悲号,于是援琴而歌,抒发感受。这时候成连才回到他的身边。伯牙对琴突然有了质变的体悟，琴艺遂为天下之妙。我佩服古代为师者的循循善诱，引而不发。这种为师者以孔子为典型，我希望如今学校的研究生导师都能学会这一点。

说到伯牙，就会想到关于"知音"的问题。古之文人常叹知音难觅，其实无论古今，知音是到处存在的，就看你能不能放下架子去跟他们沟通。感到知音难觅，只是自己得了"自闭症"。

我通过学琴，对伯牙就有些反感。钟子期一死，他竟然毁琴绝弦，终身不复鼓琴。这只能说明他的心胸狭隘或不自信。如果一种艺术弄到天下只有一个人能赏识，这种艺术的意义和价值就要打一个大大的问号了。我相信伯牙的琴艺是不凡的，他弹琴，一定能有很多人听得入迷，只不过钟子期的欣赏水平特别高罢了。但钟子期的水平再高，也不至于你下了那么大的功夫学琴，最后只能弹给他一个人听。再说，弹琴主要是抒发自己的情志，主要是弹给自己听的，钟子期死了，听不成了，难道你自己也不听了吗？伯牙这种表现，反倒使我觉得他境界很低，似乎他弹琴就是为了赢得别人赞扬，说好话；说好话的人死了，他弹琴的动力也完全没有了。这种人，太叫人失望了！比较起来，晋朝的阮瞻就叫人觉得可爱。阮瞻是"竹林七贤"之一的阮籍的孙子。他的琴弹得很好，许多人都爱听他弹，他不问老幼贵贱都不拒绝，谁爱听都来。弹到忘情，竟至不吃不喝，自旦达夜。时人称赏他恬淡，"不问荣辱"。琴虽是高雅乐器，但琴家不可自视不凡，孤芳自赏。其实就是当今浮华之世，向往古琴者仍然不少，从同气相求来说，这些人我就可引为知音。在古城西安就不乏这类雅士,而且年轻人居多。去年我们搞过两次雅集,共五六个人,有老有小,都是文化人,皆好饮茶,其中一人三十来岁,有饮茶著述,演示茶道,群贤边品茗边闲聊。座中既有琴家鼓琴,有人吹箫伴奏,又三人有养兰之好,谈起兰经,兴致无穷。琴家二人,一人兼种兰,又一人为画家,收藏古琴多张。我参与这种雅集,既长了见识,也觉通体雅了起来。座中尚不是琴家的人,都表达了要学古琴的愿望。我觉得这五六个人,都可引为知音,可见知音并不难觅。

我现在完全是一个自由身了,每天除了读点旧书,就是写字弹琴。最近我写了首七绝自况诗:

　　老岁生涯书与琴,
　　苍黄世态总浑沦。
　　箪瓢可满胸生趣,
　　弦上风涛纸上云。

虽一箪食,一瓢饮,却无饿饭之虞了,不会有五柳先生那种"箪瓢屡空"的恓惶了。饭吃饱了于感念时世清明之余,便写字弹琴,自得其乐,小楼一统使我麻木到有了满足感,所以我命名我的斋号为"陋斋安乐窝"。外部世界姹紫嫣红瞬息万变,在我的眼中只是一混沌的太极而已。

虽说弹琴是我生活的重要组成部分,我却不随随便便就弹了起来。琴不是侍女,不能任意役使。我觉得它是古圣古贤,要恭谨对之；又觉得它是恋人，绝不能亵渎。自从琴进了我屋，我就很讲整洁了。地板擦得很净，几案上不再有灰尘，书籍放得整整齐齐，写字的笔洗中保持着清水。遇到以下的情况我绝不弹琴：天气阴沉晦暗；有狂风或雷雨；发生了沙尘暴；屋外有犬吠或热闹声。"9·11"、英美联军炸伊拉克，我都停止弹琴。除了类似情况，只要心境闲适，都可以弹琴。当然有以下境况，弹琴则是最理想的：春雨初晴，临窗可见终南，云霭在南山间流动；风静无云，一弯秋月洒着清辉，万籁俱寂，我心适然；丽日照着绿树，婆娑的树影在南窗摇曳。这时候，我刚读过陶诗或《世说新语》，或用小楷写完《般若波罗蜜多心经》，或才修完庄生的"坐忘"，我洗了手，便可以正襟坐于琴几前弹琴了。

什么是神仙？全身心入了这种境界就是神仙，有了超尘的体验就是神仙。得了琴的接引，我现在就是神仙。虽然我勉强弹成的只是几支简单的琴曲，虽然我离登堂入室还差着十万八千里，但我相信我已是神仙了。气功家标榜的那种与宇宙融为一体的状态，通过弹琴完全可以取得，只不过气功走的是更为抽象的路径，弹琴则是通过音声的妙味而引导精神游于太虚的。我像庖丁解牛那样以神遇而不以目视，一种太古之音就在天地间低昂，我常常惊诧，这是我弹出来的吗？从我指下怎么可能流出这样的美情妙韵呢？

老而体衰，世所不用，老叟学琴，可入仙境。我写下老岁学琴的体会，以与老年朋友共勉。

原载于《美文》2003年第11期

傅斯年、李庄及其他

阿 来

我作为一个游人，一个有一点文化兴趣的人，来到李庄的一些感受，这些感受或许是关于中华文化的一些联想。也许可以作为当地政府在李庄的文化开发期间的一个参考，或是希望对你们有一点点启示。

其实我这次是第二次来到李庄，两个月前来过一次。听说这个地方好多年，读这个地方有关的资料书籍也好多年。但是其实不在现场的时候，这种感受还是不够强烈的。因为过去我们老是想，如果董作宾、傅斯年等，跟中国新文化运动以及五四运动以来相始终的这样的一些知识分子来到李庄，他们只是进入到一个地方，我觉得不能构成今天李庄文化的全部面貌。抗战时期不同的学术机构，不同的大学，辗转到桂林、长沙、贵阳、昆明、成都、重庆等不同的地方，但很多地方它并不能真正地产生像今天这样有魅力的李庄的故事。这就说明一个情况，它不是一个单方面的问题。比如今天我们到昆明去讲西南联大，流传下来的故事并不是那么多，尤其他们跟当地互相交合、互相映照的关系似乎并没有建立许多。但为什么独独是李庄呢，一个这么小的地方一下子产生这么多的学术机构？今天我们觉得它里头一定是包含了某种新的价值。那么这个价值到底是什么呢？

第一次来过李庄以后，我回去总在思考，我觉得我们今天在谈李庄时，谈到外来的学术机构，尤其是这些学术机构当中那些在中国，乃至是在全世界不同领域的学术史上都非常有地位的知识分子时，更多是在讲他们的故事。故事当然是应该讲，但是我想可能我们在讲这些故事的同时遮蔽了某些东西——遮蔽了当地人在整个抗日战争时期是如何接纳这些机构和知识分子的。但更为重要的是为什么是"李庄"不是"张庄"不是"赵庄"呢？它究竟有一个什么样的文化传统、文化氛围可以使得在李庄这个半城半乡的地方由当地士绅出面邀请知识分子来到这里，并给他们提供那么多的帮助和方便？所以我觉得将来李庄的故事一定是一个双向的挖掘。我想，更深一点说，这里头其实延续了我们封建传统社会结构当中两个最重要阶层的在中国文明史上最后一次汇合。

西方有一个词叫"绅士"，但是中国人不叫"绅士"，中国叫"士绅"。在中国长达几千年的旧社会当中，有两个阶层是非常重要的，几乎是这个社会的中坚——一个用我们今天的说法是"知识分子"，他们大部分是在中国的乡村、小城镇。大家知道中国的古代，政府不像今天我们的政府这么大，政府真正有效的控制大概就到县一级。现在我们称为区、乡（镇）这样的一些地方，过去大部分时候我们可以称之为"村民自治"。"民"要是都像我们今天农村,大家实力相仿,有地有房,是不会产生精神领袖的。不过过去在乡村当中有一种"宗族制度"。由于允许土地自由买卖,久而久之会形成一些土地相应地向一些人手里集中,便出现"地主"。不管是宗族的族长、乡间的地主还是小城镇上某种商业领袖,这些人我们大概都把他们叫作"乡绅"。这些乡绅其实在大部分时候,构成了中国基层乡村,包括乡村周围的小城镇的中坚——比如说李庄就是这种典型的乡村,它既是乡村也是一个商业城市。

古代皇帝从中央开始任命直到县一级的官员,他便不再向下任命了。民国时期可能某一个人当过乡长、区长,但这恐怕只是名义上的,大部分还是以乡绅为主。但由于抗战这个契机,李庄让中国的士和绅来了一次最后的结合,从而留下一段段"李庄故事"。新中国成立以后直到今天,中国社会已经改天换地,不仅从"县"开始,到了"乡"到了"镇"还要进"村",从此以后"绅"这个阶层将来在中国的社会阶层当中永远不会再有。所以说李庄故事实际上是一个乡村与城市,中国基层人民与知识分子,作为领袖的乡绅们与"士"的阶层最后发生的一段故事。

从中国共产党进行第一次国内革命战争暨红军时期以来,我们已经习惯了一个词——"土豪劣绅",而这个词是一个不好的定义。过去乡村里面有没有劣绅呢?也是有的。但是不是所有"绅"都是劣的呢?那也未必。否则千年以来的中国乡村是没有办法维持它基本运转的。如果都当恶霸,都在打家劫舍、强抢民女,农民是没有办法生活的,从而乡村就会凋零不存在了。而中国乡村一直用这种封建的方式延续到今天是有它的道理的。"绅"这个字在汉字里是代表古代士大夫束腰的大带子,引申为束绅的人。《说文解字》里面说有这个带子干什么呢——束腰正衣。其实我们穿衣服,就是仪表上要有所约束、规矩,让我们显出来一种庄严的样子。引申出来"绅"这个字,其实是这些人他们在生产、经商等活动当中都是对自己有道德要求的,尤其是那些大的家族。作为一个家族的族长,作为一个家族祠堂总的掌门人,他要凭各方面关系来协调相互之间的情感。如果只是依靠暴力,恐怕很难达到这种目的。主要还是靠一种"乡规民约",靠一种延续的道德来约束自己。自古以来我觉得很好的是乡绅们有对自己的约束和要求,他们在用"带子"来维系自己的道德传统。前几日我去到扬州,在一个老乡绅的院子里摘抄到一副作为他们传家格言的对联,是这样写的:"几百年人家无非积善;第一等好事只是读书。"意思是我们一个家族要在一个地方不是只暴发一代、两代人,而是要在这几百年传家,真要立住脚、繁荣昌盛,便得多做惠及邻里的好事,而第一等好事"只是读书"。过去乡绅家中都有一个匾额,这个匾额大多是四个字——"耕读传家",也有"传家无别法,非耕即读"。意思是说作为乡绅这种人你要做什么事情呢?不是耕作就是读书。要使后代保持富裕,并不是传多少钱给他,最好的方法就是让他们学会勤俭和勤劳。"士"很多就是从这些耕读世家当中出身的,先成为知识分子,再去考科举。从我们四川历史上来看,有两个家族是最有名的——苏洵、苏轼、苏辙,一门"三状元"。他们在没有成为"士"之前就是当地的有名的乡绅。到了明代,杨世安一家也是。

孟子说"无恒产而有恒心","恒产"指的就是土地。过去我们红军时代也在用的一个词——"土豪",今天它又复活了,但是是指那些没有文化或者不尊重文化的暴发户的。在那时候乡间土豪是很少的,大多还是这种耕读传家的大家族在决定乡间的命运。因为他们的发展是一路走来的,有文化指向。当抗日战争爆发时,这些士绅们就懂得文化的价值。乡绅的身份很复杂:有的是商人,有的当上了国民党的区长、乡长,有些到了明末清初演化成了哥老会……这些都是乡村在新的时代中出现的分化。在这样的时代背景下,当同济大学一类的学术机构遇到困难时,很难想象,从这样一个偏僻的李庄发出电报邀请他们到来。我们将来要把李庄的故事讲好一定要讲好它背后的道理,而这个背后的道理恰好是中国几千年文化中最最重要的传统和阶层。我想和大家念念《留别李庄栗峰碑铭》——"李庄栗峰张氏者,南溪望族,其八世祖焕玉先生,以前乾隆年间,自乡之宋嘴移居于此,起家耕读,致资称巨富,哲嗣能继堂构辉光"。不因为发财了就不读书,他们是传了八世依然勤恳兴旺的"耕读传家"之家,不像今天我们说的"富不过三代"。"同人等犹幸而有托,不废研求,虽曰国家厚恩,然而使客至如归,从容乐居",在战争时代做研究完全靠着主人的仁厚。当我在看这个短短的碑文时,念了三遍,非常感动。

"士"的阶层故事很好讲,他们自己就有很大声音的发言权。佛经里说"大声音"就是在天上的声音。古诗里说"居高声自远",士都是居在高处的,知识分子的声音总是传得很远。乡绅这个阶层在接下来不到几年中,在我们的土地改革中,声音就消失了,大概将来也不会再出现。所以这些"士"的故事,这些知识分子的故事,背后李庄的乡绅们所带领的李庄人的故事,今天我们要讲好中国传统士绅"耕读传家"中发展出的天然的对文化的追求、向往。有个外国的汉学家说过,中国的乡绅们大多是儒家,所以他们自己对于现代科学的方式还不够了解,所以便有李庄人对同济大学医学院对尸体解剖是如何惊诧的故事。这个故事该怎么讲?我觉得在讲这种故事的时候我们要基于对传统文化对当地的尊重,我们要很正面、很详尽地去讲这个故事。一定不要在讲这种故事时变成简单的文明和落后、文明和愚昧的简单的冲突,而把李庄当地人在这个故事中慢化了。这里面一定要有一个历史学原则,叫作"同情与理解"。我们必须站在他们那个位置,想他们为什么会这么看待这个问题——那是冲突文化使然。如果我们过于简单化的描写会给来李庄的游客造成一种认知——"原来这是一个非常愚昧的地方"。如果这里是一个非常愚昧的地方就不会有魁星阁了!北斗七星在转弯处的星就叫魁星,也叫文曲星。为什么在李庄这个地方,没有求财却修了魁星阁?魁星阁为什么修得那么高,那是为了能接触到魁星的光芒,让这个地方文运昌盛。我第一次来看到有一个魁星阁,我便觉得一定是有缘故的。所以在李庄故事的讲述中,我觉得我们应该有一点恢复当年士绅文化,只有这样互相的映照我们才知道中国文化活力所在，我们也才知道为什么那么多机构同时扎根在这个地方，出了那么多成就，尤其是当物质生活还非常艰难的情况下？这对于当时困厄中的文化人来讲也是一份巨大温暖和支持。李庄这种地方不光是大家来游览消费的，李庄有些内涵已经避免了我们跟别的古镇相似。昨天和一名主编聊天，他说了一句话很好："要是一个文化人到这来不受感动，那他就不是真正的文化人。"其实这个地方也是中国人接受中国传统文化教育，尤其中国古代士绅精神气节修身方式的一个教育基地文化现场。别的古镇去过一次我就不去了，但是这个地方过阵子我们可以再来再看。对文化人来说，就像一个信徒到庙里去，去多少次都不算多，待多久都不算久。

那时国家政府机关并不派出官员，大部分时候乡绅是自治的，春秋时我们规定，最小的单位是家，比家大的是邻，邻上是里，里上是乡，乡上是党。所以我们经常提到两个词——"邻里""乡党"。北方人经常说"我们是乡党"，就是表示一个地方的人。昨天我看了一个材料，说清代的时候，中国人口开始大增长，用了不到一百年时间，人口增长两倍，到了三亿多，接近四亿。那是因为那时从外国来了产量高的土豆。过去粮食产量低，自然是对于人口的抑制。在这个情况下，清代官吏和明代比却没有增加。这就说明，在这样一种情况下，乡村通过乡绅们的自治和他们自我的道德约束，依然是有效的。乡绅或许在当时土地改革后还受到一定的不公的对待。我们谈的不是对某一个人平不平反的问题，而是谈的文化。

古代乡绅对自己有要求，古代的士也对自己有要求，不像今天我们的知识分子，是对自己没有要求的，好像有个学历就叫知识分子，或者有某种职称就叫知识分子。当然第一个要求是有学养有学问，但是只有知识是不够的，知识分子还要有风骨、气节、人格。当然，我们在讲李庄故事、士绅故事时，有很多知识分子都可以作为楷模来讲。傅斯年这个人恐怕就是中国"士"，董作宾这样的人主要还是专注自己的学问，但傅斯年不一样，他要过问、干预国家政治，但是真正让他做官他又不愿意的。那时候情况不一样，他们认为在大学、研究机构不算做学问。而今天我们的时代有所变化，也带着知识分子有某些变化。傅斯年在抗战刚结束，李庄的摊子还没收拾，他便急忙到北京要恢复北大。因为他意识到还有一个在日本人控制下的"伪北大"，教职员工都有两百多人。他说"胡适这个人学问比我好，但是办事比我坏"。别人都催胡适赶紧回来，他给胡适写信说你别着急，我先去。傅斯年去后，只要在伪政府手下干过一天的，或是当年北大撤离还留在日本人手下教书的知识分子一个不要，他为此还去到政府上访。教育部官员劝他说算了吧，除了少数当汉奸以外，别的人也是混口饭吃罢了。傅斯年说"只要当初这里有任何一个人留下来，对于这些经历千辛万苦撤离到昆明、李庄的人来说就是不公平的"，他自己说他是北大的"狗"，等他把这一切咬完了，再把北大还给胡适。他说"胡适是个老好人，干不了我这些拉下脸皮的事情"。但是他作为知识分子为什么要骂自己是狗呢，背后是有一个典故的。刘邦平定了天下，让萧何做丞相，其他人不服。刘邦说，萧何是"功人"，你们是"功狗"。好比我们上山打猎，你们像狗一样，别人指出了猎物在哪里，你们就负责去把猎物追来。是萧何发现敌人在哪，计划好捕猎敌人时才把门道教给你们，告诉你们方法，让你们去捕猎猎物。

还有一个故事说有个人在中山大学毕业后就被派到我的家乡——今天的松潘、茂县去调查羌族语言和做藏语研究。阿坝金川县那时候已经汉化，当地很多人走私鸦片。他跑到那里说我要去当县长，但是书生很简单不会做官。他说《史记》上有鸿门宴，所以就真摆了个鸿门宴，发帖子请总舵到县政府喝酒。当总舵喝到半醉，他就把人打死了。但是他没想到，第二天总舵手下几百人把县政府包围，把他也杀了。这个人只当了三天县长，但他确实用他的方法解决了事端。他的死给了国民党一个借口马上出兵镇压，这个县从此太平无事。也许他把事情看得很简单，但我们可以从中看到那个时代知识分子的形象，他确实是有忧国报国的情怀的。我去台湾时遇到一个史语所的人，我问他是否有他的档案，想一定要查证究竟有没有这个人，竟然真有。因为没有公开发表只是作为内部材料，现在台湾还可以查到。傅斯年对他要求很高，几次调查报告拿回来都不满意。傅斯年批评他的签字都还在上面。关于史语所的这些故事都是有待于发掘的，我觉只是双向发掘都不够，我们要更立体、更完善。有些事情我们如果描述得不好，那么它就会变成像医学院人体解剖的故事那样被慢化。

今天我们这个消费时代，热衷于把林徽因塑造成一个被很多男人疯狂追求的女人，许多电视、电影、文字都在做这种描述。而把她作为一个知识分子本身的见识给忽略了。尤其是作为一个妇女在那样一个年代中，一个大家闺秀沦落成乡间主妇的情况下的坚韧和坚持。今天我们有些故事讲得太草率不庄重了。哪怕是李庄这样一个本身可以庄重的故事，会因为不合适的描述慢慢消失其魅力。

　　历史是可以挖掘的，很方便的是，到今天有很多人的后代还是一些有言说能力的知识分子。我到这里来发现一个人，在过去我做一些和丽江有关的调查研究时，发现过他的名字。30年代有三个人写过丽江，两个是外国人，一个人写的是《中国西南的纳西王国》，另一个写的是《被遗忘的王国》。我还找到过一个小册子，就是第三个，中国人写的。那时候他是一个杭州美专的美术老师，被派去搜集西南少数民族的美术资料。在那个中国大多数没有留下文字资料的时候，他写了泸沽湖和玉龙雪山等和丽江这边有关的几万字的小书。后来这个人便消失了，没了消息。那次我突然看到他的名字，原来是加入史语所了。那时候能进入这样高的一个学术机构，就是源于他在丽江的一段经历。接触到了今天纳西族的文字，转而对当地的文字进行研究，成了中国过去知识分子用现代文学方法研究中国少数民族文字的第一代学者。也许今天我们的一些学者还在沿用他创建摸索出来的方式方法。所以世界很大，但有时候世界很小。突然在我自己的研究视野中失踪多少年的一个人无端在李庄出现了。从一个搞美术的人变成了一个语言学家。在那么艰难的条件下他们还能教学相成，还能出去做了很多工作，还在从事他们的学术事业。所以我们要把李庄故事讲好，一方面是对这样的知识分子所留下的这些生动故事应该有进一步的挖掘和整理，而且这些整理一定要有更直观生动的方式来呈现。但是我认为对我来说李庄故事更精彩的是中国士绅的最后一次遭逢，而这次遭逢从人文精神上绽放出这么美丽的光环。

知识分子还会继续存在，但中国乡间"耕读传家"的士绅是永远不会再现的。所以李庄故事具有这样一个性质：中国传统社会中两个阶层，在这样一个历史关口中呈现出这样一种历史文化的现象。我相信无论我们怎么书写它，呈现它，都是绝不为过的。也是具有非常特别的意义的。对我们构建我们民族文化的记忆，尤其是一个地方历史的记忆，这一章是非常重要的。李庄是非常重要的，李庄是非常珍贵的，李庄是值得我们永远珍视的！因为只有在这样一个历史节点上，士和绅向中国人展示了他们品格中最最珍贵灿烂耀眼的魅力。所以我们任何一个对于中国文化怀揣敬意，对某些优质因素的消失感到丝丝惋惜的人，都应该来到李庄，在这里被感动被熏染。

我记得《道德经》有这样一句话，老子是个悲观主义，说这个社会要退化，这个社会是"失道而后得"，我们依靠自然天道运行。但是我们人受不住这个道，所以我们只好"失道而求其次"，我们就要求要有一些道德，对自我有一些约束，每个人对自己定规矩。本来自然天道是不需要道德规矩的，但是既然约束不住，我们只好用道德来约束大家。但是当最后我们要失去道德时，我们只好要求统治我的人对我好一点，这就是孔子说的"仁者爱人，失道而爱人"。仁都不成了，只好讲一点义气。"义气"是不好的，把我们这帮人在一起搞成一个小团体，对小团体里的人很好，但是对外面的人很差。仁也没有，德也没有了，到了义就已经非常不堪了。但是在李庄这里，我们看到不管是知识分子还是接纳他们的乡绅们，我想至少还在"德"与"仁"的层面吧。至少在这个层面，中国文化的传统要求，在不同方向上对不同层面的人都形成了某种有效制约。用今天的话讲是"一种有正能量的关系的展开"。所以这个教育意义比武侠小说好。到"义"的时候中华文化就堕落得差不多了。但是李庄故事不是这样。我们可以回过头往上说，还在"德"的层面。但李庄这样一个地方还保存了读书种子、保存了文明之花，更重要的是士和绅在这个地方结合，保持了中国传统社会的基本的道德、人性人情温暖。

原载于《美文》2016年第5期

《诗经》这部书(外三篇)

穆 涛

《诗经》经历过一次劫难。

《诗经》在秦朝是禁书,家里收藏《诗经》违法,要上缴政府统一烧掉。秦朝的"焚书令"是严酷的,明文规定私下谈论《诗经》是死罪。"天下敢有藏诗、书、百家语者,悉诣守尉,杂烧之","敢有偶语诗、书者弃市"。"弃市"是斩首示众的意思,"诗、书、百家语",指《诗经》《尚书》和诸子百家著作。公元前221年,秦始皇统一全国。八年后,公元前213年颁行"焚书令",又七年之后,公元前206年,秦朝这座大厦轰然倒塌。公元前213年,是中国文化史中疯狂到窒息的一年,也是最黑暗的一年。

西汉建国之初,即颁行"征书令",政府在全国范围内征集书著,并鼓励民间讲学,抢救整理经典书籍,这项工作从汉高祖刘邦开始,到汉元帝刘奭执政时候(中间经历惠帝刘盈、吕后、文帝刘恒、景帝刘启、武帝刘彻、昭帝刘弗陵、宣帝刘询七位国家领导人),共整理保存"六略三十八种",约一万多部(册)

著作,被秦始皇断裂的中华文脉得以修复并延续。

汉武帝刘彻时期,把儒家学说确立为治国的指导思想,即"罢黜百家,独尊儒术",《诗》《尚书》《礼记》《易》《春秋》被尊为"五经",视为治国之书,并创立了一个官员选拔制度——察举制。"察举制"的核心内容是,一个人熟读了"五经",再经过考试,优秀者才能拿到做官的上岗证。这个制度到隋唐之后完善为"科举制","科举制"最大的亮光,是把继承传统文化、治国理政、官员选拔兼容在一起。从这个角度讲,中国古代政府,在大多数时期,都是"文化型政府"。

秦朝为什么禁《诗经》?《尚书》是政治学著作,是中国古代政治领袖的言行集,被列为禁书可以理解,禁《诗经》的症结在哪里?

《诗经》是孔子编选的,"古者诗三千余篇,及至孔子,去其重,取其可施于礼仪。……三百五篇,孔子皆弦歌之,以求合《韶》《武》《雅》《颂》之音。"(《史记·孔子世家》)。孔子从三千多首诗中,十之取一,编辑成这部305首的选集。最初时叫《诗》,自西汉起称为《诗经》。

那个时候,怎么会有三千多首诗呢?孔子身在鲁国,又怎么能掌握这么多诸侯国的诗呢?西周时期的"老政府",发明了一个"民意调查"制度,叫"采诗",采集民间创作的诗,经过文人整理,再配上音乐,唱给周天子听,这也是我们中国把"诗"称为"诗歌"的由来。因为是民意调查,要听各层面人的不同想法,"采诗"的标准是"怨刺诗",讴歌赞美类的作品不在采集之列,这样我们就理解了《诗经》中为什么有那么多愤世不平之作。

孔子是怎么拿到这些诗的呢？已经没有确切的历史记载。秦始皇《焚书令》，第一条是"非秦记皆烧之"，历史著作是首禁之书。不是记载秦国的史书，全部烧掉，各诸侯国的国家档案就这么付之一炬了。东汉时期的《春秋公羊传解诂》，里边有一句话，"昔孔子受端门（周天子）之命，制春秋大义，使子夏等十四人求诸史记，得百二十国宝书，九月经立"。这是讲孔子著《春秋》过程的，我们据此推测，子夏等十四人得到的一百二十个诸侯国的档案材料中，包含着这三千多首诗。孔子写作《春秋》的同时，选编出这部诗集。

"诗三百，一言以蔽之，思无邪"，孔子用一句话总括《诗经》的要义，是放在《论语·为政》中讲的，也不是在说文学。"思无邪"，指言与行的动机要纯正。诗言志，在孔子的认识里，这个"志"字，不是志向或志气，而是接近"质"，品质，本质，质地，孔子强调"为政以德"，做事的"初心"要在大路上，要"蹈大方"，要"破心中贼"，不鼓励"走便道"，"抄近路"，尤其反对"弯道超车"。

孔子既以文心，又以史学眼光编选成《诗经》，价值不仅在文学上，更富饶的内涵在社会学，乃至政治学层面上。秦朝禁《诗经》《尚书》，诸子百家著作，是禁思想。汉代尊"五经"为治国之书，是解放思想，解放被禁锢了的中国传统智慧。

原载于《美文》2019年第2期

《诗经》里的风声

《诗经》位在"五经"之首,这是司马迁的排序,《诗经》《尚书》《礼记》《易经》《春秋》。一本诗集能够承受如此之重,在于孔子编选《诗经》的眼光和出发点,既存文心,但更多的是史家态度。《诗经》的要义在世道人心,在省时醒世。"以言时政之得失","以知其国之兴衰"。采诗制度是自周文王开始的文化政策,是当时的一项重要国策。采集民间创作的诗歌,旨在民意调查,"命大师陈诗,以观民风"。因为《诗经》中有"国风",后世改"采诗"为"采风"。今天也讲采风,但已背离了原本和初衷,基本上成了涂脂抹粉和附庸风雅。

《诗经》的十五"国风",基本覆盖了当时的国家大体,沿黄河流域,自甘肃、陕西、山西、河南,至山东。长江流域在当年是文化僻壤,"楚吴诸国无诗"。十五"国风"存诗160篇,"周南""召南""豳风",是西周时期的诗作,止于周幽王。其余的十二"国风",均为周平王东迁洛阳之后,属东周,具体说是春秋时期。

"周南"诗11篇,"召南"诗14篇,在"国风"之先,不称国名,而以周公旦召公奭冠之,是对周召二公执政力的敬仰,"得二公之德教,风化尤最纯絜,故独取其诗"。"南",意为教化之地。"不直称周召,而连言南者,欲见行化之地"。"文王之化,被于南国,而北鄙杀伐之声,文王不能化也"。

"豳风"7篇，排在"国风"最后，唱着压轴的大戏。豳国在陕西的旬邑、彬县一带，是周人的发祥地，是周代立国的本源。

邶风、鄘风、卫风39篇，邶国、鄘国、卫国，是殷商旧地，在安阳、新乡一线。在周公摄政时，由于发生"三监之乱"，迁邶鄘的国民至洛邑（洛阳），其封地合于卫。孔子编选《诗经》时，这两个诸侯国早已经不存在了。清代学问家顾炎武先生认为，此为汉儒重新整理《诗经》时有意为之。"分而为三者，汉儒之误"。秦朝"焚书"，在全国范围内搞"书禁"，重点禁毁《诗经》和《尚书》，这两本书在民间几乎是绝迹了的。汉代立国后，不是口头上讲继承传统文化，而是具体去做，依靠文化老人的记忆才得以复原。仍以邶鄘旧国之名冠之，意图是拓延历史的沧桑空间。

"王风"10篇，采于东都洛阳一带。"惟周王抚万邦，巡侯、甸"，"其采于东都者，则系之王"。

"郑风"21篇，"齐风"10篇。郑国最初封于陕西的凤翔，后东迁华县，平王东迁后再迁至河南的新郑一带。齐国在山东北部与河北西南，东连海，北界燕，西接赵。"郑风""齐风"多录男女之情事，后人诟病"不当录于圣人之经"，"郑音好滥淫志……齐音敖辟乔志"。被顾炎武讥为"不得诗人之趣"。

"魏风"8篇，魏国都邑原在山西夏县，后迁至河南开封。唐风十二篇，录自唐尧旧都临汾一带。"秦风"10篇，源自甘肃天水，沿诸渭河流域。"陈风"10篇，陈国辖治河南周口左右，旧都淮阳。"曹风"4篇，曹国在山东西南，菏泽，曹县范围。

"周南""召南""豳风"是《诗经》里的"正经",是西周之诗。东周之后,"王者之迹熄而诗亡",王室弱,诸侯兴,诗亡而史著,"诗亡然后《春秋》作",进入这个节骨眼,不再以诗"言时政","知兴衰",史出现了。晋国的史书叫《乘》,楚国的史书叫《梼杌》,鲁国的史书叫《春秋》,诗与史就是这么衔接而成的。后世通称史为"春秋",而不称"乘"或"梼杌",在于《春秋》笔法的大器,以及孔子卓越的历史判断眼光。

原载于《美文》2015年第12期

《诗经》,在古代中国是承重的

《诗经》是孔子编选的,在三千多首诗中,删定出305首,旧称"诗三百"。这部诗集,在中国古代被奉为"经"。"古者,诗三千余篇,及至孔子,去其重,取其可施于礼义。……三百五篇孔子皆弦歌之,以求合韶、武、雅、颂之音。礼乐自此可得而述,以备王道,成六艺。"(《史记·孔子世家》)

经是治国宣化之书。从西汉汉武帝时开始,中国的老政府尊尚儒学,以儒家学说作为治国的指导思想,即"罢黜百家,独尊儒术"。既然是以儒学治理国家,政府官员,尤其是各级主官就需要懂儒学,并由此创新出一个"国家公务员"选拔制度:一个人如果想做官,先要熟读儒学著作,由官吏荐举再经过考试,成绩优异者入仕,这就是"察举制"的由来。西汉的仕考用书是儒家的"五经",《诗经》《尚书》《礼记》《易经》《春秋》。

东汉时增加了《论语》和《孝经》,成为"七经"。到了唐代,这个制度进一步周密化,由"察举制"而"科举制",考试用书扩充为"十二经"。《礼记》和《春秋》,在唐代得到特别重视。《礼记》是讲中国人的规矩的,在古代人的观念里,治理国家的基础,是建立规矩国家。今天讲依法治国,古人讲以规矩治国。让老百姓遵守规矩,官员则需要懂规矩,并带头守规矩。《礼记》由一部细化为三部,《周礼》《仪礼》《礼记》,构成中国人的规矩大全,用以敬天、敬地、敬人伦物理。《春秋》是孔子著的史书,"孔子著《春秋》,乱臣贼子惧"。《春秋》也细化为三部,《春秋左传》《春秋公羊传》《春秋穀梁传》。再增加一部《尔雅》,成为"十二经"。宋代之后,又增加《孟子》,总为儒家"十三经"。明清两朝,在"十三经"之外,还有"四书",即《论语》《孟子》《大学》《中庸》。"四书"是入仕的初级教材,是考"秀才"用书。如果想中举人、进进士,非啃完"十三经"不可。古代考场有一句老话,"三十老明经,五十少进士",三十岁考个秀才已经老了,但五十岁中进士仍属年轻,由此可知通晓"十三经"是多么的不容易。由西汉直至清朝末年废止的"学而优则仕"的选官制度,是中国人的制度发明。以现代的眼光看,有三个亮点:

一、用中国智慧治理中国。中国古代的官员,大多数是传统文化的内行,其中多位还是行家,乃至大家。尤为贵重的是,用这个官员选拔制度,守护并延续了中华文脉。

二、古代官员选拔有规范的制度标准,这个制度沿用了两千年,而且被不同的朝代传承袭用。古代社会尽管是"一朝天子一朝臣",但这个制度清晰划定了一条中国古代官员文化素质的基准线。

三、基本上是在全社会选拔人才,尤其是贫民子弟可以通过苦读书改变命运,甚至鱼跃龙门。给底层百姓以生活的希望之光,是这个制度带来的社会温暖。一个让底层百姓失去希望导航的社会,是极度危险的。中国古人讲的"书香",其实书本身无香无味,这个"香"字,指的就是改变人生命运的希望之光。

《诗经》自西汉起被重视,奉为儒家经典,深刻影响中国社会两千多年。我们从出自这部诗集的数十个成语中,也可以知见这部经典深切的力量与劲道:进退维谷、如履薄冰、毕恭毕敬、爱莫能助、哀鸿遍野、不可救药、惩前毖后、斤斤计较、大发雷霆、耳提面命、高山仰止、忧心忡忡、信誓旦旦、衣冠楚楚、高高在上、新婚燕尔、硕大无朋、小心翼翼、天作之合、投桃报李、乔迁之喜、他山之石、战战兢兢、生不逢时、寿比南山、如此等等,不胜枚举。中国的成语,是中国智慧的结晶体,如同舍利子一样,结实有力,内涵隽永,又晶莹鲜亮。

原载于《美文》2008年第2期

言者无罪:中国早期的民意调查

周代的采诗官,是中国最早的职业民调人员。

春天到了,农耕在望,百事待兴,又一个轮回的忙忙碌碌即将启动,在这个节骨眼上,各诸侯国的采诗官们开始了他们的工作，这些人"衣官衣"，手持木铎［铎是古代政府发布号令的响器，分为两种，"以木为舌则曰木铎，以金为舌则曰金铎"。宣布政令以木铎，发布军令以金铎，"文事奋木铎，武事奋金铎"，"天下之无道也久矣，天将以夫子（孔子）为木铎。"］，深入民间，沿途征集抒写民情民愿的诗，之后由专门的音律官员整理，配上音乐，由诗而歌，进京唱给周天子，中国人称诗为"诗歌"由此开始。唱给周天子的诗有一个标准，"采诗，采取怨刺之诗也"，怨刺诗，即以民怨、民伤、刺政为主要内容。这样的诗中，可能有过头的话，却是真实的内心之声，周代的政治高层据此洞察民心动向。古代的中国人，判断一件事情的是非曲直，首先考察"初心"，即做事情的动机。无端或没来由地恭维奉承他人，被认为是动机不纯。孔子编选《诗经》的时候，在艺术标准之外，还有一个道德人心标准，"诗三百，一言以蔽之，思无邪"，《诗经》三百零五首诗，用一句话概括，写作的初心都在人间正道上，不旁逸斜出，不走小道，也不抄近路。这是周代初年实行的"采诗制度"的基本内容。采诗，后人称为"采风"，采集民风之意。

《汉书·食货志》对采风制度的记载是，"孟春三月，群居者将散"（周代的历法，以冬至所在月份为一年的岁月正首，即现今的农历十一月。孟春三月，是现今历法的农历正月）。冬闲的群聚生活即将结束，人们要各自忙碌去了。"行人（采诗官）振木铎徇于路以采诗，献之大师（音律官员），比其音律，以闻于天子，故曰王者不窥牖户而知天下"，这个制度的核心是最后一句话,"故曰王者不窥牖户而知天下",周天子不用出官廷而悉知天下事态。

采诗官由年长者担任,中央及地方均有此职位,"男年六十,女年五十无子者,官衣食之(官衣,着政府官员制服;食之,享受官员待遇,但不是正式官员,用今天的话讲,比照公务员待遇,相当于事业单位),使之民间求诗,乡移于邑,邑移于国(诸侯国),国以闻于天子"。采诗官由无子者担任,是防范民调人员的挟私之心。古人重男轻女,有女儿也视为无子。

在国家制度上有突破、有建立,是大时代的标识。孔子终生念念不忘的"克己复礼",礼就是指规矩和制度,旨在重返西周的制度时代。孟子在《离娄》中对采诗制度的兴衰做了总结,并透彻地指出了孔子超凡超常的智慧所在。"王者之迹熄而诗亡,诗亡然后《春秋》作"。诸侯国(地方势力)做大做强之后,周天子对国家局面失去控制(指东周之后),支流漫过主流,采诗制度就终结了,之后《春秋》问世。孔子在写作《春秋》的同时,从三千多首采诗作品中,十中取一,精选出一部《诗经》,初名为《诗》,汉代之后称《诗经》。思想家的孔子,做了一回编辑家,应该理解为是圣人对采诗制度的致敬和缅怀。司马迁在《史记》中对此也做了记载,"古者诗三千余篇,及至孔子,去其重,取可施于礼义。……三百五篇孔子皆弦歌之,以求合韶、武、雅、颂之音,礼乐自此可得而述"。

《诗经》在秦始皇时期,经历过"焚书"浩劫,《焚书令》规定:"天下敢有藏诗、书(《诗经》《尚书》)、百家语者

（诸子百家著作），悉诣守尉，杂烧之。敢有偶语（私下谈论）诗、书者弃市（斩首示众）。"到了汉代，《诗经》成为治世之书，位列"五经"之首，并且开创了一个官员选拔制度（察举制），饱读"五经"的人才可以做官。这个制度到后来完善为科举制，这是汉代之所以成为大时代的一个重要根基所在。

白居易在唐代对采诗制度曾发出遥远的感慨，"采诗官，采诗听歌导人言。言者无罪闻者诫，下流上通上下泰。周灭秦兴至隋氏，十代采诗官不置。……君不见厉王（周厉王）胡亥（秦二世）之末年，群臣有利君无利。君兮君兮愿听此，欲开壅蔽达人情，先向歌诗求讽刺"。

天下有道，这个道，与克己复礼的礼，在内涵上是一致的。

原载于《美文》2018年第4期

风吹河西

王潇然

一

五年前，我的同事、翻译家齐渭波传给我一部他最新译作的手稿，是英国作家爱德华·伯曼写长安的作品。当时原作还没完全写完，齐渭波抽取其中已有篇章的精髓，先以《丝之路，马之路》代为书名。写长安，却以丝绸为中心，而且又有新的解读，所以立刻就把我吸引了过去。

西方人写长安与我们自己写长安大有不同。我们喜欢历史追忆或者回想求证，而他们则是眺望或者走近。身处历史之中，难免不受情感侵扰。只有事不关己，才能气定神闲地静观自得。而局外人的这种"自得"，既是检验我们文化形象的重要参照，也是刺激固有观念换代升级的外部推力。他的书让我也跟着换了个角度看历史，于是长安在我的眼中又有了新的色彩。

从最初的书名可知，丝绸之路一定会是书中的重点。当然，这里的丝绸之路只是狭义上的那条陆路通道。他写长安，却要讲丝绸之路，可见，在西方人的眼中，丝绸之路就是长安的一部分。实际上也是，无论是丝绸之路的起止点，还是走上丝路的原因，抑或是丝路带来的生活方式的改变，无不与长安有着千丝万缕的联系。然而他讲的却又不是丝路的地理，他把所有的笔墨都泼洒在了丝路的概念认知上，并用翔实的数据讲述了一个不一样的丝绸之路。在他的眼里，丝绸虽是中国对外贸易的主要物品，但收入却并没有用于填充府库，而是采购大量的马匹引进国内，并不断补充进作战部队，大幅度提升了快速反应与长途奔袭的能力，而这也正是匈奴人最终被打败的主要原因。值得注意的是，我们可以从已知的世界历史发展脉络得知，匈奴人的溃败，又间接冲击了欧洲的军事格局，直至影响了罗马帝国的最终走向。因此，无论是东方视角，还是西方视角，马匹贸易才是丝绸之路上影响世界历史进程的轴心正剧。

既然东西方的命运都因丝绸之路备受影响，甚至说被其左右也未尝不可，那么历史上不断出现的丝绸之路热也就不足为怪了。尤其是近些年来，当世界经济同时遇到了前所未有的发展困境时，再次打通这条双向交流的千年通道，就理所当然地又一次成为当今东西方谋求自我拯救的共识。新的丝绸之路经济带提出后，一批一批的文化探寻随着蓬勃兴起的商贸活动，也一同再次填满了这条传奇的古道。

正是在这样的背景下，《西安晚报》适时组织了一次"禧福祥丝路采风"活动。这次采风就是沿着其中的一条陆行商道，去寻觅两千年的风烟往事。所谓采风，就是采集艺术之风，包括风情、风俗、风物和风尚，当然也少不了风景。其实在形式上，也就是一群有艺术追求的人一同行走的旅行。能参加这样的采风活动，无疑是走进和融入丝路，并采拾到心仪写作素材的一次极好机会。有人是去追慕曾经的大漠孤烟与长河落日，有人是去寻找远古的边塞诗情和羌笛杨柳，也有人是去感受塞外的朔风、天山的往事。但对于我来说，更看重的则是那种千年不变的异域气息，想去呼吸呼吸异域的空气，感受感受旷野下的日光。因为金戈铁马的年代已经走远，文人的情怀也大不相同，那种在沙场报国、怀远思亲心理背景下而生的诗境早已不复存在，所以即便是还有相同的风景，却已经不再会有相同的感受了，虽然荒原依旧、黄沙依旧、热浪依旧。山河形胜、自然气息是不会改变的不动产，虽然走访不能实现时光穿越，但却能够贴近历史，让我们站在历史的身旁凭吊，凭吊那些为丝路文明做出过贡献的先贤、先哲、先辈和先驱。我一直以来都有一个愿望，想用沿着他们足迹行走的方式，向那些应该铭记的历史人物致敬。如果说丝绸之路改变了世界的命题成立的话，那么他们便是改变了这个世界的力学结构中一个不可或缺的节点。用沿着他们足迹行走的方式去缅怀，才是向他们致敬的应有态度和最好方式。于是主办方邀约后，我就欣然前往了。

二

如今，我们可以驱车日行千里，使许多死亡之海变成旅途上的风景，而古人的那种徒步穿越，即便是对于现代人来说，尽管有着先进装备的保障，也仍然不亚于是拿生命做赌注的冒险。由此也更加让人对千年前人们那种不畏生死的精神深感敬佩。

从各地出土的文物可以看出，早在丝绸之路开通之前，就已经有人穿行于此了，只是在张骞出使西域之后，才得到了更多人的关注，也迎来了更多敢于挑战生命极限的行者。其中主要是为利益奔波的商人和弘法往来的信徒。毫无疑问，文化传导的主流也正是他们。一般来说，商人贩运多有后勤保障，是整个商队的协同作业，应对困难的能力较之个体而言有得天独厚的优势。但作为文化使者的各教信徒来说，他们大多都是只身行走，除了紧随左右的孤独之外，有的只是远方的召唤这种精神的指引了。他们靠着信念的支撑，也一样跨越了生死的鸿沟，并以此完成了人性的历练与灵魂的升华，从而实现了俗性的彻底蜕变。尤其是僧侣们，穿越这一地理屏障，似乎就是他们修得正果的仪式，每一步，都是修炼层级提升的一个台阶。而又正是这些怀有坚定信仰的僧侣，促成了内陆文明的优化重生。

其实这就是丝绸之路最为重要的意义之所在——经济搭台文化唱戏。当然，丝绸之路本就是从军事目的出发，并以商业交流为主，最后意外又必然地实现了东西方文化融合的平台。

路上我一直在想，自公元前5世纪人类智慧集体迸发以后，各自的文明类型初步确立，而且都处于世界制高点的位置，令人翘首敬仰。但是其后，在几百年的时间里竟然都只在自己内部来回打转，缺少更新元素的加入，所以一直止步不前。其原因之一就是相互之间存在着一种思想壁垒与自然障碍的隔膜。及至丝绸之路开通，这种隔膜迅疾被捅破，使得东西方文明的交流成为可能，并最终实现了两种文化的握手。但是有一个问题，为什么佛教可以向东，却没有向西？我想最主要的原因，应该是这两大文化板块，在思想意识上一定是存在着一种强大的排斥与抗拒的阻力。

我们知道，人类文化大多源自原始的祭祀。祭祀是人类有组织的一种社会活动，主要反应为敬天地、自然、鬼神和祖先的仪式。对天地的崇拜是哲学的前身，对自然的崇拜发展为科技的启蒙，对鬼神的崇拜演化成宗教的开端，而对祖先的崇拜，则是社会管理学的早期思考。正是因为祭祀包含了如此多的文化内涵，所以也就理所当然地成为"文明"的主要标志之一。同时，又由于祭祀方式的差异，导致了文化发展方向的不同。西方哲人主要关注的是有关人与神的关系，以及人与自然关系的思考，所以宗教情结与科技意识根深蒂固。而东方先贤关注的则是有关人与人关系的思考，所以社会管理学的方法论俯拾皆是。于是，在世界早期的文明版图上，出现了一种两翼齐飞的发展奇观。丝绸之路开通的时代，恰好是世界史上西有罗马、东有长安的双峰并峙时期，而佛教的发源地印度，正处于这两大文明阵营的中间区域。一方面，它要受到来自两方面的文化侵扰，同时又会感受到各自文化的磁场引力。于是会向哪里去，该向哪里去，能向哪里去，就成为佛教于诞生五百年之后不得不面对的问题。

然而这个抉择却并不像二律背反的哲学命题那样让僧侣们无所适从，宗教史也一样逃不脱"适者生存"的自然法则，哪里有心灵的召唤,哪里有示好的诚意,哪里有归附的渴望,哪里便是佛法需要广施的方向。

世界史告诉我们,与佛教几乎同期出现的是波斯帝国的拜火教,也叫祆教、火祆教。拜火教主张神学上的一神论和哲学上的二元论,强调善与恶的较量。这无疑是佛教向西的一大劲敌。拜火教又是波斯帝国的国教,国之大事,在祀与戎,所以这种关乎国本的大事,是无论如何也容不得别的宗教叨扰的。这种二元论学说对于犹太教、基督教和后来别的教,都有过不同程度的影响。而在基督教尚未成为罗马国教之前,罗马国内流行的摩尼教就是该教的一个分支。这种一神论的文化背景,又有政教合一的坚硬外壳,便以国家意识不能动摇的名义,完全杜绝了外来信仰的介入。

其实他们的担忧并不是毫无道理,后来的事实也证明,有了异教学说的影响,拜火教真的是很难守住自己的阵脚。而这种不幸,就如同马基雅维利曾经说过的那样,被武装的先知是战无不胜的,而没被武装的先知最终必将走向失败。于是基督教和别的教的崛起,便分别取代了罗马的诸神崇拜和波斯帝国的祆教信仰。然而无论宗教阵地如何更替,却都一样没有给佛教立足留有任何丁点的缝隙。基督教有屠杀异教徒的历史,别的教最初也是通过征伐传教的,即便佛教获得了乘虚而入的机会,最终也难以落地生根。生存和毁灭,这是个问题,信教和死亡,这也是个问题。佛教既无法冲击西方的本土信仰,又有被屠杀的可能,于是向西的生存空间就被完全堵住了。

三

1255年,威廉给路易九世呈送了一份出使蒙古帝国都城哈拉和林的报告——《东方行记》。他在报告中详细描述了他的出使行程,以及蒙古人的生活习俗和宗教派别。尤为引人注目的是,其中还专门记载了他亲身参与过的一场东西方宗教间的辩论。

这场辩论由蒙哥汗发起,在蒙古朝廷进行,旨在通过辩论来明确哪种信仰是正确的。参加辩论的人分成四派,威廉代表拉丁基督徒(或者说天主教徒),面对着来自亚洲的三个宗教代表——聂斯脱利派基督徒、佛教徒、穆斯林。在辩论的准备阶段,威廉与聂斯脱利派基督徒协商如何最好地为基督教辩护。聂斯脱利派基督徒希望首先向穆斯林发难,但威廉说服他们,最好首先攻击佛教徒,因为在只有一个上帝的问题上,穆斯林将站在基督徒一边,是潜在的同盟者。

蒙哥汗规定辩论中禁止互相侮辱、禁止阻碍进程,如有违反将被处以死刑,所以辩论应该算是在友好的气氛中进行的。

辩论于1254年5月30日进行。辩论伊始,佛教徒建议首先讨论创世和人死后灵魂的归宿问题,但威廉回答说:"朋友,这不是一个好的开头。所有一切都来自上帝,上帝是万物的源泉,因此,我们应该首先谈论上帝,正是在这一问题上你们与我们存在分歧。"蒙哥汗委任的主持人赞同威廉的观点。这样,一天的大部分时间都在讨论对于上帝的不同认识问题。威廉断言只有一个上帝,并问佛教徒对此有何高见,佛教徒回答说有很多神。威廉问这些神中有没有一个是万能的,佛教徒沉默许久,直到文书命令他抓紧时间,才最终说没有神是万能的。威廉在他的报告中说:"这时,所有萨拉森人(穆斯林)突然大笑了起来。"这样,在一神信仰问题上,拉丁基督徒、聂斯脱利派基督徒、穆斯林形成了统一战线,而他们的对手便一致指向了佛教徒。

随着辩论的进行,聂斯脱利派基督徒变得不耐烦了,迫不及待地要与穆斯林交锋。威廉只好坐下来让他们说话。但穆斯林的回答却出乎所有人的预料:"我们同意你们的信仰是正确的,福音书的一切也是正确的,因此我们不想就任何问题与你们辩论。"辩论至此结束。之后,基督徒和穆斯林皆大欢喜。

威廉对这次辩论的记述是否做到了客观公正,我们无从得知。但是从当时的欧亚历史发展情况来判断,其基本轮廓是可以相信的。不仅如此,透过这段记载,我们还可以了解到当时基督教与伊斯兰教关系的方方面面,以及佛教与西方意识的冲突所在。毫无疑问,文化传统、沟通条件,还有现实环境和自身需要等等这些前提要素,都是构成信仰意识的生态环境,由此便决定了两者之间或冲突或共存或合作的不同命运。而佛教,在互相的试探接触中,显然并未获得那张向西的通行证。

虽然中国历史上也曾出现过几次"灭佛"事件,尽管由于佛教的传入与道教的创立几乎同期,其间也穿插了一些两教争夺信众的摩擦,但却没有出现思想意识上的根本对立。因为生根于中国本土的道教本身,也是深厚善良、重生贵生、充满灵性的宗教,不存在灭杀其他异教徒的文化心理。而灭佛也多是因为僧、道人员太多，增加了社会的供养负担而起的，时间也都不是很长。比如第一个灭佛的是北魏的太武帝。他曾下令诛杀僧众，焚毁佛经、佛像，在全国禁佛。但他一死，新皇帝立即解除了他的禁佛令。今天我们从丝绸之路走过时，只需略微留意看一看就会发现，反倒是北魏时期的佛教造像更为引人注目。我们采风第一站走到的天水麦积山石窟，虽始建于后秦，但兴于北魏明元帝、太武帝，它的微笑佛就给我们留下了深刻印象。另外，北周的武帝也曾以耗费财力为由下令禁绝佛、道，尤其是针对佛教，因为它的"夷狄之法"，容易使"政教不行，礼义大坏"。唐代会昌年间，唐武宗也因佛教违反中国传统的伦理道德，大规模灭佛，制造了一场"会昌法难"。三次灭佛，前后历时四百年，既反映了中国传统的政治文化对于佛教的警惕，也促使佛教为能在此立足进行了一些必要的改变。于是，儒佛道并行不悖的文化奇观便上演了。

四

其实，各个大文明一旦成熟都比较自以为是，若要彼此间保持一定的交流，就必须有一个庞大的缓冲地带，使相互之间能有安全感。佛教向西，人口越来越密集，思想空间又越来越密实，很难有佛教的立锥之地。既然得不到西方的接纳，过不了拜火教这一关，而佛教又是最讲究机缘的，不喜欢强行传教，于是向东就成为一道无须抉择的单选题。而辽阔的西域，又为中华文明能与西方文明实现交流，预留了一块可供相互试探的文化洼地和精神荒原，为进一步交流提供了条件。更为关键的是，中国文化具有开放的属性，又为这种单项选择提供了实现的可能。而在东来的过程中，它又与中华文化进行了有效融合。

采风路上，我们还看到了许多佛教以外的其他宗教进入中国的痕迹。如莫高窟里的景教铜十字架和叙利亚文《圣经》，以及信奉祆教的早期粟特人遗留在长城烽燧中的信札。另外，吐峪沟霍加木麻扎，也是很重要的一个地方。传说穆罕默德的弟子、古也门国传教士叶木乃哈于7世纪中叶带五名弟子最早来到中国，在吐峪沟一携犬牧羊人的帮助下，长住此地。后来牧羊人成为第一个信仰伊斯兰教的中国人，他们六人去世后，被埋在当地的山洞里，即现在的吐峪沟霍加木麻扎。承办采风行程的旅行社有可能并不了解这一情况，所以没有安排我们一睹尊貌，这让带着寻找文化融合痕迹而来的我，留下的遗憾着实不少。

按理说，在人与人的交往中有两样最难的事：一是把别人的钱装进自己的口袋里，二是把自己的思想灌输进别人的脑子里。同样，外来宗教与中国文化这两大文明之间的交流也绝非易事。尤其是佛教，如果印度文明与中华文明都只是一种片段的松软存在，那么，它的局部外移和整体渗入也就不足为怪了。但是恰恰相反，两者都早已高度成熟，并且各自建立了一套严整的体系，很难再有结构性的大吐大纳。然而意外的是，正是在这样的情况下，竟然发生了令人难以置信的奇迹。

佛教在文化上遇到的真正对手，是儒家。佛教的"出家"观念与儒家所维护的伦理亲情严重对立，更没有"修齐治平"的抱负。按照佛教本义,"治平"的抱负应该是要"看空"的,而"齐家"更应该"放下"。由此可见,儒家不是在具体问题上,而是在"纲常"上,无法与佛教妥协,然而意外的是这种冲突却并没有进一步发展为对抗。

佛教队伍显得比较宽容,没有什么"异教徒"的概念,对"苍生"一团和气。尤其是,佛教的特点在于,它是真正意义上对人生本身的关注,全部聚焦于人的生、老、病、死,研究如何摆脱人生苦难,并且正面回答了"我是谁?为什么而活着?生命的意义在哪里?"这些终极问题。这是任何智慧都难以回避的,也是中国本土文化同样需要关注却又从未真正面对过的问题。所以当佛教进入以后,既没有发生宗教战争,也没有出现大的文化湮灭,反而实现了精神文化的良性交会。佛教进一步走上了"中国化"的道路,而本土文化也从佛教中吸取了体系化的理论架构,完成了新的提升,实现了"援佛入儒""儒表佛里"的改变。

在中国文化中,儒家讲圣人,道家讲真人,但都只是在生命范围内兜圈,唯有佛教讲到成佛,跳脱出轮回,才具有了对生死的超越。法家、儒家关注的主要是皇权意识和等级观念,只在意上层社会的士大夫阶层,墨家按理也是心系寻常百姓的,但那只是从上从外对百姓的保护性关怀,而不能让人获得精神托付。相较而言,佛教对于常人的关怀就要真实得多,它让人追求来生,追求涅槃,让普通人也能心存美好的愿望,从而得到身心安顿。

庆幸的是,佛教引入后即与原有思想体系发生了融合。一方面,佛教适应了在中国的本土化改造,把苍生视同己出,把皇帝视为现世佛，解决了禁欲与传宗接代的矛盾和忠君与尊佛的冲突。新的世界观引进，优化改良了本土文化，让原有的人本思想更为明了，也更接地气。另一方面，本土文化也受到佛教教义的启发，开始注入一些宗教的仪轨，尤其是道家，由此发展成为有一定教规的宗教。可以说，佛教填补了中国本土文化在内容上和传播上的两个重大缺漏。所以它的进入是必然的，也是可喜的。同时，传入我国的其他宗教，也都在融合中放弃了各自参与政治的意愿，不再直接影响国家的管理活动。国家也挣脱了宗教的束缚，在管理理念上更加实际。由此，两者都得到了很好的发展。

　　走在丝绸之路上，越看越想越觉得这种优化对于文明进步的难得。今天，我们只需回过头去看一看就会发现，如果没有佛教的加盟，很难想象我们现在会是什么样子。历史上的中国战乱不断，尤其是丝绸之路上，河西走廊作为优良的养马场，始终都是不同阵营之间争夺较力的战场，兵荒马乱、盗匪横行。生活在居无定所状态中的人们很难有读书的心灵追求，唯一的文化缆索，就是庙宇、袈裟和天天念经的邻里信众。普通信众虽然读不懂佛经，但从僧侣们的行为中知道了一些基本佛理和戒律，知道了佛经里的小故事对生活的告诫，由此觉得有了依靠和指望。而这些信众又强有力地影响着一个个家庭和村庄。在佛教文化的传播上功不可没的，还有那些流传下来的佛教故事。佛教故事为文学作品提供了丰富的创作素材，也由此形成了"文殊问疾""拈花微笑"等等的艺术形象。有的故事还被进一步打造成为耳熟能详的成语，如"聚沙成塔""刀头舐蜜"等。对佛经、佛语的理解也被解读成了"当头一棒""五体投地""苦海无边,回头是岸""放下屠刀,立地成佛""头头是道""心心相印""清规戒律""想入非非""现身说法""恍然大悟""火烧眉头""菩萨心肠"等,以及从佛教衍化出来的语言,如"丈二和尚摸不着头脑""和尚打伞无法无天""无事不登三宝殿""跑了和尚跑不了庙""庙小菩萨大""临时抱佛脚""不见真佛不烧香",还有思想、心灵、觉悟、决心、升华、意境等等的词汇。随着融合的深入,在艺术上也有了更多的呈现。如赞美佛寺风光、歌颂僧俗友谊,以及参透佛理禅意的诗文,甚至形成了一种清淡悠远的艺术流派。诗人王维在四十岁以后就开始过着一种亦官亦隐的生活,吃斋奉佛,被后世尊为"诗佛"。还有寒山、皎然、文莹、苏曼殊等本身就有和尚身份的"诗僧"。这些文化大咖的加入,更使佛语、佛教、佛偈大量渗入社会生活而成为人们常用的成语、俗语、谚语和惯用语。如佛家把色、声、香、味、触、法叫作"六尘",修行时摈除一切杂念叫"一尘不染",而这一词义进入社会语言系统以后,就变为了非常清洁的意思。毫无疑问,佛教极大地丰富了本土文化的内涵,我们思考问题的方式也因文化内涵的膨胀而迈入了一个新的高度。要知道,正是这些异域文化的引入,才为中华文明注入了新鲜的血液,而这样的注入便使得陈腐的传统焕发出新的生机,由此而获得的第一个重要成果,就是直接催生了开阔、博大、灿烂、雄浑的大唐。

五

毋庸置疑，中华文明能够长久不衰并在中世纪站上世界的制高点，是与异域文化的融合分不开的，佛教的引入更是至关重要。这都是东西方两大文明能够有幸碰面的结果。而为这次碰面提供了无可替代的平台支持的，就是草场与戈壁兼有、繁荣与苍凉共存的河西走廊。我们的丝路采风，真正开始的第一段行程，就是穿越那里，而第一站，就是为彰显大汉帝国"武功军威"而得名的武威，也就是古代被叫作凉州的地方。

凉州大体位于甘肃省西部以武威为中心的黄河西边，正处于丝绸之路的关键路段。一直以来，在历史、考古和佛学界里有一种共识，认为北魏时开凿的云冈石窟有着浓郁的"凉州风范"，是因为云冈石窟的开凿者基本都来自凉州。当时的凉州处于文明交流的要冲，聚居了许多学者、建筑学家、艺术家、高僧和翻译家，北魏政权征服凉州的时候，曾把其间的三万户人家俘虏到平城（大同），其中就包括了这些精英人才和能工巧匠，他们建造的石窟自然会带有凉州的遗风了。由此可见，凉州在丝绸之路是多么至关重要。历史上在这里停留过的智者不计其数，尤以取经弘法的僧侣为多。他们每个人都有自己的故事，如同菩萨都有自己的道场，他们也都在不同的地方留下了代表着他们信仰的传说。由传说书写的历史和文学作品都一定会有结尾，但历史还在往前走。

从兰州到武威只有不到三百公里的车程，但是出发的时候被黄河边宁夏花儿的歌声吸引，在黄河母亲雕塑公园停留了不短的时间，随行的演唱艺术家还一时兴起与对方飙起了歌，不过当天的行程并不紧张，所以我们乘坐的大巴还是如前两日一样，平稳地把我们在中午时拉到了预订的目的地。

说实话，武威我并不熟悉，但是凉州却因王之涣而让人早已如雷贯耳。原以为"春风不度玉门关"的地方应该是孤寂荒芜的，想凉州的"凉"就应该与悲凉不无关系。及至到了武威才发现，现在已经不再是那个"琵琶一曲肠堪断，风萧萧兮夜漫漫"的凉州了。映入眼帘的，也是一派繁华祥和的景象。车水马龙的街道，熙熙攘攘的行人，与内地大多数的三四线城市已经没有多少差别。本来时间很充裕，但是地接的旅行社按常规安排，让我们去参观了中国旅游标志物"马踏飞燕"的出土地和雷台汉墓，还有存有奇世珍品"西夏碑"的文庙，当天所剩的时间就不多了，加之文保部门一般都闭馆早，其他的地方就来不及前往了。

晚饭后有点闲暇，约了几个作家出门看看城市街景。我从高德地图上发现，出门向右拐直走不远就是一处植物园，于是我们便向那里走去。植物园其实就是树种略多了一点的一片树林，并没有太多的观赏绿植，但还算郁郁葱葱，十分茂盛。后来又发现，植物园紧邻着一条石羊河，岸边也是一处市民休闲的公园，公园与一处楼盘相连，远远地就能看到群楼顶上高悬的"天一外滩"几个大字。看来在河滨景观的营造方面，对于上海外滩意象的审美喜好，即便是远隔千里之外而偏居西北一隅的荒僻小城，也已深入人心了。北方缺水，外出时无论落脚到哪座有水的城市，傍晚时都喜欢到河边看看，我们又向着河岸走去。河道筑有蓄水坝，聚起了一片宽阔的水面，倒有一种"浩浩汤汤纳千派"的气象。随着水流的奔腾，我一时想起了唐代诗人李颀在《古从军行》中写到的"黄昏饮马傍交河"的诗句。然而这里已经不再是"塞外纵横战血流"的边城了，只是那种"车马相交错，歌吹日纵横"时曾有的悲壮，还是能让人不由得与诗人一起"遥望姑臧城"。姑臧也是武威的一个称谓，因近邻姑臧山得名，而姑臧山是西戎、月氏和匈奴部落钟爱的牧场。据说"姑臧"二字来自匈奴语的音译，今天已无据可考了。诗中凉州，史上姑臧。以《凉州词》为代表的边塞诗，从作者的身份看，层次之高少有能比。从作品本身看，无论诗情诗意，还是诗品诗格，都被诗坛所称颂。甚至受此诗风影响，还形成了一种独特的"凉州词"曲调，广为流行。而历史上的姑臧一直以来都是武威郡、古雍州、古凉州治所的所在地，曾经作为东晋十六国中前凉、后凉、北凉、南凉、大凉的首都，有"五凉古都""河西都会"的美誉。作为西北的军政中心、文化中心、经济中心，文臣武将和教士僧侣在此都多有驻足。他们对东西方文化的借取和传播，做出了不可磨灭的贡献。其中除了那些知名的诗人之外，影响最为深远的人物，应该算是西域僧人鸠摩罗什了。鸠摩罗什后期主要生活在长安，据说死后他的舍利被迎回武威，并建了一座罗什塔供奉，后因年久失修后坍塌。其实对于丝路采风来讲，这才绝对是应该去寻访的重点，但是好像已无迹可寻了，所以我也没有再去查找。

出了"西部外滩",我们又走原路回到附近的街区,在一条貌似小吃街的地方找了个水果摊坐了下来。摊主是陕西西府人,来此处经商多年,如今已经逐渐适应了这里的生活,成了留恋这里的河西人。这里物产丰富,饮食与陕西大同小异,但气候却要适宜许多,尤其是夏季十分凉爽。城小节奏慢,生活更为安逸。虽然现在到处都是旅游的人群,异地遇老乡已经不再会有多少明显的感觉了,但摊主还是特意为我们挑拣了一个当地特产的民勤西瓜,这种瓜因处于沙漠腹地的绿洲,光合作用充分,所以水足味浓,确实不同凡响。晚上回到酒店,在大堂遇到了同样外出逛街的作家,他们说鸠摩罗什的罗什寺就在附近,他们赶在闭馆之前进去了,很值得看。

当然值得看了。罗什寺居然还在。无论罗什塔是否还在,作为河西走廊上的精神地标,值得所有心存文化情怀的人去瞻仰。为此,我也一定要到罗什寺里去看一看。

六

第二天一早,我趁着启程时间未到的空隙,叫了《西安晚报》文化新闻部主任高亚平去找罗什寺。路上遇到了西安作协吴克敬主席和宝鸡作协的胡宝林,我们便一同前往。正如来过的人所说,罗什寺离我们的驻地的确不远,出门西面就是一条纵向的大街,沿街向南一百来米就看见了路西的寺院建筑。门楣悬挂着"鸠摩罗什寺"的匾额。看到鎏金的鸠摩罗什几个大字,还未及进得门去,我就已经感受到了一种强大的气场,脑海里全都翻涌着他的传奇，那个佛学的早期传入者和卓越的翻译家又鲜活了起来。

鸠摩罗什，出生于西域的龟兹。他的父亲鸠摩罗炎是一位虔诚的佛教徒，早年抛弃了天竺宰相的显赫地位和富裕生活，背井离乡到龟兹传教，并于传教期间与龟兹公主结婚生下了鸠摩罗什。后来，他父母二人又先后出家。鸠摩罗什自小跟着母亲在西域的各国巡游求法。他天资超凡，颇有慧根，年少时就已名扬西域。每当他讲经说法时，国王们甘愿跪在地上，把自己的身体当作阶梯，让他踩踏着登上法座以示虔敬。

鸠摩罗什在龟兹成名的时候，佛教的传播已如火如荼。但内地的佛经只有迦叶摩腾、竺法兰早期送到白马寺的和朱士行取回洛阳的经卷，不仅数量少，而且缺少有效解读，急需更高一级的智慧来指导。所以当时从西域到长安，很多统治者都以抢得一名重要的佛教学者为荣，甚至不惜为此发动战争，而鸠摩罗什就是其中被争夺的一个。于是，他的东方传教之旅，便令人意想不到地变成了一次漫长的押解行程。

公元384年，吕光受前秦皇帝苻坚指令征讨西域，攻陷龟兹后抢得鸠摩罗什。但班师回朝走到凉州姑臧时，前秦江山的门庭已改换朱颜，被后秦取代。没有了发布指令的主人，也就失去了复命的意义，他们便只得在这里停留下来。随后，吕光凭借凉州偏居一隅又物产丰饶的地利之便，索性自立为王，建立后凉，坐起了自己的小山头。鸠摩罗什也就这样被困在了凉州，并被逼迫还俗，过起了常人的普通生活。公元401年，后秦征服后凉，鸠摩罗什再一次成为胜利者的战利品，终被"押送"到了长安，并在这里度过了他一生中最后的十余年。

显然，鸠摩罗什到长安并不是因为贪念繁华都市的红男绿女的，他冥冥之中好似感应到了佛的旨意，如禅宗二十七祖传法给达摩让他东渡中国传法一样，也同样怀有着这一神圣的使命感。

佛经说，远离人间的欢乐，为接近智慧，愿独处于寂寞的深山。讲的是修行时孤苦的环境和肃穆的气氛可以磨炼出家人的定力，而定力就是修行的门槛，跨过了这个门槛，也就接近了大彻大悟。因此，很多寺庙便建在了深山、幽谷或孤峰、绝顶。僧人们得道后方才云游四方，拯救万民、普度众生。鸠摩罗什到了长安，对百万人众的都市繁华并不感兴趣，他只是稍作停留便行色匆匆地赶到南山脚下的草堂寺，遁入了东方世界的佛国。

鸠摩罗什到达长安的时候，距离东汉明帝佛教传入的时间已有三百多年的历史，此前的僧侣们已经翻译了一些经书。但当时翻译佛经的都是印度人或西域人，他们对汉语的理解并不是很深，所以译出的经文或晦涩难懂，或词不达意。为了能让更多的人获知佛法的本意，鸠摩罗什毅然担负起了重新翻译佛经的重任。在当朝皇帝的支持下，鸠摩罗什组织了八百多人聚集在草堂寺，开始了一次浩大的经文编译。这时，他在凉州十七年的生活经历，很好地完成了汉字的读写能力训练与汉语的思维习惯养成，而那段奇妙的"囚禁"生活，反倒成为他为日后翻译生涯所做的充分和必要的准备。他主持的这次译经改变了以往的直译法，采用合乎东方习惯的意译方式，使翻译的经典既能明确表达原意，又行文流畅，字句优美，同时还富有诗韵，很容易被人理解和接受。而后，数百卷卷帙浩繁的经文便在鸠摩罗什的笔下化作精湛的汉语传向了辽阔的中原。他呕心沥血十几年，终于为佛教的传播，为中外文化的交流铺展出了一条畅达的心路。

鸠摩罗什在长安译经十二年后圆寂于草堂寺。临终前他对弟子说，他们一起弘扬佛法，至今已经翻译了佛经三百多卷，如果他对教义的解读没有偏离佛祖本意的话，那么他死后舌头就不会完全焚化，他也将死得其所。

果然，鸠摩罗什圆寂后，他的弟子在火化后的灰烬中找到了他的舍利。他在龟兹与佛教结缘，在凉州经历了僧与俗的转折，又在长安完成了佛教徒一生最大的宏愿，而凉州是其中一个承上启下的关节点。佛教讲看空一切，但空并不是无，而是性空而非相空，是理空而非事空，是"有中"的"无"。如果"无中"没有"有"的存在，就缺少了对"有"的消解，空则是没有含义、没有意义的"空"。显然，鸠摩罗什在凉州的俗常生活，让他完成了"色即是空"的修炼，收获了"放下"的佛性转变。对于他来讲，凉州的确算是修行途中最具里程碑意义的一站了。于是，他的弟子遵其遗嘱，将他身体最杰出的那一部分——"不烂之舌"，最终护送回了凉州，在罗什寺内建塔供奉。

既然鸠摩罗什寺能重修，寺内不可或缺的罗什塔就更有理由复建。在我看来，采风路上没有比这更值得去参观拜谒的了。

当我们终于找到了这处充满传奇的寺院时，站在门外便已隐约看见，大院深处有一座从屋顶冒出头来的塔尖样建筑。原以为垮塌后已无迹可寻了，不想竟还真有保存下来的可能。心中一阵窃喜，随后便疾步走了进去。大门是牌楼式建筑，应该是山门，里面正对着的是寺院的院门，院门是一座门楼式建筑，上书"罗什塔院"几个字。毫无疑问，里面已经确定无疑的就是罗什塔了。

我对罗什塔的关注无外乎两点：一是对他"不烂之舌"的崇敬。鸠摩罗什所处的时代距今已经有一千五百多年，能留存下来他的遗物，无论是什么都不易，何况是他的灵骨，又是最能代表他才能和成就的部分，所以不能不让人景仰。二是源于对他在翻译领域以及佛教传播方面的贡献。佛教史上把鸠摩罗什以前的译经称作旧译，称鸠摩罗什翻译的经文为新译，是他开创了译经史上的一个新时代。不仅如此，他翻译的佛经，许多还被后世兴起的佛教宗派奉为了主要经典。如《三论》为三论宗之源，《法华经》为天台宗的主要经典，而《阿弥陀经》则是净土宗尊奉的"三经"之一。鸠摩罗什因《三论》被尊为三论宗的始祖，西安的草堂寺就是三论宗的祖庭，武威的罗什寺也自然可以被称为三论宗的圣地。另外，他主张的意译方法，也受到了后世翻译界的广泛认可，被推崇为中国早年的翻译典范，成为中国翻译史上的里程碑。

要知道，两百年后的唐朝僧人玄奘，正是读着鸠摩罗什翻译的佛经，才萌生了去西天取经的理想。从此，佛教文化便开始以批量的形式，源源不断地汇入到了中国传统文化的浩浩长河之中。

七

通常的山门一般都是坐北向南，而罗什寺的山门却面向着东方。要知道，只有汉代的建筑格局采用的才是大门向东的方向。看来这一寺院的历史应该可以延伸到唐代以前。同时也可以看出，佛教的寺院建筑也都融入了汉文化的元素。这就是武威，丝绸之路上的凉州，文明交融印记的丰富性无与伦比。从鸠摩罗什的身上，我们能清楚地看到文化交流和文明交融的时代掠影，尤其是佛教植入中华文明的具体情景。在我们西北方向的这片狭长的荒漠、草场与戈壁间隔存在的土地上，在那个遥远混乱的时代，一次次的连天烽火，竟然都是为了争夺他这位佛教学者而燃起。这种情景不管在中国文化史还是在世界文化史上，都绝无仅有。由此可见，这片土地虽然荒凉，却出现了一种非常饱满的宗教生态，出现了一种以宗教为目的、以军事为前导的文化互动。

虽然鸠摩罗什并不是其中最早的人物，但却应该算作是最重要的一位无疑。佛教传入中国的时间大约在两汉之间，汉明帝时还曾经专门派遣使者到西域访求佛法，佛像就是那个时候迎请过来的，同时带回来的还有少量的经书。尽管由于文化的差异使得当时的译经显得格外艰难，但是这次求法仍然可谓是开启了两大文明之间交往的序幕。后来鸠摩罗什的到来，虽然存在着武力胁迫的因素，但也是水到渠成的必然。

当我站在罗什塔下的时候，眼前出现了两组画面：朱士行、法显还有玄奘向西求取真经，迦叶摩腾、竺法兰、鸠摩罗什向东送经弘法，当然还有佛图澄、严佛调、安世高、安玄等人。他们相向而行的壮举，完成的不仅仅只是对于信仰与意志的考验，也不是对于雪山荒漠的殊死攀越，而是实现了佛教文化与东方文明心灵与智慧的深度交流。佛教文化的植入，使得我们对于生死有了新的理解，对于善恶有了清晰的标准。万事万物的因果报应，回答了人们的处世疑问。清规戒律的信条，厘清了佛俗的边界和底线。这些中国传统文化中模糊而又缥缈的认识，终于有了一个明确和直观的态度。荒漠间草木独秀的凉州城里，留下了他们在时空中交错而过的身影，一样的满身疲惫，一样的行色匆匆，更是一样的坚定和执着。

从这些僧人身上不难发现，能促成佛教成功传入的一个原因，就是有这样一个东来西去的、由众多僧侣组成的、强大的弘法团队。他们有着严整、有序、持续、统一和辨识力极强的外化系统。僧侣们的袈裟佛号，就是人们感知佛教的主要视觉信号。他们的德行善举，则是人们解读信仰的直接范本。而遍布四方的僧侣，更是以无数人格形象普及佛教理念和教义的人格示范。走在河西走廊感受最深的，就是他们在戈壁与沙海相连、孤独与寂灭相伴的茫茫荒漠中那种以白骨为路标坚持不辍、敬不坠命的人格示范。正是这些僧侣，走出了中华文明博采众长的勇敢脚步。

毫无疑问，我面前的这座罗什寺的山门，它为我们打开的，就是一扇通向遥远的西方，通向全世界的大门。

八

爱德华·伯曼的书正式出版的时候,书名定为《长安向西,罗马向东》,他把视野同样提高到了对人类文化贡献的高度,读完之后也能体会到历史进步与发展的趋势。走过了丝绸之路再看,他原来所提出的"马之路,丝之路"之问,确实是已经不再那么重要了。重要的是我们通过今天的行走,用脚步丈量了古代长安的视野长度和心怀宽度,并由此而找到了长安之所以是长安的又一个理由。

原载于《美文》2019年第4期

塔和路的畅想——西安印象记

关仁山

西安有太多我不知道的东西，散发着神秘的气息。这种气息潮水般向我涌来。我试图与那种神秘的气息沟通、融合，可是，我的心像一朵飘忽的云。

去年秋天，我有幸参加丝绸之路文艺采风活动，古丝绸之路，走到了今天便有了新丝绸之路。一条终结轮回的路。人们的目光再次聚焦西安，我们便知道了古城的典雅、包容、开放的魅力，便知道自己来自何处，知道又去往何方。

天真有时释放爱美的灵魂，老者的木讷，却能给我们带来灵感，而时尚的风过于缥缈，让人难以捕捉。生活是累心的，需要我们认真发掘生活之美。我们要善于采撷，善于与美对话，善于在历史的风景中找到新的风景。

西安有怎样一种美呢？

我的感受是古朴、端庄和开放之美。是的，有着十三朝历史的古都，又以唐朝为最盛。周代的幽邃、汉代的强盛、唐代的盛世辉煌，其中隐藏着多少故事啊！那是梦幻般的意境，颇为赏心悦目。一语惊醒梦中人，我们好像从梦中醒来，看西安的建筑，现代化的高楼大厦之间总会有唐朝时代的建筑模式：红墙、黑瓦、雕花的窗户，给人不一样的赏心悦目感受。我似乎已成了西安的一分子了。感受城市的悠闲、散淡，品尝各种小吃，倾听高亢的秦腔，痴迷地奔赴参观景点……

残败的城墙，给我们非常深刻的哀伤之感，还有现代人苍凉凄厉的追念。它笑看朝代的风云聚散，让我们与历史相识，给我们留下谜语，留下疑问，也给我们留下了无尽的思考。

生命的一部分，已经悄悄潜入西安的骨血，灵魂突然地飞起，超越了高大灰黑的城墙，并在飞翔中体味古城的独特味道。

我们能望见那一片风景，是大明宫遗址保护区。繁华凋尽，唯剩本真，霎时，感觉汉唐雄风扑面而来，甚至还夹杂着羊肉泡馍的气息。这里的风景朴拙而深奥，极有韵味，极为独特。西安人常常不无自豪地说：我们是长安人。长安人爱塔。

小雁塔，陕西丝路"申遗"遗址。塔和路就有了渊源。

这里意象通明，透出一种温柔淡定的平静。我们的手抓不住岁月，岁月像飘零的云朵溜走，可这小雁塔却存贮了文化的记忆。每天每天，生活都给我一座塔，我在塔前诉说怎样的心语？小雁塔是唐代佛塔，塔形秀丽挺拔，被认为是精美的佛教建筑艺术遗产。我们下午参观小雁塔，这时的阳光从塔顶退了下去。秋天的和风吹着白云。周围环境优美，有袅袅的香气环绕，有多彩的蝴蝶飞舞。蝴蝶从花丛中飞起，把梦留在最深最醇的芳香里。小雁塔是一座典型的密檐式砖塔。这塔纯粹的艺术格调，引发我们无穷的想象。让人觉着奥妙无穷，意味深长，别有风韵。

过去，我常常听说到大雁塔。小雁塔与大雁塔都是唐代长安城保留至今的标志性建筑。小雁塔因规模小于大雁塔，故称小雁塔。小雁塔是密檐式方形砖构建筑，初建时为十五层，塔身每层叠涩出檐，南北面各辟一门；塔身从下往上逐层内收，形成秀丽舒畅的外轮廓线；塔的门框用青石砌成，门楣上用线刻法雕刻出供养天人图和蔓草花纹的图案，雕刻精美。塔的内部为空筒式结构，设有木构式的楼层，有木梯盘旋而上可达塔顶。

爱花的人，都是热爱生活的人；爱塔的人，都是热爱历史的人。生命并不宽裕，爱和恨都难以完成。生活与历史接通靠什么？靠通天大路啊！塔和路代表豁达和淡然，是幸福门前的大道。轻轻地走过去，就会别有洞天。这样的古塔是活的，是有灵魂的，我们仿佛看见小雁塔活过的痕迹，判断出它的内在情感。其经历像银幕，上演了古往今来的波澜和传奇。

一切尽收眼底，又感觉什么也没有，远古的气息追随着我，让我有静悄悄的孤寂。我多想把自己变成一座塔啊！

没有冷硬的姿态，只有温暖的瞬间。

西安人天生的特质，执着、自信、坚毅，他们始终保持最敏感的触觉，像梁生宝、孙少安、高加林那样在艰难困苦着前行。他们是安静而沉默的，你会从人群中一眼认出他们。大量的成功孕育在日积月累的跋涉，当他们沉重地走过，搅起深藏大地内的寒气。参观贾平凹文学艺术馆，简直让我感动和震撼，他持续的惊人的创造力，简直在创造奇迹，他们同时得到了创造中的快乐和日常生活中的幸福感。现代人渐渐失去了自信,自信变成了奢侈品,把自信打入盲目和幼稚的泥沼里。而西安人有自信,藏而不露的自信,顽强拼搏的自信,在物欲横行的世界中,顽强闪现着钻石般的瑰彩。

我一时紧张起来。紧张应付一时,却无法永恒。

我的幻觉中出现过小雁塔,或许由于陌生而不曾留意,这种毫无依据的转换,让我长时间对这个世界迷惑不解。我们追求得越是狂热,实现得越是艰难。我忽然对西安产生一种畏惧感,畏惧源于喜爱,又超越了喜爱。

那是无限陶醉的神情。我曾痴痴地想,要是让我穿越回到那个时代会作何感想?

塔总让我想到路。

丝绸之路的前方好像有价值连城的宝藏,但是,这宝藏的获得需要艰辛的跋涉,有时还要付出贵重千倍的生命。在漫长的岁月里,无数孤寂的夜晚品尝愁绪,于是,便有了人在途中的思考。途中面临生死考验的时候,继续前行还是后退求生?这种思考是短暂的,也是长久的,这样的生死抉择是对人勇气和决断的极大考验。我不知道世上还有什么考验比它更严峻。那是人类精神的超越。

那不是归人,是匆匆过客。

错觉总是包围着我的心绪。只有到了西安,历史中的一切尽收眼底。深入到历史深处,飘荡着岁月的风情。公元前139年,张骞奉汉武帝之命出使大月氏,相约共击匈奴。自长安启程,经陇

塔和路的畅想——西安印象记

西,被匈奴扣留11年,后逃脱,涉大宛、康居至大月氏。时大月氏已立新王,且大夏安居乐业,加上与中国距离太远,无意谋攻匈奴。一年后张骞踏上归途,中途又被匈奴扣留一年,于公元前126年返回西安。公元前119年,奉命出使乌孙。至乌孙又遣副使分别出使大宛、康居、大月氏、大夏、安息、身毒、于阗、打深等地,从而开拓了"丝绸之路"。这条大路上太阳升起,好像世界被重新分娩的一次。

历史故事,意象通明。丝绸之路以长安为起点,经咸阳、宝鸡,向西通过甘肃境内的河西走廊,过敦煌,出玉门关和阳关进入新疆,沿着塔克拉玛干大沙漠的北缘和南缘,分两路汇合于帕米尔高原,进入中亚、西亚,直达地中海东岸。

我们可以想象,当年是怎样的盛景啊!

其间,丝绸之路商旅长年不断,从西域传来的物产有核桃、胡麻、无花果、葡萄、安石榴、黄瓜、大葱、菠菜、大蒜、胡萝卜、番红花、胡荽、苜蓿、琉璃、毛皮、宝石、药剂等。新疆的"天马"、西方的乐器箜篌、琵琶、胡乐也先后传入中国。中国的漆器、竹器、铜镜、陶器、丝绸、冶铁、茶叶、生姜、大黄、肉桂、土茯苓也传入西方。我听讲解员说,经丝绸之路来长安的名人有印度僧人鸠摩罗什神父、迦叶摩腾和竺法兰等人。鸠摩罗什神父为印度人,一生传播佛经,死后火化葬于草堂寺。宗教传播爱,爱塔的人,爱他的人,爱得真而深,真了,深了,便会体味到独特。我愿怀了炽烈的爱去欣赏他和塔,所以,我希望自己有一颗琴心。

  灯光、明月和繁星散发着晕光，夜来无眠，我的心像飘忽的光。在我们今天面临的物质时代，我与庸俗的日子绝望拉锯的时候，必然的创伤如期而至，此时，我就格外崇敬历史上那些伟大的使者，他们的心灵漂浮在路上，无论遇到什么样的困境，都依然前行，这是丝绸之路最大的秘密。大路以它无与伦比的壮阔，告诉人们永不凋谢的秘诀。上帝偏爱你，就让你尝尽人间百味。庸常的生活让人麻木，麻木是多次挫伤和摧折的结果。有时想，我们存在的意义是什么呢？

  大路依旧放声歌唱，我知道它终会带我们去远方。

  人类为了自身利益，重新集结在一起。"一路一带"是何等辉煌构想呢？历史的珍藏会在漫长的岁月里发酵，香飘万里。世界那么大，都想去看看，世界向西安人敞开的博大的胸怀，拥抱那些勇敢者。丝绸之路以西安为起点，历史的记忆，思想的浪花，征服的链条，就这样在古城网织着一个立体的形象。

  大路为生命而歌唱，不离不弃，鞠躬尽瘁，至死不渝。我想大路有多少种颜色呢？说得清，也说不清。土黄色？杂色？神秘而空灵。黑夜来临的时候，我们仰观苍天，一片灿烂的星光。

  路是自由的，风是自由的，路随风动。我们渴望知道，又不愿相信，那无法预见的命运。在傍晚的微光里，看上去像一个梦。听说有一些孩子，站在西安小雁塔顶遥望大路，一遍遍遥望，我猜想着孩子们的真实感受。他们是西安人，还是另外地方来的游客的孩子？他们是激励自己，还是别有雄心？

夜晚来临了，我发现西安的上空升起了繁星，夜空竟然出现了一片年轻的星群，我惊讶于彼此绽放的光芒。思维和月色融为一体。暗黑的云层里终于流下了泪。存在是靠不停的希望与等候拼接维系的结果。我们已渐渐不再满足静止的诉说，而更看重远方的遥想。世界让人窒息的时候，驻足西安你会有一种畅想，有一种清凉，有一种安宁，有一种高贵。

大路在喧嚣中睡去了，人在疲惫中成熟了。成为自信从容、旁若无人的精神巨人了。秋天是收获的季节，秋天逝去的方向，文化和精神的痕迹是清晰的，隐藏在充满传奇的大路上，也掩藏在美丽的小雁塔。

西安古城啊，威严中透着温情，魅力无穷。

今天，从表面看，西安好像没有新故事了，其实，我们面临重重困扰而不绝望，因为我们在西安找到了世界和谐的人文精神。我回想所有落在古塔上的阳光。这种罕见的纯粹性，才使这一文物有某种无从想象的丰富和华贵。这塔让人想到了一种奇迹。看不到借鉴，也看不到模仿。我好好端详着古塔，让人能永远不忘记。人不要把高尚隐藏，生命需要自然的芬芳。塔和路活脱脱有了生命，会终生难忘。这让我们憧憬，我将那美丽的憧憬持续了一段时间。一些美好的记忆仿佛带我回到春天的路上行走。

我们似乎听见了歌声，几句简单的秦腔，打开了我们的心扉，让我翘首遥望。

人与人是有缘分的，人和路也是。塔和路是有梦想的，没有梦想他们怎能拥有走向世界堪称悲壮的旅程？又怎能有力量把世界紧紧拥在彼此怀中？塔和路与人相似，人活着的意义就是不断寻找意义。可以想见，当年丝绸之路的繁华盛景，繁华中有乐趣，乐趣与艰辛交织在一起，便构成人生精彩的故事。

开启新丝绸之路，这是何等壮阔的选择？在有限的时间里，完成无限的选择，我们绷紧的神经经历了一次峰回路转的惊喜。世上本没有路，走的人多了便成了路。我们再延伸一步，路走得久了，走的人多了，便成为辉煌大道。我不能确定这条路上输送出多少物品，但我可以确定国人的自信和投入。浩浩荡荡的大路啊，沸腾，拥挤，不是一个思索的好地方，思索需要寂静。但是，它能激发我们内心的波涛翻滚，思索会是长久的，深刻的，宽广的。恰如刘勰在《文心雕龙》里说："文律运周，日新其业。变则其久，通则不乏。趋时必果，乘机无怯。"这里的思想与刚刚开启的新丝绸之路多么吻合！巨大的成功之前，都有过怀疑和绝望，我想，那之后一定是有的放矢，焕发出惊人的爆发力，有着历史的必然和辉煌的功绩。

那是一束光，照亮了人心。将记忆自拔于困顿的泥沼，将光明播撒于每一寸光阴。心里的，梦里的，存在的，缥缈的，该留下的总会留下，该走的已经化为尘埃永远消失了。但是，小雁塔的故事曾经闯入我的梦乡。小雁塔和西安一样是有灵魂的，远方的人啊，愿你在万水千山之外都能听到这里清越的心音。日、月、星、辰，在它的名字里，展示着各自的光芒，共同照亮了民族复兴的征程。

前方亮起闪电，路途似乎还很遥远。我们共同的希望，在不远处闪着光。是啊，新的丝绸之路开启了，那是人类不屈的生命通道，我终于知道遥远的古丝绸之路等待的是什么了。

原载于《美文》2015年第8期

第三辑

骑着狮子画龙去

喧嚣与真实
——在广州大剧院的演讲
莫　言

拒绝化妆，以本来面貌亮相

各位朋友下午好，我非常荣幸参加这次活动，过去演讲很少写稿，这次非常认真地准备了半个上午，本来主办方昨天晚上通知我，让我上台之前给我化妆，后来我拒绝了，因为我想，化妆是可以把白的变成黑的，也可以把黑的变成白的，但是不可能把丑的变成美的，美不需要化妆，你依然很美，丑的无论如何涂脂抹粉都不会变美。所以我想还是以本来面貌见人为好，尤其在台上演讲的时候更要给大家以真实面貌，一个人只有保持自己的真实面貌，才可能说真话，办真事，做好人。

其实要保持一个人的本来面貌还是挺不容易的，因为我们每一个人都生活在社会当中，我们每个人除了要跟自己的家人打交道之外，还要跟社会上各个阶层的人打交道，学生在学校跟老师和同学打交道，员工在家里面跟自己的家人打交道，也要跟老板和自己的同行打交道。这样社会的结构就迫使每一个人都有几副面孔，无论是多么坦诚朴实的人，在舞台上和卧室里是不一样的，在公众面前和在家人面前，也是不一样的，我想我们能够做到的也只能尽量地以本来的面貌见人。今天演讲的题目叫《喧嚣与真实》，这是主办方给我的题目，因为这个题目挺难谈的，涉及社会生活的看起来是两个方面，实际上是很多方面。社会生活总体上看是喧嚣的，喧嚣是热闹的，热闹是热情，是闹。是热火朝天，也是敲锣打鼓；是载歌载舞，是一呼百应；是正声喧哗，是望风捕影，是添油加醋，是制造谣言；是浓妆艳抹，是游行集会；是大吃大喝，是猜拳行令；是吸引眼球，是人人微博，是个个微信；是真假难辨，是莫衷一是，是鸡一嘴鸭一嘴；是结帮拉伙，也是明星吸毒；也是拍死了苍蝇，也是捉出了老虎；是歌星婚变了，是二奶告状了；是证明了宇宙起源于大爆炸，也证明了宇宙不是起源于大爆炸，确实是众生喧哗。

喧嚣是社会生活的一方面

我想社会生活本来就是喧嚣的，或者说喧嚣是社会生活的一个方面，或者说是本来面貌，没有任何力量能让一个社会不喧嚣。当然了，我们冷静地想一想，我们从多个角度来考量一下，喧嚣也不完全是负面的，喧嚣也是社会进步的一种表现。因为原始社会里是不喧嚣的，我们去参观半坡遗址的时候，我们想象当时的人们生活场面肯定是不喧嚣的；我们回想中国漫长的封建社会，那个时候也是不喧嚣的；但是我们想象我们最近几十年来，我们1958年大炼钢铁很喧嚣，我们20世纪60年代"文化大革命"也是很喧嚣的，后来改革开放前几年比较安静，但是最近十几年来越来越喧嚣。这种喧嚣有的是有声的，是在广场上吵架，或者是拳脚相加；有时候是无声的，是在网络上互相对骂。我想面对这样的社会现象，我们必须客观冷静地对待，既不能说它不好，也不能说它很好。所以这样一种现象，就像我刚才说的，实际上也有正反两个方面，我们作为一个生活在社会生活中的个体，应该习惯喧嚣。我们要具备习惯喧嚣跟发现正能量的能力，我们也要具备从喧嚣中发现邪恶的清醒。要清醒地认识到，喧嚣就是社会生活的一个方面，而使我们的社会真正能够保持稳定进步的是真实，因为工人不能只喧嚣不做工，农民不能只喧嚣不种地，教师不能只喧嚣不讲课，学生不能只喧嚣不上课。也就是说，我们这个社会生活中的大多数人还是要脚踏实地地实事求是地老老实实做人，踏踏实实地做事，否则只喧嚣没饭吃。

真实是社会更重要的基础

关于真实，我想也是社会更加重要的基础。真实不仅仅是一个社会的本来面貌，也是事实的本来面貌。有时候喧嚣掩盖真实，或者说是会掩盖真相，但是大多数的情况下，喧嚣不可能永远掩盖真相，或者说不能永远掩盖真实。这个我可以讲四个故事，来证明我这个论点。

第一个故事是，几十年前，大概在20世纪70年代的时候，我的一个闯关东的邻居回来了，在村子里面扬言他发了大财，说他去深山老林里面挖到了一棵人参,卖了几十万元的人民币。他从村子东头搞到西头,又从西头搞到东头,我们的村民很多家里面争先恐后地请他吃饭,因为大家对有钱人还是很尊敬的,大家还是希望一遍遍听他讲述如何在深山老林里挖到了这一棵人参的经历,我们家当然也不能免俗。我们把他请来,坐在我家炕头上吃饭。我记得很清楚,他穿了一件在我们当时的农民眼里面看起来是很漂亮的黑色的呢子大衣,他即便坐在热炕头上也不脱下这件大衣,我记得我们家擀面条给他吃。我奶奶发现他脖子上有一只虱子,于是他的喧嚣就被虱子给击破了,因为一个真正有钱的人是不会生虱子的,过去人讲,穷生虱子,富生疖子。我们知道他并没有发财,尽管他永远不脱下来那件呢子大衣,但是他的内衣肯定很破烂。又过了不久,这个人的表弟也穿了一件同样的呢子大衣。奶奶问他,你这件大衣跟你表哥的很像。他说:"我表哥就是借我的。"事实又一次击破了前面这个人喧嚣的谎言。

另外一个故事是,我在北京的检察院工作期间,曾经了解和接触了很多有关贪官的案件。当然我不是检察官,因为我们是新闻单位,要报道,我作为记者,了解了很多这方面的案例。其中在河北某地有一个贪官,他平常穿得非常朴素,他上下班骑自行车,他给人一种非常廉洁的外观形象,他每次开会都要大张旗鼓,义正词严地抨击贪污腐败。过了不久,检察院从他床下面搜出了几百万人民币,所以真实就把贪官关于廉洁、关于反腐败的喧嚣给击破了,事实胜于雄辩。

第三个就是我的亲身经历,2011年我在我的故乡写作,有一次到集上去买桃子,一个卖桃子的人看起来很剽悍,他也认识我,或者他认出了我,他一见面就说:"你怎么还要来买桃呢?"他点了我们市委书记的名字说,"某某某给你送一车不就行了吗?"然后我说:"我又不是当官的,他干吗要给我送?"他马上说:"你是当兵的。"实际上我也不是当兵的,我已经转业了。然后他说:"你们这些当兵的,我们白养了你们,连钓鱼岛都看不住,让小日本在那边占领。"我说:"小日本也没有占领。"他说:"反正你们当兵的白养了。"我说:"那怎么办?"他说:"很好办嘛,放一个烟雾弹就把问题全解决了。"尽管我心里很不愉快,但我后来还是买了他五斤桃子,我说:"桃子甜吗?"他说:"太甜了,新品种。"我说:"你给我够秤。"他说:"放心。"结果回家一称桃子只有三斤多一点,他亏了我将近两斤秤,然后一吃又酸又涩,所以真实又一次把卖桃人的喧嚣给击破了。

第四个故事也是我的亲身经历。就是不久前的中考,我有一个亲戚,我经常见他。每次见他,他义愤填膺地痛骂当官的,咬牙切齿,怒发冲冠。但是今年他的儿子参加中考,离我们县最好中学的录取分数线差了五分,他就找到我了,说:"就差了五分,你找一找人,让他去。"我说:"现在谁还敢,现在反腐败的呼声如此高,现在为难了。"他说:"我不怕花钱,我有钱。"我说:"你让我去送钱,这不是让我去行贿吗?这不是腐败吗?你不是痛恨贪官污吏吗?现在你这样做不是让我帮着你制造新的贪官污吏吗?"他说:"这是两码事,这是我的孩子要上学了。"这个真实也把亲戚反对贪官污吏的喧嚣给击破了。

我对这四个故事的主人公没有任何讥讽嘲弄的意思，我也理解他们，同情他们，假如我是我的那位亲戚，我的孩子今年中考差了几分，上不了重点中学，也许我也要想办法去找人，我也会跟我的亲戚说，不怕花钱。为什么会出现这种现象？为什么大家在不涉及自己切身利益和家庭问题的时候，都是一个非常正派的，非常刚强，非常廉洁，非常正直的人？为什么一旦我们碰到了这样的事情，尤其是涉及孩子的事情，我们的腰为什么立刻又软了，我们的原则为什么立刻不存在了？所以我想，这有人性的弱点，也有社会体制的缺陷。所以我讲这四个故事没有讥讽意义，而是要通过这四个故事来反省，让每个人在看待社会问题的时候、在面对社会喧嚣的时候，能够冷静地来想一想喧嚣背后的另一面。

小说里的夸张变形和魔幻是为了更加突出真实的存在和力度

我是一个写小说的，说得好听点是一个小说家。在小说家的眼里，喧嚣与真实都是文学的内容，我们可以写喧嚣，但是我认为，应该把更多的笔墨用到描写真实上，当然了，小说家笔下的真实，跟我们生活中的真实是有区别的，是不一样的，它也可能是夸张的，也可能是变形的，也可能是魔幻的，但是我想夸张变形和魔幻实际上是为了更加突出真实的存在和真实的力度，总而言之，面对当今既喧嚣又真实，万象风云的社会，一个作家应该坚持这样几个原则，或者说几个方法来面对社会现实：第一我们要冷静地观察，要透过现象看本质。我们过去说，我们要研究一个人，就是要听其言，察其行，我们要察言观色，观察会让你获得外部大量信息，然后我们要运用我们的逻辑来进行分析，我们要考量现实，我们也要回顾历史，我们还要展望未来。然后通过分析得到判断，然后在这样的观察分析判断的基础上，展开我们的描写，然后给读者一个丰富的文学世界。谢谢大家！

原载于《美文》2014年第10期

遥远的完美

铁 凝

伊蕾和特卡乔夫兄弟

选择特卡乔夫兄弟的这张草图,并不是因为这兄弟二人曾获苏联"人民艺术家"称号,是当今在世的俄罗斯顶级艺术家之一。更直接的原因是这件作品现在的主人是中国一个名叫伊蕾的主持人。

我和伊蕾认识很久了,大约在1977年,我们同赴河北省的一个业余文学创作座谈会,我们被分配在一个房间。那时我还在河北农村插队,刚写过两三篇小说;伊蕾在河北一家具有保密性质的兵工厂当工人,已经是河北诗坛引人注目的新星了。回忆当初,第一次见面的伊蕾给我留下了极其鲜明的印象:苗条的身材,烫过辫梢儿的两条过肩辫子,兔毛高领毛衣……这个组合系列在那个尚未开放的时代算得上是"先锋"了。开会之余,我们就在房间聊天。伊蕾长我几岁,她显得格外见多识广。她为我背诵海涅和普希金的诗,哼唱舒伯特的小夜曲,并告诉我她的爱的秘密。她是那么热情奔放，坦诚透亮，那么相信我这个与她初次见面的人。她当然是满怀诗人的浪漫，却又不是那种不着边际的缥缈。她的浪漫是以可靠的朴素做底的；她的奔放也不是虚张出来的，你领受到更多的是诚恳。后来，在80年代她写出了著名的长诗《独身女人的卧室》。这首影响了当时一批女作家精神领地的长诗，我认为它至今仍旧是伊蕾无可争辩的最好的诗，也是她给80年代的中国文坛无可替代的最明澄的贡献。有时候我会读一读这诗的某个段落，我被她内心的勇气打动，被她那焦灼而又彻底的哲思，她那干净而又诙谐的嘲讽，她那豪迈而又柔软、成熟而又稚嫩的青春激情所打动。这就是伊蕾了，这是一个太纯粹的因此会永远不安的女人。

多年之后伊蕾回到她出生的城市天津，当她作为《天津文学》的编辑认真向我约稿时，她的约稿信是短而富有诗意的，其中有这样的句子："……我像我爱自己一样地爱你……"她鼓动我把小说给她，我还是让她失望了。后来她去了俄罗斯，在莫斯科生活了几年又回到中国。这中间我们的联系一直不太多，我只是猜想，伊蕾出国最初的动机可能想赚些钱回来。以前听她说起过她幻想着拥有自己的一所大房子，她在房前种许多玫瑰，然后不受生活所累尽情写诗。几年之中她和朋友通过做工艺品生意赚了一些钱，她对我说那实在是太辛苦的赚钱——而且正遇卢布贬值，她又无法将手中的卢布及时兑成美元。我见过一些她在莫斯科的照片，很多是她在房东家拍的。有一张是莫斯科的严冬她站在房东家门口，她身穿羽绒服、肩挎"双肩背"，头戴花色艳丽的大围巾,正准备出门去"办货"。她的脸色红扑扑的,真是飒爽英姿,和她另外一些略显凄然和惆怅的表情判若两人。我就在这张照片里看见了伊蕾骨子里的倔强和执拗,还有她的许多不为人知的艰辛。

那么,伊蕾就要过上住大房子里,种着玫瑰花尽情写诗的理想日子了。可是她忽然把赚来的钱都买了俄罗斯油画。对油画并不内行的这位诗人在莫斯科一些朋友的陪同下,几年之内乘火车、汽车——也许还有船,前往列宾住过、列维坦画过的红松林里的优美的"画家村"一趟趟地拜访画家,"联络感情",为了买画,和那些大牌画家讨价还价。一定是她的诚恳打动了他们,她的纯正的诗人气质是容易和人沟通的。2000年夏天我在莫斯科时,见到好几位伊蕾的朋友,比方俄罗斯爱乐乐团团长左贞观先生,俄罗斯美术家协会第一书记、画家萨罗明先生……他们告诉我,他们很喜欢伊蕾,喜欢她待人的友善和天真,所以她的运气真不错,几年当中她买到了像特卡乔夫兄弟这样的俄罗斯顶级画家的画作,并和这两个老头结下很深的友谊。当钱不够时她就向国内的家人去借,弟弟妹妹的她都借过。不能简单地把伊蕾这举动解释成自幼对俄罗斯艺术的热爱,比方说我也是热爱俄罗斯艺术的,可我从来没有想过要把所有积蓄都拿出来买了他们的画。我不能不想,这个伊蕾,到底她还是个诗人,她的理智绝对服从着她的灵魂,甚至灵魂里突现的一朵火花,然后就是不顾一切了。于是也才有了以后的一个属于她自己的美术馆——位于中国天津的卡秋莎美术馆。

遥远的完美

今年5月伊蕾打来电话，告诉我，由她亲自设计并监工的她的卡秋莎美术馆已经开馆了，很希望我能去天津看看。我为此专门去了天津在南开区一条新建的文化街上，伊蕾站在她那小小的美术馆门前迎着我。这是朋友慷慨借她的一套临街住房，她布置了两层展厅，有近300平方米的面积。做旧的木地板，故意粗笨的仿橡木楼梯，厚重的窗幔，枝形吊灯，茶炊和织锦缎卧榻……一切都透着女馆长伊蕾所造就的俄罗斯氛围。最重要的当然还是属于她的宝贵财富——一些当代俄罗斯画家的油画原作：特卡乔夫兄弟、梅尔尼科夫、法明、科尔日夫等的作品。

这张《打草时节》的草图赫然悬挂在卡秋莎美术馆二楼展厅一个惹眼的位置，和后来画成的"成品"相比，它更多一些自然的激情和生命真实状态，劳动着的人和大自然亲密接触时那种无顾忌的奔放，被兄弟两人表现得自由而又充满诗情。成品之后的《打草时节》构图也许更严谨，人物的细部刻画也许更到位，在整体上却失掉了草图里洋溢着的画家有感而发的才情——它变得像一篇"命题作文"了。画中人物被"摆"的痕迹也十分突出，几个劳动妇女好像知道自己的被画，都有些"作态"。这就是有时候成品代替不了草图的一个最好说明。为什么观众和收藏者不愿漏过名家的草图呢，在草图上，我们往往能够更准确地捕捉到画家最率直的感情和最无功利之心的自由笔触。

特卡乔夫兄弟是严格继承了俄罗斯现实主义油画传统的一代画家，由于获得过国家奖金，他们去过意大利和法国写生。他们在颜色上谨慎地受到过法国印象派的影响，但他们的可贵在于他们那纯朴而真挚的俄罗斯情感，对土地、母亲、劳动和家乡饱满的爱。苏维埃时期他们的某些作品受到过指责，他们塑造的一些母亲形象被认为过于沉重，缺乏昂扬的笑脸。我想兄弟二人还是有着自己的主意，他们尊重内心的感受，他们基本上做到了艺术上的诚实。很多人好奇他们如何共同作画，因为一个人不可能完全变成另外一个人。原因也就在此吧，他们沟通和相融的能力，加上他们的不同，一定使他们能够互相激发或互相"打倒"，再从中获得双倍于常人的力量，尽管最终他们没有找到独属于自己的形式。

以当今世界艺坛对艺术家的定位，俄罗斯绘画并没有很高的地位，我在有些文字里也试着表述了造成这些的并不都是偏见的原因，俄罗斯绘画对于世界艺坛绝不像俄罗斯文学对世界文坛那般重要。中国画家，包括中国作家喜欢他们或许有着十分复杂的历史缘由。我没有和伊蕾探讨过她对俄罗斯以外的画家的看法。也许这对今天的卡秋莎美术馆不是最重要的，伊蕾靠了自己的浪漫激情和孤注一掷的艰苦努力实现了她童年的一个梦想，实现了她亲近俄罗斯艺术的愿望，这就是一个最确凿的事实。这世上的人能够在有生之年实现童年梦想的毕竟还是少数吧，伊蕾你说呢？

伊蕾说："我要把俄罗斯油画的展览和收藏进行到底，让我的亲人、好友，让每一个陌生的爱好者分享。我想常年举办俄罗斯画家展览，让更多的俄罗斯画家来到天津，让天津成为他们知道和想来的地方。"当夜晚来临，卡秋莎美术馆闭馆之后，伊蕾和我在馆内的小客厅喝着红茶聊天。她很疲惫，却两眼放光，使我又一次想起她在莫斯科房东家门口那张出发前的照片。这时就听见她说，她已经开始学习画油画了，看画看得她不过瘾了，她要亲自画，她并且还动员家里的亲人学油画。因为是朋友，所以我几乎要用最民间的一个形容来说伊蕾了，她简直是"想起一出是一出啊"。油画不是那么好学的，那得有科班出身的基本功。我说了我的怀疑，伊蕾说："所以我才要学啊。"我不得不再次感叹：这就是伊蕾了，这个看上去有些疲惫的瘦弱的诗人、艺术品收藏家，你坐在她的奋斗许久好不容易刚开张的画廊里，你实在不知道她又会有些什么新想法。唯一使你不怀疑的是，这个人她会不听劝告地去实践她的新梦想。住在自己的大房子里种着玫瑰花写诗，在今天的伊蕾看来，可能已经是一个太小的、太微不足道的愿望了。

我们从卡秋莎美术馆里出来已经很晚，我独自站在门外，看伊蕾在门里逐一关灯并认真操作墙上的报警器，格外想起她在今后诸多的不容易。我祝福伊蕾，并愿意相信，幸福和活力就在这诸多的不容易。

称金少妇

不久前读过这样一篇报道：1996年春，荷兰17世纪黄金时代画家弗美尔首次回顾展在海牙展出。弗美尔与其同时代的荷兰大师伦勃朗齐名，43岁去世，仅留下35幅作品。这次在海牙的回顾展竟集中了23幅，超过他一生作品的三分之二，加之预先有计划地宣传，开展之前已经在欧洲造成轰动。各地旅行社借机垄断，预售入场券就达35万张。回顾展上人潮拥挤，即便有三个展期，应观众要求，美术馆还是将每日的展时不断延长——最长到晚12点。在90天的展期内，观众达40万人次。这样，荷兰海牙的美术馆以三百年前他们一位画家的23幅油画举办特展，仅门票收入就达500万美元。

17世纪是荷兰的黄金世纪，它摆脱了西班牙的殖民统治，于1609年成立荷兰共和国。革命的胜利，经济和海上贸易的发展，使市民和商人日渐强大起来，王权则相对软弱了。资本主义的空前繁荣带动了艺术的兴盛，这时的荷兰文化脱离开当时欧洲文化的主流，即巴洛克风格，脱离开巴洛克风格的那种豪华绚丽、威严、庄重等特征，形成独特鲜明的市民性格。都市的、市民化的社会，使画家注重忠实描绘日常事物家居环境，从市井生活里发现别样的诗意。这一时期荷兰画家们的画幅都是比较小的，取材、内容、趣味……都适合商人及市民家庭的收藏和悬挂。意大利文艺复兴以后所崇尚的宗教题材在此时的荷兰退居次要位置。弗美尔耀眼的才华在这样的背景下得以充分地释放，他一生把自己限制在极小的题材里，一条小街，或一个房间里的一两个人，这却丝毫没有影响他作为一流画家的位置，更没有妨碍他那小题材的画面充溢着一种浑然大气之势。

通常提到弗美尔，被作为代表作举出的多是《戴珍珠耳环的少女》《倒牛奶的厨娘》等，但更能打动我的是《小街》《称金少妇》以及《读信》《太太和女仆》这样的作品。

《小街》中的正面建筑是弗美尔故乡德尔夫特17世纪典型的民居，画作那无比精确的由几条垂直和平行的线所造成的严谨构图，它那由杰出的色彩分布所造就的朴素而又细致的光和影，使观者感受到一种清新安谧温暖从容的氛围。我们眼前略显扁平的这座三层民宅虽然占据了一多半画面，但是你并不觉得压抑或者失重，左边三组错落的屋顶侧面使画面开阔并活跃了。还有几乎居中的三组人物：正中是两个玩耍的孩童，右边黑门洞里倚坐着穿白衣的正在刺绣的妇女，她们不仅稳定了画面，还给《小街》带来一种难言的祥和之气。左边打开的门内是一位弯腰站在水池前洗涮的女人，她身后的白墙和仅露出一半的窗子，与右边坐着白衣妇女的黑门洞形成对比，而且巧妙地加强了画面的纵深感。弗美尔简练概括地处理这幅风景画中的人物，又细致入微地描绘老房子那有些龟裂的然而十分亲切的白墙。你置身其中，忽然会觉得你其实也就在对面的一扇窗里，自然地、不被强迫地看见了这小街的景致。弗美尔知道如何去画离眼睛最近的事物，而又保持它和自己之间的距离，主宰现实又能在必要时涂掉自己的个性。他这种极为迷人的克制的天赋和气质，恰恰使他成为他那个时代的独一无二的天才。

《称金少妇》表现的是一个很私人的场景：一位显然怀着孕的少妇在自己房间一角称金。称金本是件普通事，好比有些人喜欢经常数钱。值得玩味的是画中称金的少妇那安闲的神情和手势。她的生活至少在中等，称金并不是她算计生存的必需。从画面左上角而来的隐约光源给她的面部笼罩上一层柔和低调的光晕,这场景里虽有珠宝闪烁,却无贪婪之气象。与其说她在兴奋地盘点"细软",倒不如说把这当成一种独自的休闲。无疑这"休闲"是带有满足感的,但少妇放松而低垂的眼皮让她显得沉静、克制,她的小指高挑,捏住秤具的右手又带出一点不易觉察的活泼。我最喜欢她左手的动态:那是一个介乎于"扶"和"搭"之间的动作,弗美尔以对女性独有的敏感刻画了这只手。它不是无力的,也绝非为了用力;几个手指在桌边既谨慎含蓄,又从容温婉的微妙起伏,不能不让人想到这就是弗美尔在把握这类题材时所持的一贯态度。这个称金的场面固然有着市民式的凡俗,却被画家发掘出一种并不低下的耐看的美。而当我们久久凝视这《称金少妇》,也许还会悟出一种生命和时光的流逝,以及人类对它清静而又安然的等待。

也许艺术史家会说伦勃郎比弗美尔伟大,前者是一切画家中的画家。不错,伦勃朗对油画技法的贡献和他刻画人物内心的深刻让他成为里程碑式的人物,但今天的观众对弗美尔的不寻常的热情或者不仅仅为了油画的技法。

两堆麦秸垛

莫奈是我很早听说过的艺术家之一。我在一些文字里提到过少年时的读书和听音乐什么的,但很少提及我对画家的"接触"。这里我所谓的接触,是翻看残存在我家中的他们的印刷品,或听父亲和同行以及他的学生们的闲聊。在他们谈论的画家中,有一位便是莫奈。而且他们谈得最多的是他绘画的颜色。当时我对此并不在意，莫奈的颜色远不如那些情节性绘画对我的吸引力大。

　　成年后我问父亲：你能不能用最简单明了的话告诉我，莫奈的颜色怎么了，为什么成为你们常谈不衰的话题。父亲说，这样说吧，莫奈发现颜色的规律，就像巴斯德发现微生物的存在一样重要。在此之前，颜色和微生物都是人类看不到和不在意的东西。微生物的被发现，使人类找到了自身和微生物那矛盾和统一的关系，使人自身和自然界的关系明晰起来。颜色的被发现，同样使自然界明晰起来，因此画家们的画亮了。在此之前人们对颜色的认识是理性的，认为草永远是绿的，天永远是蓝的，土永远是黄。莫奈通过自己的眼睛观察后告诉人们，不对，随着光线的变化，随着客观条件的变化，世间万物的颜色也在不停地变化。为此，莫奈以他超常的眼睛做了大量的观察和摹写，又使看似纷杂的颜色条理了起来，从而找到了颜色之间互相依存和互相对比的关系，艺术家把它叫作"颜色关系"。莫奈观察和摹写最多的主题是草和水。当四十岁开外的莫奈移居吉维尼村之后，他对颜色研究的成熟阶段开始了。吉维尼位于法国南部平原，那里有一望无际的麦田，麦收过后堆起的麦秸垛，一年四季矗立在田野上，莫奈对此产生了浓厚的兴趣。于是他运用他的颜色理论开始了对麦秸垛的不倦描绘：一年四季从冬到夏，一天之间从早到晚，直至他什么也看不见为止。他跟着季节走，跟着阳光走，画出了难以计数的麦秸垛系列。对麦秸垛的连续描写，使莫奈的艺术呈现出一片灿烂和辉煌。好像是国人首先发现他这批"宝贝"

似的,波士顿人、芝加哥人差不多"买断"了他这一时期的作品。我第一次看见《麦秸垛》的原作就是在芝加哥艺术中心。在它的法国印象派馆里,莫奈的草垛占据了一面展壁,大约五六幅吧(据说还有馆藏未展的)。只待这时,当我站在莫奈的《麦秸垛》原作跟前时,我好像才彻底弄懂了莫奈所发现的颜色的意义。那时我并不觉得是在读画,我是通过这些孤寂的草垛和维吉尼的土地,在尽情呼吸,呼吸维吉尼,呼吸上帝赐予人类的空气和阳光。这种神秘的感觉是从来没有过的,原来颜色也可以和人类发生这样具体的交流,这时的颜色如同交响乐里的音符一样奇妙。面对其他一些大家,你可以为他们过人的才华而震惊,你可以为他们造型手段的高超而叹服,你也可以为他们设置主题的角度大感出其不意,面对他们的绘画,你唯独不会想要多做几次深呼吸。就在你也会突然觉得,那些草垛已经不是草垛,在晨雾中,在晚霞里,它们正做着幻化,这幻化最终调动起你无限亲近大自然的情致。虽然,那不过就是几堆被莫奈反复描写过无数遍的草。

我写中篇小说《麦秸垛》时,刚刚见过了莫奈《麦秸垛》的原作。冀中平原上的农民堆积麦秸垛的方式和法国人略有不同。但我闻过麦秸垛的气味,我也从早到晚目睹过太阳、风雨对麦秸垛的照耀和吹拂。我围绕麦秸垛编织的故事是麦秸和人之间那悲喜交加的关系,那关乎生计的、关乎爱和死的难解难分的纠缠。当我想到莫奈的麦秸垛时,也许我曾经希望用文字、用我的叙述让读者在我的《麦秸垛》跟前也多做几次深呼吸。但我发现我没有这种能力。是因为我没有研究过阳光照耀下的麦秸垛那颜色的奥妙吗？

我不能不感叹：在作家笔下无法发生的事，在好的画家笔下，什么都有可能发生。

后来父亲从法国回来，我问他：巴黎的奥赛博物馆内，一定有莫奈更多的《麦秸垛》吧？父亲说，不多，大概不如美国多。据说法国人至今一直对此抱有难以言说的遗憾之情。

科德角式小屋的阳光

读霍珀的画，总给人一种揪心的寂寞之感。他好像一辈子都游走在或说停顿在孤立的住宅、便宜的过夜小旅馆、沉闷的夜间咖啡店和刻板的小镇办公室当中，人物的情绪也基本介于等待和无所等待之间。他有意选择这个单调而又传统、乏味而又拘谨的画题，自20世纪20年代至60年代，从没有放弃过。

《科德角式小屋的早晨》里有早晨夺目的阳光，有阳光下金色的麦田，有和阳光形成强烈对比的树林的整块阴影，有同样被画家画得十分概括的亮得刺眼的一幢房子上突起的"科德角"。"科德角"窗内一个女人双手拄着桌子，正迎着阳光探身看着窗外。女人的表情是不确定的，很难说她真的看见了什么或者说她打算看见什么。她的动态便也显得不是那么刻意，动作和内心之间好像存有一段空白，女人一定也无法解释自己这瞬间的"下意识"举动。

霍珀的惊人在于他让我们看到了画中人物心理和行为之间的那段空白，他利用对光的敏感给画面营造出一种空旷的寂寥之气,那实际上也就是人的空旷和寂寥。这科德角式的小屋是大房子的部分,眺望窗外的女人仿佛是被挤压到这个角落,又似乎这个角落是她情愿的选择。一方面,虽然霍珀只描绘了房子的一角,你仍然能够觉出这房子和周围景致的孤单关系。另一方面,占据画面一半的树林和麦田,又分明对房子和女人产生着那么一种稍显压抑的围困感。于是,你在霍珀的画面上最终感受到的绝不是传统的"旭日东升",而是夺目阳光下的一种无法排遣的清冷。

霍珀在如此简单的题材和画面里,以他独有的大面积光与阴影的突兀而又讲究的对比形式,精确捕捉、直接表现了自20世纪30年代起,处于现代文明状态的人文心理景观。他展示于观众的人与自己、人与生存环境、人与城市之间那种疏离和冷漠的心理荒原,在70年代超写实主义的有些作品里,比方主题为大楼玻璃和无人街道的景象等等,都再次被表现出来,毫无疑问这是受着霍珀的影响。

在当代中国,霍珀很少被人注意。他选择的孤寂题材,隐藏在他现实主义主题当中那种极为朴素和深刻的现代性,很难哗众取宠。我喜欢霍珀,他的寂静中的揪心感使我对他的画作过目不忘。

瑞鹤来兮

我读中学时历史学得粗糙,只记住了一些"大"的朝代和"大"皇帝的名字。由于当时政治的需要,课本也试着以农民的起义为历史编年线索，弄得学生对历史更是摸不着头脑。对于像宋徽宗赵佶这样的名字就更是陌生。知道赵佶这个皇帝是后来的事，知道赵佶的书画都好也是后来的事，但知道赵佶的画那么不凡，还是在北欧的挪威。1986年我和作家茹志鹃同去挪威参加第二届女作家国际书展，为我们做翻译的是挪威的汉学家易德波女士。易德波酷爱中国书画，一次在她家做客，主人请我们看她的中国书画收藏，其中便有赵佶的这张《瑞鹤图》。那是一张印制精美的印刷品，好像是国外印制，因为那时的中国还不曾有这么好的印刷设备和印刷技术。面对这种画，当时我很愕然。一是在域外忽然看见了中国人的画作，二是它还出自一个中国皇帝之手。但我没有和易德波多作交流，因为还受着她的其他收藏的吸引。数年之后我父亲去北欧举办画展，画展之后从丹麦回到挪威，曾应邀在易德波家住过一段时间。在他卧室的墙上，就挂着我曾见过的这张《瑞鹤图》。父亲回国后，对我说起他的那段日子，自然就提到了被易德波悬在墙上的这张《瑞鹤图》。那次父亲在北欧的时间比较长，后来又因苏联的解体需要在莫斯科换机的航班几经延期。当时正值北欧的秋天，父亲说闲下来时他常感一丝寂寥。这时是墙上那张《瑞鹤图》填补了他思绪中的空白，每天一旦他靠上床头，便与这群翩翩飞翔的仙鹤相见。每回他都研究画中的一个新问题：比如有几只仙鹤姿势相同，有几只仙鹤姿势大致相同；几只仙鹤在腾空而向上，几只仙鹤正向下滑翔；而立于鸱尾之上的那两只正在同哪位做着交流？还有，那宫殿的屋顶是作为界画画出的，界画需要的是耐性和难耐的时间。那排列笔直的筒瓦，结构复杂得难以驾驭的斗拱，这位皇帝将要花费多少时间才能画出……当然，这一切都是父亲在研究了这幅画的颜色、布局之后所产生的闲散猜想。最后是父亲对赵佶那篇瘦金体书法的反复阅读。那是一篇典雅而吉利的散文，它记载了这幅作品诞生的原因。如果事实果真如文中所记载的那样，那真是宋徽宗的大福而至了：

> 政和壬辰上元之次夕，忽有祥云拂郁，低映端门，众皆仰而视之，倏有群鹤飞鸣于空中，仍有二鹤对上于鸱尾之端，颇甚闲适，余皆翱翔，如应奏节，往来都民，无不稽首瞻望，叹异久之，经时不散，迤逦归飞西北隅散。感兹祥瑞，故作诗以纪其实。

在北欧与宋徽宗"相遇"的往事给父亲留下美好印象，可惜我家没有《瑞鹤图》的印刷品，几年之后我才在人民美术出版社1978年出版的一本选集中找到了它。说实话，作为一个中国人，我受中国画吸引的时候很少，我感到它那程式化的构图、程式化的笔墨很难让人肃然起敬。但面对这位皇帝的《瑞鹤图》，我还是再次被震动了，原因在于它那完全有别于中国画的章法，以及它那颇为大胆的用色。用偌大面积的普蓝作为画的基调，是要有些胆量的。当我粗略了解了中国画发展的脉络之后，突然觉得，宋徽宗的构图、颜色、笔墨为什么没有得到发展呢？显然这位中国皇帝的艺术观念在当时的中国已经是先锋主义了。我们只知道

遥远的完美

"八大山人"对中国画的离经叛道，却没有注意到宋徽宗的先锋意识。不然，中国画的道路就不会自宋元以后变得那么单一狭窄了。

赵佶的故事，在中国美术史上始终是众说纷纭。说他因迷恋艺术不理国事，穷奢极欲；说他利用诗词书画歌舞升平，而自己的江山已处于崩溃之夕。还有人说他的画作是和助手一起完成的……但署名赵佶的书画毕竟已是中国艺术宝库中不可忽略的一个重要组成部分。而许多迹象表明，它们并不是粗制滥造的赝品。在这时，历代收藏的钤印能够成为不可颠覆的证明。只在这时我才又想到画家在画"界画"时所要付出的大量劳动。因此，皇帝要雇用个把助手为他用尺子描摹，当属于一个国家在作画过程中正常范围的事了。并且我愿意相信，宋徽宗的作品不是出于一个匠人成堆的作坊。

原载于《美文》2002年第9期

以字带词的汉语教学法

[法]白乐桑

1996年，我在杂志上发表的一篇文章中提出："目前汉语教学面临着危机。大部分教材没有抓住汉语教学中最根本的问题，即怎样处理'字'这一语言教学基本单位的问题。确切地说，无论在语言学和教学理论方面，还是在教材的编写原则和课程设置方面，都不承认中国文字的特殊性以及不能正确处理中国文字和语言所特有的关系，这是汉语教学危机的根源。"我的这一番言论彻底引发了汉语教学界的"字本位"与"词本位"之争。其实，汉语教学以"字"为本，一直是我的基本思路，我最早写的那本汉语教材是典型的"字本位"。它出版后不久，就有中国学者发表评论说，白乐桑的教材基本思路是"字本位"。再后来，发表评论的人越来越多，有支持我的，也有持不同意见的，逐渐演变成汉语教学中的"字本位派"和"词本位派"。

本人所说的"字本位"主要是指我的"以字带词"的汉语教学方法，其内涵是承认汉语具有两个语言教学单位而不止一个，即字和词。法语、英语、西班牙语等都是表音文字，教学的基本单位就是词，没别的。词又是什么？我们对词的定义很简单，以法语和英语为例，词就是两个空白之间的字母，如China is，在China和is之间有空格，那么，China和is就是两个词。中文呢？中国自从20世纪50年代开始出版的汉语教材都套用西文的模式，也强调词，如老师、teacher。对西方旁观者（即说的不一定是专家）而言，说teacher是个词，那很好理解，因为字母之间没有空格。可是，"老"和"师"之间有空格，各是一个单独的字。那么，"老"是什么意思？到处看，找不着解释。"师"又是什么意思？到处看，找不着解释。下面一课呢，又出现了"老人"这个词。这个词的第一个字和"老师"的第一个字一样，怎么解释它？到处找，找不着。

上面这个例子表明，当时中国汉语教学的这个思路是靠近西文，否认汉语不只有一个语素单位。"老师"说起来或听起来就是个词，但要写两个语素单位，"老师"，写成"老"和"师"。这就是我们所说的语素，表意单位。中文是语素非常突出的语言。"教授"一词有多少个语素？两个，"教"和"授"，但说起来就是一个词。那也就是说"教授"这个词读起来是两个语素单位，但就是一个词，这是中文的特点。可是，法文或者英文，说起来是teacher，读起来就是一个语素。所以，我的一个很简单的看法，那就是中文的独特性在于，字也是基本单位，而西文词是基本单位。你只要承认这一点，那就会产生很多很多其他方面的教学法。可是，你若不承认，那你就会违背一个教学最基本的原则。我把这个原则叫作经济原则。

什么是经济原则？所谓经济原则，就是省力原则，用尽可能少的资源达到最佳效果，是任何科目必须遵守的原则。词本位问题在于不把字作为单位的路子，不能把经济原则应用在字的层面。所以，我的汉语教学思路和观点当时是反潮流的，但是遵守了汉语的本来规律。中国的主流汉语教材，当时由于种种原因，是违背汉语的本来规律的，也就是不讲字，只讲词。可是你不讲字，一个外国的初学者，一个零起点的学生马上会举手问，"中国"是China的意思，可是，第一个字"中"是什么意思？第二个字"国"又是什么意思？对外国学生来讲，"中"和"国"的相关信息是两个基本信息，为什么呢？因为它们都是独立的语素单位。我主张，汉语教材应当分别标注"中"和"国"这两个字的基本解释，这样做有助于学生消化和扩大自己学到的知识。比如，碰到"大国"一词，他会知道这个"国"不是"中国"的意思，而是"国家"的意思，从而学生可能会有一种自主理解能力。他们碰到"中学"一词，因为学过"中国"的"中"，而且对"中国"的"中"的基本意思有一个印象，就可能会自主地去理解"中学"，至少能更好地记住"中学"。中文是表意性很强的语言，所以识字是最重要的，然后才是组词。西文字母是先表音，然后从音再到意，而中文不一样。

根据20世纪80年代在阿尔萨斯中学教汉语的经验，我逐渐总结出自己的一套教学思路，或者说是一种教学方法。我的学生是初学者，即使到了高中毕业班也还是处于初级阶段，远远达不到阅读所需要的能力。为什么？因为汉字太多。我特别要强调的，汉字不是很难，而是太多。三年之间每周两三个课时，怎样可能达到三千个字的词汇量？不可能。不仅如此，汉字博大精深，学生们同时还要学口语，练听力，也要了解中国文化，等等。所以，我觉得他们最多也就可能学四百个汉字左右，只能达到一个汉语入门。但是，汉字那么多，学哪四百个汉字呢？我主张尽可能学习那些使用频率最高、构词能力最强的四百个汉字。用什么标准来挑选这些汉字？我提出了自己的思路或标准。后来有人说我的思路就是以字带词，而不是以词带字。

怎样解释这两种思路的差别？汉语教材不是有一些人物对话吗？我的教材里边的人物的名字是什么？一个叫王月文，另一个叫田立阳。中国的一本对外汉语的教材，针对的也是零起点水平的学生，里面对话的人物叫琼斯，叫玛丽。琼斯的"琼"，一个"王"字旁，一个"京"，它出现的频率怎么样？频率很低很低的。"琼"，你日常生活当中，在平时的阅读当中哪里经常有"琼"字啊？可是，这本教材的编写者把"琼"字放在教科书里，给我们老外看。这是以用处不大的字占用你记忆的一部分。这是忽略了汉字的、典型的以词带字的路子。如果要是重视汉字教育的话，那必须重视它的使用频率和复现率。先学什么，后学什么，这是任何一个科目要遵守的规律。比如说，我教您法语，是先教您"您好""再见"呢，还是先教您一些很复杂、很专业的词句？一定是先教您"您好""再见"。是吧？复现率问题、先后的问题等，教材编写者首先应当考虑。那本教材先来一个"琼"字，而不只是这个字，还有很多出现频率很低的字。这反映了教材忽略了汉字作为一个基本的语言单位，忽略的不仅是字的表意，还有它出现的频率。所以，我以字带词，选择出现频率高、组词能力强的字，后来人家给我戴上了"字本位"这个帽子。然而，我说先学的这四百个字，尽可能是能达到最高的覆盖率的，这才是符合经济原则的汉语教学路子。

　　在这方面，我做了一项比较细致的工作，既照顾日常生活交际，又控制汉字数量。什么意思？我举一个很简单的例子。我的教材中有一节是讲喝饮料，你喝什么饮料？喝一杯什么饮料？那么，我在课文里边放进了什么饮料？我放进了茶、花茶、水、凉水、酒、红酒，还放可口可乐。我没放什么？没放雪碧、咖啡。为什么？因为雪碧的"碧"对一个刚刚学会了一百个字的外国初学者，这个"碧"以后干什么用？频率和组合能力均很低。他们毕竟不会把中文学到头，只是学三年。我也知道学三年汉语，每周两三个小时，根本达不到阅读所需要的能力。所以，我就把"雪碧"淘汰掉，顶多只是教他会说，写就不用了，或者允许他用拼音写"雪碧"。但是，"可口可乐"就不同了，我不允许学生用拼音写。"可口可乐"是很理想的汉语组合，因为学过"爱"以后，学生能够组成"可爱"。因为有"口"字，可以组成"入口""进口""出口""门口"等常用词。"乐"字就更有用了，可以组成"快乐""生日快乐"等等。所以，我选的都是常用字，用它们组成常用的词，以此为标准来控制字的数量。这就是所谓的字本位。

　　同时，我的教材在选汉字的时候，还应用了经济原则。实际上，经济原则应用在任何科目的教学中都是首要的，不然的话，你的教学效率会很低。可是，这个原则应用在汉语教学方面还有一个特殊性，这很简单，这就是我先教日常生活常用的字。"雪碧"这个词常用，但"碧"这个字不常用。怎么处理？这是我面临的一个问题。我提出这是一个问题，谁都不能否认。这不是我发明的，这就是中文。西文是没有语素突出的问题。法文不是表意文字，英文也不是。所以，人们只是考虑到法文或英文单词的频率就够了。可是，中文有词有字，你承认这一点的话，你就得想办法处理。所以，后来我就本着以字带词并兼顾经济性的原则，提出并完善了我的汉语教学法，出了一些相关的遵守汉语本来面目的练习。但说实话，我没有想到这会在汉语教学界引起了"词本位"还是"字本位"的争论。

当然，我开始时是少数派，尤其是在中国，更是极少数派，因为我编的教材是在法国出版的或是英文版的。中国出版的对外汉语教材大部分是词本位的。虽然从一开始就有人对我在教材中提出的以字带词的教学法有不同看法，但是，真正大的争论还是在我1996年发表那篇文章之后。最早是北京语言大学的对外汉语教学专家吕必松先生对我讲起这种争论的。他当时是北京语言大学的校长，后来兼任中国国家汉办主任，被认为是把对外汉语教学作为一门学科的创立者。1987年3月，在中国召开的一次国际汉语教学会议上，吕必松先生首先提出对外汉语应当是一门独立的学科。当时，他和与会大多数学者一样主张词本位。1992年，我在德国海德堡的一次国际会议上碰到他。那时，我已经认识他了。会议中间休息时，他找到了我，告诉我中国汉语教学界已经有人讨论我的"字本位"汉语教学法了。他还问我，"字本位"是不是语素本位。我回答说，人们可以这么说，但是，语素和字还不完全是一回事。在交谈过程中，我发现吕必松先生开始对我的"字本位"感兴趣了。不久之后，他也成为最支持"字本位"的中国学者。现在，他已经出了很多这方面的著作，主张研究汉语的组合规律，成了坚定的"字本位"支持者。

吕必松不仅是现代对外汉语学科的创始人，而且任过世界汉语教学学会的会长。在他之后，北京大学的著名语言学家陆俭明教授接任世界汉语教学学会的会长，他也是汉语语言学的权威。可能是因为接替吕必松先生任世界汉语教学学会的会长，陆俭明教授也开始对汉语教学感兴趣了。四年前，他在上海召开的一次国际学术会议上发表了一个演讲，题目是《我对字本位的看法》。前年，这篇演讲在中国一个核心刊物发表了。当时，我刚好也参加了那次会议，拿到会议议程一看，陆俭明教授要讲对"字本位"的看法。由于事先没有交流，我当时真的不知道他会有什么样的看法。我知道他是语言学出身，又是现代汉语语言学著名专家，心想他对我的"字本位"也许会有保留意见，或者会有不同的意见。陆俭明教授从纯语言学的角度没有把字作为一个独立的单位。这与另外一位北京大学教授徐通锵先生的观点不一样，徐通锵先生坚持字是汉语的基本单位，没有别的。陆教授在会上说，从汉语教学的角度看，完全赞同、支持白乐桑的思路。他的这番话是我从来没想到的，他那么权威的语言学专家，竟然能支持我的这种少数派观点！现在，"字本位"论者在中国可能仍是少数派，但在国外可不是少数派。比如，在法国，几乎所有教汉语的人对此都公认，觉得"字本位"是理所当然的。

不过，学术界对"字本位"还是缺少真正的研究。有一位北大教授做的相关研究是最细的，她是王若江教授，搞对外汉语的教学，现在在日本。在一篇文章中，她比较了三种不同版本的教材，其中就有我的那本教材。她按字词比例作为评比教材的标准，"可"是字，但"可口可乐""可爱""可能""可是"就是词。她对每本教材的字词比例分析得很细，其他两本教材字词比例差不多，大体上是1∶1.1。但是，我的教材的字词比例差不多是1∶4。所以，她说我的教材真是事半功倍，一个字可以带四个词。

其实，主张"词本位"的学者只是认为用"字本位"还不如用"语素本位"，因为"字本位"说会造成误解，"语素本位"是一种。另外，"字本位"有好几种，其他的"字本位"可能跟我讲的是完全不一样的。实际上，我所说的"字本位"是字词兼顾的，而且是从教学的角度说的。你拿我的教材翻一下就会发现，我很重视日常生活交际。也有绝对的"字本位"，完全是从汉字的基本结构出发。有些字是连很多中国老师都不会读的，如"行"字的左边那部分和右边那部分各念什么，没有人知道。这教材中有一个名叫"行彳亍"的人物。什么意思？这种"字本位"是"绝对的字本位"，因为它不管交际，不管使用频率，只管字的字形。所以，书中头几课的词句比较古怪，有"鲨鱼""鲸鱼",而没有"你好""再见"。所以,这也是一种"字本位",但是根本不管交际。我的"字本位"是字词兼顾交际。我很崇拜中国古代的《千字文》。为什么崇拜?我觉得《千字文》的作者周兴嗣是个天才。他发明了一个能控制解决中国人阅读能力的策略,是在最短的篇幅之内放进尽量多的字。一个字不重复,按我现在的话来讲,这是经济原则。你只是学习背诵,一千个字算什么,没有几天你能认读了。当然,我不是说能够活用,能认就已经算不错了。两三天之内,因为一个字不重复的原则,你能认读一千个字。在法国学一千个汉字,现在得需要好几年的时间。如果在中学,学会了一千个汉字,那是很了不起的,可以说明已经意识到中文的特征了。所以,《千字文》有一个字不重复的原则。周兴嗣发明了一种现代意义上的学习策略,或者教学策略。可是,后来中国把中文西化了。

我是在1983年—1984年就开始有比较明确的"字本位"思路,开始写东西,开始思考汉语教学方向及教材的编写原则,我已经发现了中国当时的教材中一些不遵守汉语的基本规律的问题。所以,我从20世纪80年代中叶开始编写自己的汉语教材。这部教材就是在以"字本位"的基础之上写成的。现在的中国版就叫《汉语语言文学启蒙字教材》,因为封面有颜真卿写的一个"字"。同时,在学术上我也发表了一些关于教学方面的"字本位"的论文,1996年发表的那篇是其中比较重要的。

我说中国出版的对外汉语教学教材中存在主要问题,是一种普遍现象。要知道,全世界绝大多数的汉语教材都是中国出的,因而也就形成了汉语作为第二种语言教学的模式。但是，这种模式是违背汉语的内在规律的，明显地违背的。我甚至认为这种违背是教育历史上对自己的知识、自己的学问的最大歪曲。什么意思呢？我是说现在的中国自从19世纪末20世纪初以来就与自己最内在的东西有一种非常复杂的关系，语言文字就是其中之一。这种比较复杂的关系突出地表现在对自己的文字有一种自卑感。这不是我说的，你只要看20世纪初中国的知识分子，从卢戆章到鲁迅，从瞿秋白到钱玄同，他们都攻击中国的文字，把文字的功能大大地简单化了，政治化了，仅限于一种工具而已。在如今的中国，一些大学的许多教学项目用英语取代汉语，也是反映了这样一种语言观。什么语言观？就是把语言仅仅当作工具而已。可是，我们都知道，语言远远不只是工具。比如，法国现在外语教学界100%的学者、专家和老师们都认为语言不只是工具。我经常说，如果语言只是工具，那么，大家说话都用世界语就好了，因为世界语的基本观念就是语言是工具。那样的话，我们造一个最好使的工具不就完了吗？结果呢？世界语失败了，它失败的原因就是因为语言不只是工具。当然，语言的主要功能是交际工具，可是又不只有这个功能。所以，中国人要善待自己的文字，绝对不能说它落后，是封建什么等等。不要将中国处于落后状态的责任放在这个文字的身上，新文化运动时这样的批判是非常严厉的，瞿秋白说的话有一些甚至是跟骂人一样。骂谁呢，就是骂自己的文字。一种文字，任何一种文字，其实是语言的一个组成部分，更重要的也是个人身份认同的一部分。其实，骂它就跟骂自己是一样的。可能是因为学过哲学的缘故，我更清楚语言不只是工具，而是属于个人的身份认同。与观念、饮食习惯一样，语言文字是属于自己的。所以，20世纪初，中国不少学者、不少知识分子严厉攻击自己的语言文字，实际上就是攻击自己。后来，中国还曾明确地表示要走向拼音化的道路，这都是对自己的否定，也是不自信的表现。

拼音化是一种严重的不自信，反映了把文字仅仅当成一种工具的这种观念，是一种太狭窄的观念。其实，文字，尤其是中国文字，除了记录语言的功能以外，还有一些其他层面的功能。如果把汉字仅仅当作工具，那么，中国人就会跟自己的过去割断了联系。如果现在中国人使用的都是汉语拼音，那还能读包括儒家在内的过去的东西吗？可能会越来越少。这是一个非常严重的问题。我现在越来越相信，这样做中国人不仅会跟自己的过去永远割断联系，而且反映了中国人自己所说的崇洋问题，因为汉语拼音是洋的或者说是西方的东西。中国在许多方面都是学西方的，服装学西方的，建筑学西方的，文字甚至也想搞拼音化。我到现在也没有弄明白，哪里有必要让中国人穿西服？中国人为什么不穿中式的衣服？服装还是外在的，可文字却不是表面现象，是根本的，是一个民族的灵魂的一部分，是自己的。在最属于自己的要素方面也要学西方的，这就反映了一个什么问题呢？我最近去了两次日本，深切地感受到日本还是保持着自己的文化，还是有一种能保持自己文化的传统。

我为什么走上汉语的不归路？是为了一种追求。我追求的是什么呢？是追求发现。我在哪儿能追求发现呢？是拉丁字母吗？不是，哪会有什么拉丁字母文化呢？没有。我追求的发现在汉字里面。我这个人是听觉倾向，不是视觉倾向。可是，从开始学汉语的第一天起，汉字就起到了一个关键性的作用。这也可能是心理方面的动因，因为我觉得汉字是独特的，是很具有独特性的文字。当时，我虽然对这个独特性没有多少认识，没有多少心得，也没有多少体会，但是，我已经意识到汉字不光是记录语言的，还有其他层面的深刻内涵。难怪汉字对我的吸引力很大，其实也不只是我。我现在对法国汉语教学的历史有一定的了解，很少有说汉字难的，都觉得很深奥，很有意思。可是，如果您仔细地听，汉语教学界提到汉语难、汉字难最多的不是西方人，而是中国人。我觉得这个现象比较有意思。

我既在西方又在东方，经常来中国。我可以肯定地说，提出汉字难的毫无疑问是中国人，不是西方人。当然，我现在不想讨论汉字到底难不难，只是根据客观的观察想说，这点反映了一种中国人不自信的观念，就是排挤自己的文字。法国应该说是现代化国家，您只要到处走走就会发现，法国的传统就跟日本的一样完整地保留着。虽然是现代化国家，法国的传统到处都可以看到。传统建筑是受保护的，传统观念也是有的。传统的东西表明法国人不愿意割断自己与过去的联系。人是一个整体，跟自己的过去也是一个整体，跟自己的家庭、父母，跟自己的历史都是一个整体。19世纪、18世纪、10世纪，应该是有联系的。这样才能使人有一个比较，把历史作为一个整体来看待。或者生活，或者历史，或者文化，如果只是以现代为起点，我认为，那肯定是很难达到这样一种认识的。

正是明确了这一点，我才在20世纪80年代初就开始探索自己的现代汉语教学法，开始手写一本教材，没有想到手写的这本教材六年以后会出版，更没想到现在销售量仍然那么大，更没想到在汉语作为第二语言教学的国际会议上引起那么大的反响，引起了一场学术讨论。到现在，我的这个思路就是所谓的"字本位"。当时，我也不是完全以学术为起点的，只是觉得无论是学习者还是普通的老师，拿中国出的教材，一看就知道它明显违背汉语教学的基本规律啊。这是数学、物理、历史、地理等学科不会碰到的现象。汉语教学的最基本的规律是什么？还是这个问题，一种语言主要的是它使用的单位。如果想学习法语，您要接触到的单位是什么？就是词！"谢谢""您好""晚上"，都是以词为单位的。书面形式是什么？就是两个空白之间的字母，就是一个词。还有别的单位吗？没有了，但字母不是单位啊。说起来是"谢谢"，读起来也是"谢谢"，对应的中文呢？就不一样了。比如说，"大学"，有"我上大学""我读大学""巴黎有十三所大学""大学的英文是university"等等。说起来，听起来，读起来，"大学"都是两个词素单位，谁能否认有两个单位"大"和"学"？没有人能否认。可是，您看一看绝大部分教材，尤其是中国出的教材，词汇表只有"大学"的解释，没有"大"的注释，没有"学"的注释。我觉得，这个是明显地违背最基本的规律。字是汉语的基本单位，没有注释，没有释义，其实是不承认字作为汉语的语素单位。我觉得，这个问题非常严重。您要吃一块肉，不可能咬一下就消化得了的。您让我记住"大学"，可不告诉我"大"是什么，"学"是什么，那怎么能行呢？

我的孙子现在四岁，我开始教他几个汉字。一个法国的六岁孩子，您告诉他这个词是"小学"，您给他看"小"和"学"。他马上会问，这个是两个字。第一个字是什么，第二个字又是什么？他有这个意识，"小"是一个语素单位，"学"是一个语素单位。中国专家怎么能否认这一点呢？可是，他们事实上是否认了，有时候甚至是有意地否认。我敢断言这是在所有学科的教学法方面对其内在规律的最大歪曲。我经过思考和研究，最后判断这只能说明教材的编写者对自己文字的自卑感或者对西文的盲目崇拜，想把中国的文字西化。也就是说，英文、法文、西班牙文、德文等都是以词为单位，于是，中文也应该像它们一样，以词为单位。实事求是地讲，这只能是一种意识形态背景造成的错误做法。

一本中国出版的对外汉语教材对作为语素的字没有做任何处理，在教授词汇时只是给出组合词，而对最基本表意的、能组合词的字没有任何解释。这样做的结果当然会有很大的副作用。每次上课时，我们教学生一个词，比如说"现代"。学生马上举手问："老师，第一字是什么意思？"我只好告诉他"现"是什么意思。然后，他又问："第二个是什么意思？"我还得向他讲"代"字是什么意思。对这两个字的解释教材里没有。上海1985年出的一本对外汉语教材是面向外国人的，但是，它不仅没有给汉字基本的表意单位语素加注解什么的，甚至连笔画、笔数都不给。忘了吗？不是。它说明了什么？连笔画、笔数都没有，汉字连这一点独特性都没有了，没有任何的独特性。为什么这样？因为拉丁字母没有笔画笔数，可能编写者不知是有意还是无意地想跟着西文走。不仅如此，教材的编写者在选词时也没有考虑到字和词出现的频率。没有承认汉语是有字和词两个单位，就不可能处理好词这个单位和字这个单位之间的冲突关系。

所以，我在编自己的汉语教材时特别注意两点。第一，对每一个字给出相关的解释，因为字是表意单位，学生必须要知道它的意思。第二，注重字出现的频率，也就是说由字在一定程度上控制着词。这样才能遵守我后来所说的经济原则，就是用最少的解释能达到最多的效果。可是，汉语比较难处理，因为既有词又有字。当然，我也考虑过这样一个很简单的问题，即这些汉字怎么记住？法国普通的老百姓知道，汉字是需要记忆的。可是，凭什么来记住呢？汉语教材在这方面几乎没有提供任何依据，难怪比较难记。需要记住的任何东西，如果不提供一些基本的方法，当然就难记。所以，我当时考虑过给每一个单字提供一些最基本的记住办法。简单地说，我就是认为汉字也是一个单位，是西文所没有的单位。但是，西文是西文，中文是中文。这样，我是以承认汉语有独特性为起点的，制订了前面讲过那张四百个字的汉字表，即四百字门槛。

在欧洲，特别是在法国，人们已经接受了我的以字带词的汉语教学方法。在中国，越来越多的人赞同或接受了我的观点。近些年来，我在中国经常接触一些年轻的对外汉语老师和汉语国际教育专业的硕士生，明显感觉到他们接受了我的观点。我也发现，许多中国学者，尤其是年轻教师也接受了我的另外一个看法，那就是对外汉语教学并不是属于应用语言学的一个分支。中国学术界还是持这种观点，汉语教学属于应用语言学的一个分支，而应用语言学是语言学的分支。我认为，汉语教学与语言学不是所属关系。为什么呢？第一，汉语教学和汉语语言学，目的、性质、方法都不一样。语言学是描述语言，描述汉语。第二，汉语教学不是描述，而是传播汉语。汉语老师的关键功夫是加工，把原有的知识和学问转化成传播的知识，最后成为学习者能掌握的、能运用的知识。语言学并不研究这些问题。另外，语言测试现在很流行，法语等级测试、英语等级测试、汉语测试等等，谁来管啊？是语言学吗？不是，是语言教学论。语言教学论作为一个学术专业，有自己的方法和目标，都与语言学不一样。汉语教学归于学科教学这个总学科，而学科教学论则是一个跨学科的，不仅跟专业知识有关，而且跟心理学、传播学有关。这个观点是我提出的，我经常根据这种观点去教学生，包括培训中国赴欧美汉语教学的志愿者，一些硕士研究生。他们很接受我的观点。北欧有一个很有名的语言学家，叫雅各布森。他在20世纪中叶就列出了言语的多种功能，明确地说语言不只是交际，还有一些其他的功能。所以，我比较反对的就是把汉语的功能简单化。

原载于《美文》2019年第2期

彩虹几时圆

吴冠中

近几年，多次突然接到外省学生的电话、电报，贺我寿辰，令我愕然。如不是由于护照上需要，我早已忘记了自己的生日。发贺电者从我简历中查出生日，也弄不清是公历或农历。我反对贺自己的诞辰，反对别人写我的传记，告诫儿孙勿造家庙——我的纪念馆，只将作品撒向人间。遗体嘛，做花肥，学林风眠老师的榜样。但还是有人坚持在写我的传记，国内一位评论家已写了很久，他说总想找一个贴切的书名，最近听说巴黎市立塞纽奇博物馆要举办我的个展，便决定要用"彩虹圆了"作书名，并以此题为巴黎展写了一篇专文，文章开篇写道："为了这一天，他寻找了七十四年，像孤身奋进的过河卒子；为了这一天，他等待了四十七年，像窖中封存的陈年佳酿。"赞美之词令人不安，但"彩虹圆了"的构思却拨动了我的心弦。正如评论家梅利柯恩在大英博物馆展厅中问我：伦敦是你来欧洲展出的首选地吗？他们都击中了我的要害。自从一九五〇年夏告别巴黎那一天起，我潜意识中一直怀着要回巴黎展出的强烈欲念。民族的歧视、祖国的落后、传统的光环、现实的愚昧……我确乎在独木桥、路上孤寂地摸索了四十余年,而又时时怀念着启示了我现代审美观的巴黎。法国人未必爱我,但我爱法国的艺术。法国的葡萄酒美,我暗暗怀着竞争意识,甚至敌情观念试酿自己的葡萄酒。今天真的回到巴黎展出了,请法国人品尝东方之酿,其间或仍蕴藏着巴黎味吧。乡音未改鬓毛衰,回巴黎并非回生养我的故乡,但却似回孕育了我艺术的故乡,巴黎人在我作品中也许还能听出某些乡音吧。

塞纽奇博物馆馆长波波小姐在展目前言中谈道:(吴冠中)若非最伟大的,也许是今天唯一的,他成功地融汇了我们两种文化,回归于传统的纸上水墨画,同时并用油画实践。她说中国画家留巴黎的,已献身于油画;返回中国的,重新发现了水墨,但抛弃了油画,像这样直至今天仍同时作油画和水墨实属罕见。我不馋,并非舍不得鱼或熊掌,而总在油彩画和水墨间往返忙碌是为了造桥,跨越东、西方的桥,是鹊桥,是彩虹,都离不开油彩和水墨——两大桥墩。

大胆往前走只凭感情和信念,渴死的追日者岂止夸父。"回顾"是理性的,痛定思痛,应年轻读者们的希望,我有时也分析自己建桥的经历。首先是对东、西方审美观的体会与比较。张萱或周昉笔底的丰腴体态与马约的裸妇主要是体现造型中的量感美,"曹衣出水"走向极限将会邂逅杰克梅蒂,都紧紧把握着存在意识的本质;亨利·摩尔未曾到苏州看看园林的太湖石,太遗憾了;法国农民看塞尚作画,说他在劈,中国传统的大斧劈、小斧劈,与塞尚的洋斧劈均系从"描写"进入"表现"的必然过程;米家山水虽无浓妆,但与斑驳陆离的印象主义同样着眼于大自然的整体氛围。高鼻蓝眼与樱桃小口之美各有其地区、时代的特色或局限,但这些局限并不影响造型规律的共性。有一位技巧不错的工笔花鸟画家在故宫中看到虚谷的一幅白鹤与白梅,他认为画得乱糟糟的,很丑。虚谷在看似杂乱的错综枝线中对比出白鹤之素静,他用点、线表现黑、白、灰之块面转变,孤立看其笔墨若不经心,或近乎破碎,而整体效果浑厚深邃,如听周信芳的沙哑唱腔。死死抱着笔墨程式的传统画家如连虚谷都看不入眼,就无须争论是非了,美感只能在熏陶中提高与扩展。看,用眼睛看,眼睛教眼睛,是美术教育的根本。

当我画出一幅自己满意的作品时,便决不愿重复一次;但当我又发现这幅画有遗憾时,就急于大胆、痛快地重新创作。学生时代看历代名作,一味崇拜,件件皆神品。但毕竟逐渐发现这些名作的缺陷,甚至是致命的虚弱时,谁愿继承虚弱?比方说中国画的空白,成功的作品确乎表现了无限空间,成计白当黑,那空白负有全局构成的重任。但陈陈相因,在一般情况下,画面空白是消极的,是不了了之,无可奈何,彻底暴露了作者的虚弱,无力进入画面的经营结构。西方人看中国画觉得没有画完,不要简单地骂洋人不懂,阿Q的秃是人人看得见的。舍得一身剐,我想征服这几千年的空白,发挥积极的白的材料(宣纸)美,因而近几年来,尤其最近,我的画面多黑背景,黑与白交织成多层次,竭力冲破画面那薄薄一层表皮,扩展到深远的空间去,利用宣纸特有的材料美创造的抽象空间，往往能令油画无能为力。

任何工具都不是万能的，水墨无能时我又求助于油彩。西方数百年油画发展史中，精华与糟粕相杂，识别精华与糟粕大不易，去西天的取经人往往深入宝山空手回，甚至偏偏取回了糟粕。显然，学习西方油画无须重复其历史，在中国再造提香或伦勃朗。如要波提切利来仿马蒂斯，他大概不能胜任，技与艺是不可分割的整体。拿来的油画，入籍于中华，从体态到性格必然会在不知不觉中转变成新的品貌。优生，须优选，郎世宁携来的种子不是良种，曾将鸡毛当令箭。蹩脚的西洋画确令我们走了几十年弯路。油画宜于塑造真实，也易流于死板，一旦中国的高格调写意进入油画，那是东方的新生油画，油画在东方获得新生。久居西方的华裔画家将中国气韵引入抽象油画，令西方人耳目一新。工具无国籍，无专利，中国的油画历史短，技艺未臻成熟，但凭深厚的文化背景、多彩的生活源泉，前途无量。我们生活在这一历史期段，必然葬身于中、西桥梁的水底，作为或大或小的基石。

现代中国人和古代中国人有距离，现代中国人和现代外国人也有距离，哪方面的距离更远，不同情况须具体分析，但可肯定一点：现代中国人与现代外国人之间的距离必然日益缩短。在希腊，当然永远有研究古希腊文的学者，但人民大众间，恐怕学外国语的将比学古希腊语的更多起来。中华民族的独特气质必须通过现代汉语及外国语被世界认识。绘画也是表达感情的独特的形式语言吧，这语言同样在历史中演变、发展，谁爱听陈旧语言唠叨陈旧故事？这回将我四十余年种植的成果、苦果展出于巴黎，真是别有一番滋味在心头,西方人听得懂我的语言吗?摸得到作者的脉搏吗?记得当年临别巴黎时,同老友熊秉明谈及现代造型艺术的形式科学问题,他赠言回去后决不可放松、让步。在长期批判中我坚持"造型艺术不谈形式美便是不务正业"的观点,同时也坚持了自己"风筝不断线"的观点,因我生活在苦难的中国,不能忘情于同胞乡亲。如果展出能引起法国观众的共鸣,那将是对我造桥信念的慰藉,桥,是彩虹吧,彩虹几时圆!

原载于《美文》1994年第1期

百年老店易俗社

陈　彦

"伟大"这个词,因为过去有一个时期,被我们用滥了,所以后来一见到这个词,就觉得有些发硬,放到哪里都有一种跪下容禀的讨好感。有时即使非用不可,也得弯来绕去,尽量使表述软和一些。看了西安易俗社的有关社史,尤其是前二十几年的旗帜性新戏曲引领,我就突然感到,不用"伟大"不行了。

这真是一个伟大的开始、在旧戏、旧思想、旧意识、旧艺人处于常态,不太顾及演出内容、社会效果,而更多的是靠演戏挣钱糊口、养家的当口,有两个分别叫李桐轩、孙仁玉的人以为:"社会教育感人最深、普及最广者,莫若戏曲。旧日戏曲优良者固多,而恶劣淫秽足以败坏风俗者亦属不少。"有鉴于此,他们发起了"编演新戏曲,改造新社会""不专以营业为目的""以补社会教育之缺陷"的办社倡议,很快得到了政界和学界诸多人的赞助,这样,易俗社便宣告创立了。

那是公元一九一二年七月一日,九年后的同一月,中国共产党在嘉兴南湖的一条红船上宣告诞生,后定七月一日为诞辰日。一九一二年,也是民国元年,那一年的一月一日,中华民国临时政府在南京宣告成立,孙中山就任大总统。可以说是风云际会、世事巨变的重大社会转型期。易俗社于此时宣告成立,自然有许多社会担当和责任蕴含其间。创始人之一的李桐轩,时任陕西都督府修史局总纂。另一创始人孙仁玉,教师出身,受聘于修史局修纂。二人在修史过程中,有感于"人民知识闭塞,国家无进步之希望"的"启迪民智""移风易俗""改造社会"之迫切需要,遂商量成立"陕西易俗伶学社",后又更名为"陕西易俗社",隶属于陕西省教育厅领导。直到一九四九年西安解放后,又经历了西北文化部直接领导的管理体制沿革,后西北局撤销,才最终定名为西安易俗社。

为了廓清它的早期面目,在此不得不先当一下文抄公。

以下是抄自戏剧史家陈光尧写于一九三二年的《最近西安之戏剧》中的一些毫发毕现的史料:

易俗社

一、社员编制

1. 干事部:社长一人,社监二人,会计二人,应务二人,书记四人,司务二人,交际一人。

2. 评议部:评议长一人,会计检查二人,评议无定额。

3. 编辑部:编辑审查二人,编辑无定额。

4. 学校部:校长由社长兼任,教员无定额。

5．教练部：技练长一人，教练无定额。

二、戏曲种类

1．历史戏曲：就古今政治之利弊，及个人行为之善恶，足引为鉴戒者编演之。

2．社会戏曲：就习俗之宜改良，道德之宜提倡者编演之。

3．家庭戏曲：就古今家庭中之各种问题，及有关系者编演之。

4．科学戏曲：就浅近易解之科学，及实业制造之艰苦卓著者，编演之。

5．诙谐戏曲：就稗官小说及乡村市井之琐事轶闻，含有教育意味者，编演之。

三、学生功课

1．高小班：三民、国文、算术、历史、地理、习字。

2．初小班：三民、国语、常识、算术、习字。

四、戏曲科目

1．姿势。2．做工。3．道白。4．声调。5．武艺。

五、学生待遇

1．学生以入社三年为戏曲毕业年限，合格者给予证书。

2．学生于修业期内，得分别优劣，由本社酌给奖励。

3．学生毕业后成绩优美，无他项过失者，得认为本社艺员或教练，当分别程度酌给薪金。

4．学生于修业期内，不得中途告退，否则须赔偿以往衣食之损失。

5．学生于修业期内，如犯重大过失，应受开除追费之惩罚。

6．学生非经社长或社监之允许，不得擅自出社他往。

六、学生交际规则

1．学生须将会面及通讯之亲友姓名、职业、住址分别填表，如未填入之人，一概不准接见或通讯。

2．学生（全为男性）不得与不正当之人私自来往，并不得受外界之赠予（注："社会诱惑力之大之多，亦实不可思议。稍一知名，诱惑四起，流氓、暗娼、女看护，甚至女学生百方引诱。用其他方式与直接来往者不计外，直用书信达情者月必数起。且有特设机关代人介绍从中骗钱者，世事曷胜浩叹！夫诱力、流氓、娼妓……为社会整个问题，不易解决，唯愿各社负责人员对于学生严行整理，切实教育，庶免误人子弟，害人父母，兼扰及社会也！是望。"（摘自戏剧家封至模梨园记事语）

七、演戏规则

1．每日派定之戏曲，非万不得已，不得更换。

2．派定之戏曲，如有忘记情事，须预先声明教练，赶速补习，不得临时误事。

3．无论扮何角色，均须按照教练所授音容节奏，认真表演，不得故意敷衍，自由变更。

4．化妆宜学清洁，不得矜奇立异，贻笑大方。

八、经费状况

1．收入：捐款、戏价、茶资、房租、杂款。

2．支出：经常费、学生奖助、学生衣服、临时购置。

3．另附：今后拟进行之计划。

4．加练西皮二黄，向外发展。

5．印刷社中历年所端之剧本。

6．购置最新之戏剧服装及器具。

7．创办平民工艺厂。

8．创办教育品陈列所。

9．创办戏剧图书馆。

10．购置机器，印刷西北名人著作。

从这些重要史料看，易俗社确实与其他戏班大为不同，其本质区别就在于，演戏人都必须有一定的文化程度，都必须是社会文明进步的自觉推动者，盈利已不是主要目的，"力除从前秦腔中荒唐怪诞及淫秽齷齪之积弊""创制新腔""独树一帜"，已然成为他们的生命担当。由于这种特别的追求，甚至连演出场所，也显现出与其他剧场的不同，"谈话、吵闹、咳嗽、吐痰之事极少"。而当时的旧剧发达之地北平、上海、汉口、广东等处，仍"多为营业性质，虽偶尔也编演新剧，然其内容均只能为资产阶级谋娱乐，绝不肯为民众知识做宣传也"。戏剧大家封至模，在论及易俗社演出时，也曾赞美说，剧场"台下减小灯光，台上断绝闲人，文武场面，概行隐蔽，池内先期售票，对号入座，小贩叫卖，一概杜绝，空气光线，极求舒适，倘再能取消茶水，任人自便，禁止吸烟，另辟房屋，则更近代化矣"。那时的演出场所，台下比台上亮，"人声吵杂，厌烦对号，秩序不整，且演出时间过长。稍加改进，即有人喊叫太黑，成高声谈话，或叫卖零食，甚或有大声喊叫'某某滚下去'，要求加戏换戏者等等"。从易俗社演出的现场看，"移风易俗"之宗旨无疑是先在自己的"布道"场所，得到了部分实现。

当然，戏曲是一种具有千百年历史沉淀的大众艺术，唯其具有大众性，任何改良，便显示出一种孤独和尴尬。萧伯纳说："所有专业都是针对普通人的阴谋。"当这个"阴谋"几乎为某一地域的全部大众所掌握时，企图"变花样""出新招"，就显得异常艰难了。即使在今天这种思想与艺术多元化的时代，谋求戏曲改良，也是要遭到"连祖宗耳朵都会跟着发烧"的谩骂的，更何况在七八十年前。一九三二年，封至模在论《陕西四年来之戏剧》一文中说："环境之对于戏剧，一方希望极高，一方倾向极低，两种极反对势力，各拽戏剧以走，故戏剧之进展，受很大阻力。上焉者费尽死力，收效绝微；中焉者彷徨歧路，无可适从；下焉者同流合污，趋入魔途。伊谁之咎，观众程度过低也。故吾们作戏剧运动，一方改良戏剧，一方仍不要忘记改造观众，提高其赏鉴能力，庶不至离观众太远，致成曲高和寡。几次打击，必致向现状投降。故演剧至少限度，不能与观众思想冲突。现代统非国立之剧院，以经济缘故，根本离不开营业，在此两方矛盾的观众之下，谋戏剧之发展，难矣。"

易俗社之所以能在这种两难境地中，发展壮大起来，核心是靠当时具有"话语权"的知识分子的支持。在那种其他艺术行业并不发达的时代，戏剧这个能最广泛接近民众的媒介物，被一群倡导新文化运动的热血知识分子簇拥着，思想着，推进着，甚至在短短的二三十年中，就创作演出了三四百部新戏，创始人之一的孙仁玉，一人就创作了一百一十七部。那种强大的时代激流的推动，是它在艰苦卓绝中赖以存活的根本原因。据记载，一九二一年春天，他们远离西安，到汉口演出，由于观众不多，入不敷出，最后甚至连梁启超、黄炎培，以及湖北之督军省长都出面支持，"易俗社在武汉遂收最后之成功"。

一九二四年七、八月间，鲁迅应邀到陕西讲学，前后二十二天，就在易俗社看过五场戏，并把在西北大学讲学所得的五十大洋，捐赠予易俗社，还在这里留下了"古调独弹"的世纪印记。据说还有一件与鲁迅有关的事是：在鲁迅任职教育部第一科长时，易俗社曾获得过一张教育部通俗教育研究会的"金色褒状"，内容是："戏剧一道，所以指导风俗，促进文明，于社会教育关系至巨。欲收感化之效，宜尽提倡之方。兹有陕西易俗社编制各种戏剧，风行已久，成绩丰富。业经教育部核准，特行发给金色褒状，以资奖励。此状。"虽然在"褒状"与鲁迅的关系上有异议，但易俗社"编演新戏曲，辅助社会教育，移风易俗"所造成的全国影响力，当是不争的事实。

由于易俗社"确为全国首创第一戏剧教育学府"，陕西省民政厅亦有褒奖佐证于后，那是民国十八年（1929），"褒状"云："本厅长足迹所至，达十余省，历观各处戏剧，均不能推陈出新，革除旧戏之恶习，窃用隐忧。兹阅陕西易俗社编制各种戏曲，消极方面，举凡秦腔旧戏之恶习惯革除净尽；积极方面，对于新思潮新文化，及有关吾党主义之处，极力鼓吹提倡。洵于社会通俗教育裨益非少，此岂一般营业戏园所可同日语耶？"此外，国民党元老于右任等名流，也都给予过易俗社重要支持，邵力子甚至在大加赞赏之余，"捐洋百元"。一九三二年，国民党中央委员陈果夫，还以"该社成绩甚佳，所编剧本亦极多，及转陈于国民政府，由中央先拨款一千元，以为刊印该社全部剧本之用"，而使这种口头文化传播，转化为一种文字积累。

易俗社在历史上，也曾有过大厦将倾时，那是民国十五年发生的著名的"西安围城"灾难，大军阀、镇嵩军头目刘镇华，率部围困西安城池达八个月之久，杨虎城与李虎臣"二虎守长安"，城内群众九死一生，易俗社自然难逃浩劫。"二虎"对易俗社虽百般呵护，但由于围城时日太长，终是"罹掘俱穷，无可奈何，始解散本社"。后勉强得以恢复，然又经历民国十七、十八、十九年关中大旱，遂使债台高筑，元气大伤。尽管如此，那群"新戏痴"，仍以"筚路蓝缕，以启山林"的精神，撑持着剧社的艰难前行，直到民国二十九年，才又有了"复兴之气象焉"。然而时隔不久，抗日战争又爆发了。

先是最著名的"西安事变"，"捉蒋"行动差点在易俗剧场实现。一九三六年，日军不断扩大对中国的侵略，蒋介石坚持

"攘外必先安内"的政策,甚至亲自来西安督战,逼迫张学良、杨虎城开赴陕北前线"剿共",无奈中,张、杨二人扣押了蒋介石,发动了震惊中外的"双十二事变"。而扣押蒋的最早方案,据说是先请蒋介石到易俗社看秦腔,然后,在戏散场时,乘混乱把人"接走"。谁知生于吴侬软语地的蒋,也许是不爱火爆的秦腔,也许是早已嗅出了异味,干脆"就没上张、杨的道"。据老易俗社人说,那晚演出的是四个折子戏,其中有王天民的《柜中缘》,剧场内外戒备森严,军警层层围堵得密不透风,开戏时间一推再推,蒋就是没有露面。直到最后,张学良、杨虎城不得不动用另一套方案,把蒋揞在了临潼华清池后的一个山石缝里,人们才知道了这个改变中国进程的重大历史事件的发生。蒋介石虽与秦腔和易俗社失之交臂,但曾经捐赠给易俗社三千大洋,却是许多易俗社人至今还在说道的事。大概因了政治原因,此事始终讳莫如深,也便日渐尘封,成为无法准确记忆的历史迷雾了。

有了这样一个开端,加之易俗社人的觉悟和民族担当意识,当抗战全面拉开帷幕时,他们的抗日热情和行动,自是无须多言了。八年中,先后创作演出了《长江会战》《血战永济》《湖北大捷》《民族魂》《牧童艳遇》等大小戏曲近百部,在城区常遭轰炸,各路剧社戏班纷纷撤向外地时,他们仍坚持守在防空洞,创作、练功、排练、演出,甚至冒着生命危险,去前线慰问抗日将士。即使在门楼被敌机炸塌,米面全无,"半薪之一半的工资"仍拖欠达年半之久的艰苦时日,依然苦苦撑持着偌大一个西安的戏剧台面,这真应该是戏剧人最辉煌灿烂的精神篇章了。

这里应该特别提到的一个人，就是撑持易俗社时间最长的社长高培支，他不仅创作过《夺锦楼》《人月圆》等优秀剧作，而且更享有"困难社长""独木撑子社长"之美誉，"每遇到最困苦时期，都是他把易俗社从危险边缘中挽救过来"。他为人"廉洁自持，点滴无私"。高培支曾多次说："如果谁把易俗社娃们将男作女挣来的胭脂粉钱，贪污或浪费了分文，他的子子孙孙都得还。"抗战以至胜利后的几年，合起来连任社长达十年以上，"经济上一尘不染，生活上刻苦节约，工作上认真负责"。是易俗社最危难时期有口皆碑的"擎天柱"。

中华人民共和国成立后，易俗社先是归西北文化部管辖，一九五四年大区撤销，划归西安市文化局，遂定名西安易俗社。二十世纪最后一年出版的《陕西省戏剧志》上说："该社是一个将文化学习、戏曲教育及演出实践融为一体的新型秦腔艺术社会团体。是我国资产阶级民主革命在陕西文化战线上仅存的成果之一。"面对新中国的公有制管理体制和形势，易俗社招收了历史上的第十四期学员，在以《三滴血》为代表的经典剧目排演中，诞生了一大批威震剧坛的秦腔名角，并几十年盛名不衰。尤其是《三滴血》在二十世纪六十年代拍成电影后，传播广泛，影响深远，堪称是秦腔历史上真正的里程碑式巨献。

易俗社从创建之初，就聚集和培养了一大批舞台剧写手，仅中华人民共和国成立前三十多年，就编创出七百多部演出作品，诞生了几十位知名剧作家，"《三滴血》之父"范紫东，就是这批为剧社不断"造血"的佼佼者。他一生创作剧目近百部，至今仍有多部存活在舞台上，被人们誉为"秦腔的莎士比亚"。

易俗社在"文革"中，不可能独立于政治体制之外，文攻武卫和两条路线的斗争形势，也绝不可能在这个"老堡垒"中另辟蹊径，超凡脱俗，改弦更张，他们也搞"喷气式"，他们也剃"阴阳头"，他们也接受军管，也服从"工宣队"领导，所不同的是，无论怎么斗、怎么闹两派，一旦化妆演出，便一律进入角色，该演父子演父子，该演夫妻演夫妻，哪怕卸了妆再辩论，再分"敌我"，再大批判，再斗争，但演戏时是绝不与"革命"相混淆的，哪怕是两个阵营的敌对势力，上了舞台，该谈恋爱谈恋爱，该入洞房入洞房，这也大概是艺人的职业道德力量，在"文革"中的最底线坚守了。

改革开放近三十年，易俗社跟全国所有国营剧团一样，都在经历着高潮与低潮相伴、上升与滑落相兼、喜悦与阵痛相携、守望与挣扎相连的复杂局面。从事表演艺术的人，恐怕从来没有经历过如此巨大的生命落差，时而热闹非凡，时而寂寞难当，面对其他行业的冲击，常常使人产生一种无所适从的职业茫然感。但有时静下心来想想，说电影冲击了我们？好像电影人也在痛苦不堪地寻找着生存突围；说电视冲击了我们，好像再好的电视节目和栏目，也都在埋怨着收视率的持续下滑；是歌厅冲击了我们？好像也不断传来歌厅东倒西闭的幽怨；是洗脚房、茶馆、咖啡屋冲击了我们？似乎这些行业的老板，也都在祥林嫂般地诉说着他们生存的艰难。生活是真正地多元化了，戏曲，甚至包括任何艺术与娱乐方式，一统天下的时代都已经一去不复返了，无论你有多大的能耐，想撑持住这个台面，都已经不是一件撂几句大话就能了事的事了。我与这个社的两任社长都有很深的交往，一是老乡冀福记，也是剧作家、名演员，还有一位是现任社长张保卫，秦腔名生角。他们都是这个行当的佼佼者，都在为这个行业呕心沥血地推车拉磨，但也同这个行业的所有管理者一样，时不时就会露出生存与发展的捉襟见肘的尴尬相。尽管如此，年近百岁的易俗社，还是在须发长飘、仙风道骨般地行进着。这是这个时代最有价值的文化坚守，也是与物质极大丰富、经济持续发展渐行渐远的孤独行进。

易俗社在创立之初，有几条重要经验，实在值得珍视：一是一流知识分子办社，这在今天已属不可能，因为今天的知识分子们，更操心的是如何奔向经济主战场，说文化，无非是找个弄钱的载体，戏曲弄不下钱，也就不在他们的视线范围内了。当然，他们不来也有不来的好处，如果来了还是说钱，也许让这行死得更快。二是演剧必须与时代精神进行最本质的链接，始终保持思考与社会的同步，甚至要引领价值在先，对社会现实给予切中要害的褒贬，否则，便难以吸引真正关注的目光。坚持"移风易俗"，便是这个团队在创建之始，能红遍三秦大地，乃至全国的根本原因。三是养剧团必须有产业，这是可持续发展的根本途径。易俗社当初有近百亩房产、田产，甚至还有洗浴园、印刷厂之类的经济支撑力量，后来因为战争、因为公私合营，都荡然无存了，不能自己造血，是绝大多数文艺团体越办气息越不畅通的致命瓶颈。

每每从易俗社门口走过,我都要产生一种高山仰止的崇敬。当然,作为业内人,我也有深深的焦虑和叹息:这个堪称伟大的百年老店,这个风雨兼程、诲人不倦地诉说着世道良心的"百岁老人",到底还能活多久呢?住在这个文化古都的人,在自豪着古都文化积淀深厚,并且数代人都享受过它的文化浸润后,于今天,难道不应该对这个活的文化标本,投去如珍视唐槐、碑林、雁塔、城墙般的敬重一瞥,并同样爱惜、滋养、保护之?

原载于《美文》2007年第6期

手艺人的品德

周晓枫

（一）

转动收音机的旋钮，我间或地听到新闻、歌曲、噼啪作响的噪音……直到，那个声带略带沙哑的说书人，拍响石破天惊的醒木——梁山上的快意恩仇即将上演。童年的我热衷评书《水浒传》，可惜此后，除了接触过语文课本上的林冲和京剧中的十字坡、野猪林，我对那些江湖好汉几近相忘。直到2014年7月，在蔚县，陈越新整套的剪纸作品《一百单八将》，他们义薄云天，慷慨磊落……那些记忆中的英雄呼啸而来。

这是陈越新多年积累的心血之作，具有强烈的美感与现代风格。他废除了许多版本，最终筛选出令自己欣慰的成品。

一百单八将，是在戏曲基础上完成的造型。剪纸造"型"当然重要，更重要的是造"势"。剪纸张张颇具动态，神气活现，我几乎能够听到袍服和甲胄、云肩和靠旗、剑戟和弓弩相互摩擦的声响。古代英雄运用兵器，不说拿和用，说的是那个动词：

"使"。使一条浑铁点钢枪，使一把青龙偃月刀，使一双铜鞭，使一杆枣木槊。使，这个词果然生动，有一种不羁与霸气。舞刀弄枪的纵横和流畅，从这套剪纸的"势"中能够看出来。以静态完成动态的表达，剪纸才能不滞不板、不僵不死。

为了抵达"势效"，陈越新完成对传统的个人突破。他运用直线和直角，如此大胆，如此大量。大刀关胜、黑旋风李逵、病大虫薛永，身体拉伸的角度，使臂腿与侧腹形成对称的梯形。插翅虎雷横、小霸王周通体侧，是两个互映的钝角。没羽箭张清，腿部是直角。青面兽杨志，用方阔的矩形代替右臂。中国古典艺术中天然的蕴藉，很难用几何中的直线条来表达，传统中多用象征圆融的弧。然而就像诗歌中的险韵，难得陈越新运用得这么好——转折陡峭，收放自如。肩臂、胸腹、肘弯、衣袂，四十五度的切线，甚至是绝对的直角。有如刀柄的直，有如刀锋的利，彰显出动作的张力，恰好表现英雄好汉的凛冽与果决。

并非只是在结构和造型上剑走偏锋，陈越新的"水浒"，胜在对人物的出色理解，使之符合身份、性格和经历。陈越新认为，姿态和招式要有内在的道理。以举扇为例，可以发现恶霸和张扬的武功高手，扇子举的位置很高；小生和儒士，会低调地把扇子放在胸前的低位附近；背景深厚者，有时把扇子藏于背后，让人感觉有韬略或阴谋。细若发丝的处理，陈越新都别具匠心。武松披发如旗，专门以粗犷的写意刀法，来呈现他的奇伟与刚猛；操刀鬼曹正屠户出身，在梁山也是负责杀猪宰牛，除了身怀戾气，可以想象曹正发髻上的油质：果然丝缕见光。再比如，服饰。武艺高强的双枪将董平，屡立头功，他的铠甲细看有四五种的图案之别，给人以强烈印象；通臂猿侯健，飞针走线，善裁会绣，做得一手好裁缝活儿，负责梁山的衣甲供应，手捧布匹的形象，微妙借助一点点不易察觉的雌性因素。

我小时候，从形象上难以分清鲁智深与沙僧，感觉都是卷胡子、袒胸脯的和尚，志趣不在禅理，更在忠义，只不过前者莽撞，后者庸顺。陈越新的鲁智深跃然纸上，肚脐闪烁的星芒，令我忍俊不禁。的确，他的理解是对的，鲁智深肉大身沉，骨子里却是毫不油滑的率性与天真。

不仅这套"水浒"系列，陈越新的花鸟与瑞兽同样率性天真，即使福寿禄禧这类传统民俗题材，很容易陈庸，他的设计也意趣盎然，气象拔俗。

我们知道，芭蕾舞演员要求严格的身体比例，脖颈和腿臂纤长，骨肉匀停——头颅所占比例很小，头的长度叠加九次为身高，俗称"九头身"。而中国剪纸的选择迥异，头颅所占比例很大，四五分的样子，仿如婴孩，显得喜庆可爱，有着孩子气的任性——这既出于美学原则，也出于实用原则，因为常规大小的头颅，无法匹配浓墨重彩的服饰，会被"吃掉"。

设色上，陈越新同样体现卓然的过人之处。品红绛紫、葱绿莲青、藤黄钴蓝……饱含度极高，真是明艳啊，如此古典，如此醒目。那么多汹涌的颜色，却浑然一体，有着内在的激情与优雅。没有色彩是不舒服的，丰富的设色经得起挑剔。没有沉闷，只有浓烈；没有轻浮，只有含蓄。既张扬又庄重，陈越新的色彩能够完成这样迷人的平衡。我的词语无法捕捉，一如蝶翼——这些剪纸不是钉死在展翅板沟槽上的标本，而是闪烁着的活的翅膀。

宋代严羽的《沧浪诗话》里提到过两个词：优游不迫，沉着痛快。"沉着痛快"所赞誉的坚稳而流利、遒劲而酣畅，不只用来形容诗文和书法，它让我想到陈越新的剪纸。很难说他的作品是细腻还是豪迈，是饱满还是空灵，是沉稳还是飘逸，是严整还是顽皮，是典雅端庄还是清新烂漫，是法度严谨还是汪洋恣肆。他的作品里有如撞色般的形容词，看似冲突，却无比自洽。就像陈越新其人，很难说他是稚拙还是睿智，是谦逊还是清高，这些看似对立之物都在他的性格里存在，并因此体现为作品里自在的生趣与诗意。

艺术家有若小神，他创造出一个令人信服的彼岸世界，让我们信任、沉迷且向往。所谓的栩栩如生，不是向现实屈膝的顶礼膜拜——是的，绝非意味着成为现实的奴隶，而是要成为超现实的神明。

美，来自限制之下的放纵，以及教养之后的不羁。

（二）

文如其人。我曾否认这个词，因为那么多的伪善者妙手文章；及至中年，我才从怀疑转为深信。与陈越新交流，颇见知识的积累和领悟的慧心，他的创作一如其人。甚至样貌亦如此，陈越新的国字脸型，太像他自己刻画的那些戏曲古人，只差挂一个髯口，就成为重情尚义的古代的老英雄。

早在他曾是乡野少年的时候，就迷恋残庙里的壁画和神像。他从戏曲，从泥塑、木刻、砖雕中吸收营养。从漆彩剥落的造像，到留着麦香气息的月饼模子……他有一双万花筒后面孩童般好奇而渴望的眼睛，发现隐藏在碎屑中的魔法。

他热爱戏曲艺术，从京剧到梆子，什么都喜欢。陈越新70年代末曾在北京进修过一段时间，那时"文化大革命"刚刚结束，传统戏得以恢复，可鲜有观众。陈越新拿着从美术馆开出的免费看戏证明，每天前往，乐此不疲。

从西北到山东，陈越新研究剪纸沿黄河流域的风格变化，以及什么是内核里的精气神，万变不离其宗。与众不同，陈越新的视野绝不局限，他还研究国外的剪纸艺术，而非一味拒绝和排斥，畏之虎狼。如果没有足够的眼界、胸襟和胃纳，永远只满足于来源单一的食物，无论我们把这种食物表述得如何珍贵，它不过相当于一种不换配方的高级饲料。像鹰一样，飞得更高，看得更辽阔，才能保持翱翔的从容与野性的犀利；无论是温良的兔子还是毒辣的蛇，鹰有能力把什么都消化为自身的营养。

真正的敬畏传统，是尊重与理解之后的责任担当——不是浇注水泥来巩固它的造型，而是灌溉清泉，让它开枝散叶。陈越新对传统的捍卫与对创新的渴望，使这位笃信者的脚印成为一条方向清晰的开垦道路。严谨而自由，他的作品气息如此独特。我们知道，艺术家的成就以其巅峰来判定，任何创作者在过程中，水平会有起伏的动荡与调整。我看过一些冠以盛名的剪纸大师，状态不稳，有令人赞绝的神工，也有令人叹息的匠气。陈越新的整体表现，难觅失准之作。一方面，因为自律，他会废掉不满意的作品；另一方面，是由天赋、教养、见识和审美所提供的保障，使他不会出现失控与失态。甚至，"圣诞老人"这样的创新系列，以东方美学来呈现西方题材，都是格外和谐的。

陈越新早晨四点多就起床，每天画一张水墨画儿，这是他日常的享乐与训练。这个一生吃素的人，生活至简。他没有不良嗜好，除非工作应酬和朋友会聚的场合，他没有独自小斟过一杯。他讨厌虚度光阴，创作给他带来的喜悦难以言表。他手绘原创稿样，顺利的时候可以一天一张，他说"跟电脑的速度一样"——这个内敛的老者，难得，流露这样孩子气的得意。

为人谦和，骨子里有清傲。陈越新像某种有骨节的植物，吐纳更新，无浑浊之气。这是一个沉潜者，争名夺利对他来说，构不成吸引。他心境淡泊，强烈的，是对艺术标准的坚持。剪纸制作上，刀工和色工普遍按计件收费，而陈越新为了保证品质，不计件，他按时间支付工资，他希望工人们能够不焦躁，平心静气地，把每张剪纸做到趋近完美。一刀是一刀的活儿，一厘是一厘的活儿，质量第一的情况下，数量该是多少就是多少，他不追求多快好省的利益极限。

在陈越新身上，有种气定神闲的东西。他非常纯粹。所谓纯粹，包含着沉迷艺术的无悔，抵御诱惑的坚定，不擅长经营的笨拙，以及对处世原则的不妥协。在民间艺人和坊间商人的阵营中，我久已习惯失望，难得一见这样的纯粹：专注于创作本身，他身怀一腔忘我的热爱。他不关心市场的倾斜，他不测量掌声的分贝……如此，没有俗物障目，没有俗声入耳，艺术世界的隐秘光线照彻过来，他才能目睹万物生动，听到低语悦耳。大约唯有寂寞与怡然的宁静中，才会有天籁降临。

陈越新的性格上，不喜欢哗众取宠，这在锣鼓喧天的热闹中多少显得格格不入。因为会唱歌的人能够声音嘹亮，但在传播学上容易被误读，以为声音最高的就是唱得最好的，所以我们听到太多的荒腔走板。即使许多造诣上远不能与陈越新比肩者，如今声名鹊起，陈越新不急不躁，不羡不慕，不忿不怒，他的内心，拥有艺术家的静气与尊严。只有由衷的热爱和底气，才能让人无惧无畏。走得太远的前行者，只能被少数人看到背影，因为他不在热闹的中心；但艺术，从来都是独自面对的困境、冒险与突围，他将因超越而享有高贵的孤独。

不被声名和利益所累，不被传统和地域所限，陈越新出入从容。手艺人的诚恳与学者的境界，才能产生陈越新的剪纸艺术，他真正具备手艺人的品德。说到品德，应该被拆解为品与德。品是趣味和审美，德是态度与操守。只有双重的保证，一个创作者才能穿越平凡，抵达至境。

（三）

陈越新，让我对蔚县剪纸产生了格外的尊重。此前，我在这个市场活跃的著名剪纸之乡，也发现了一些隐忧。

随着剪纸的发展，有些早期纹样现在难以刻镂，这和刀工水准的下滑有关。一个好工人，刀法凝练精湛——在外行的我看来，叹服他们执握毛笔般的悬腕动作，又像在细密的缝纫几近刺绣。但早年的剪纸许多都是小尺寸，通常是八乘十，最大不过二十乘三十。由于小尺寸制作比例很大，刀工需要经受更为严苛的训练。有若微雕，不能走神和咳嗽，需要绝对的耐心与专注。七八十年代的戏剧脸谱，要求刻出的胡子为五十根，即使细腻地刻到肉眼难以轻易区分的四十九根，也算为废品。正是这种责难式的要求，使蔚县剪纸厂多年享有出口免验的声誉。后来，时代变迁，人们不愿再把精力消耗在利润相对低廉的小尺寸剪纸上。剪纸尺寸变大了，对精度不必那么讲究，使工人得不到苛刻与频繁的训练，手底活儿自然生疏。其实，所有花费的笨功夫往往不会被浪费，我们因为偷懒或贪利所省略的内容，可能正是最为宝贵的本质。

近年来，蔚县出现大量电脑剪纸，算是一种创新手段。电脑对知名画作或照片进行分色与叠层处理，然后大批复制，造就一种丰富和立体的效果。它们可能带来新鲜别样的视觉冲击力，作为艺术尝试和驱动市场的手段，无可厚非。但若以此大量侵蚀手工剪纸市场，有如外来特种消灭本土生态，是令人扼腕的。这类剪纸所用是绘画的底板、雕塑的材质，是取巧的中和，但若真正PK，这种电脑剪纸的表现力均输于前者——像数年前被热衷谈及的美女作家，通常情况下，她单纯以姿色论算不得大美女，单纯以写作实力论算不得好作家，中和一下，好像可以妥协和迁就了，其实利用的，是双重标准的降低。我想，一种艺术门类的存在价值，在于它不能被其他门类所替代。我们不能只靠传统产生的利息过活,需要注入新资本与新活力——但那种注入,必然是天然的补给,而非兴奋剂的骚动和注水肉的增重。

电脑替代,是一种科技进步,是提升产能的妙方,甚至在视觉印象和评价体系上,看起来比传统剪纸更"逼真"。但不能忘记,作为一种平面造型的艺术,剪纸有其独特魅力。剪纸甚至和文字相似,力求在平面限制中达至非凡的承载能力。文字要求画面感,像剪纸般要求运笔如刀、入木三分,所谓的栩栩如生,是通过这些笔画和句段的组合,感知事物与事件的轮廓、色彩,乃至声音、气息。文字的形式看似简朗,却意态万千;然而文字不是摄影,否则仅就"还原"来说,一张外行的照片也能击毁你所谓的"栩栩如生"。文学创作需要概括、感知、提炼、领悟、描述等多种能量的汇聚,就其完成的效果而言,艺术真实与生活真实既存在交汇但绝不能完全叠合——否则,这种创作就沦为生活的奴隶,而非灵魂的伴侣。剪纸同样,它需要人的气息和味道,需要大脑、心脏和手的配合,需要人所创造的奇迹,甚至包括需要人所产生的偏差。就像,手书和电脑集字是不一样的。就像,当我们从电视节目里的头脑风暴,惊叹于人类的记忆和潜能——其实这些所谓的复杂运算,是一台普通计算机轻易得出的结论,只是它不会令人喜悦和激动。

手艺活,这个词概括得一语双关——手艺是活的,活的是有生命的,有生命的一定是有变化的。艺术的生动,并非因为它是肉毒杆菌作用下焕然一新的脸,恰恰在于,它带着独特而真实的皱纹存在。

（四）

商业席卷中，传统会受到潮汐的冲击和淘洗。我们理解，人们需要寻找到速效的手段来提升生活品质，任何以高尚为理由意欲摧毁他人生活的方式都不可能是真正高尚的。产业化，既是政治需要，也是人民的生存需要，但依然不能离开对艺术的敬畏。剪纸和许多古老艺术一样，可能会受到某种伤害，甚至，严峻的情况下需要带癌生存。话说，癌细胞就存在本身而言，无过，它是正常肌体必然携带的部分，但若是泛滥，健康肌体受到致命摧毁，最后结果，只能是同归于尽地合葬而已。

比如蔚县传统剪纸的"一刀活儿"常规是五十张左右，经过压制的宣纸叠加在一起，层数越少，刻刀的误差和损耗越小。手工刻制的剪纸，有着微妙的厚度和体积感，更立体丰盈。但为了追求高效，部分作坊采用机器重压，层数最多达至百张。这种机器的助力强制压榨，有时甚至会破坏和断裂宣纸内部的纤维。其后果，不仅导致纸张的扁平呆板，也带来着色程序的区别。我想象宣纸里的纤维像植物的根系，原本能够主动吸附颜色，而已死的纤维就像剪枝后被浸泡在水里的切花。活根吸水与死茎泡水，乍看似无二致，可只要稍一经过时间的检验，命运迥异：一个让你忍不住精心灌溉的，另一个是让你新鲜过后弃如敝屣。放得越久，越见差异。这样说，并非在故弄玄虚，就像乐音与噪声，并不需要发烧友那样敏感而专业的耳朵就能够鉴别。

蔚县，既有陈越新这样沉潜的创作者，也有许多热闹的剪纸商人。我事先看过蔚县剪纸工艺大师的介绍资料，赞美的形容词语太接近了，几近共享关系；我所震撼的，是见到剪纸实物，再回忆那些褒义词，发现那些同义词之间的差别，竟然已成反义的效果——是的，对比实物，它们之间的关系不是渐进，不是过渡，根本就是相互的决绝与背离。在有些人看来，粗糙和拙朴相近，琐碎和细腻毫无二致，他们离艺术所需的敏感隔着无法穿越的距离。因为缺乏艺术天赋与职业操守，导致他们热衷于照猫画虎的作坊复制——这是卖剪纸吗？卖的，不过是剪下来的纸。

想想王老赏、李佃士这些蔚县老辈艺人的剪纸，这么多年来被复制，它们依然散发强烈的艺术魅力——因为经典，经得起磨损。如同莎士比亚的戏剧，经得起千万次的演绎。我们需要挖掘传统文化的可能，但不能就此对传统文化进行破坏性开采。如果粗制滥造，如果不在源头上维护水质，尤其，如果不在原创设计上投入心血，那么几近杀鸡取卵、竭泽而渔，轰轰烈烈的喧嚣后面，存在声誉萎缩的潜忧。

剪纸产生于"慢"的生活与时代，而今处在由慢向快骤然的转换，我们可能还不擅长，甚至难以驾驭这样的速度。而创作，有时需要更高的培育成本，有时仅仅是更为耐心的等待。

（五）

我以前误读为"蔚蓝"的"蔚"，其实"蔚县"的这个"蔚"，音同"美誉"的"誉"。我宁愿想象，这不是读音的巧合，而是一种由来已久的赞扬。

从蔚县回来，我把陈越新的剪纸按在窗玻璃上。我看到一个经过雕镂的世界，从它的刀痕与缺刻中，照过丝丝缕缕的光线。剪纸作为窗花，被举到微微高过平行视线的高度上，它们值得这样的端详，值得我们放下评判者那种自以为是的凌驾尊严。因为剪纸的传承，不仅是手艺本身，它也寄寓着最为朴质的美学与哲学。

人的一生，莫不是一张剪纸：珍惜什么，放弃什么；有幸刻写下什么，无奈错失过什么——方寸得失，如是我们努力，成为难以独特的这一张或那一张。但愿我们不是现代社会模具下的机械纸人，但愿，我们的呼吸依然带着时间的体温，我们的皱纹依然带着神明的指纹，我们天真，因为深怀对这个世界由衷的爱意与深情。

原载于《美文》2015年第2期

第四辑

骑着狮子画龙去

今年是龙年

贾平凹

中国人有许多崇拜，除了日月山河声光雷电外，也崇拜动物，认为自己的今世都是前世的动物托生，于是一年十二个月天天生人，人就以十二个月有了鼠牛虎兔龙蛇马羊猴鸡狗猪的属相。这些动物轮流当值，十二年一轮回，每到当值就称本命年。但是，任何当值都是有权在握，主宰一切的，偏偏本命年里该属相者则惶恐，因为一辈人一辈人传下来的经验教训，本命年这一年里顺者一顺再顺，不顺者百事不顺，是一道关口，一个门坎，便得系红腰带，摆酒席，若有好事将一生二，二生三，三生无数；若有不好的事就分为一半，大而化小，小而化了。我是属龙的，世纪的钟声一过，当年的就是辰龙，而且这一个本命年，四十九岁，百岁之间最厉害的一个，所以，前几日见到几位朋友，都说：今年得给你过过生日了！他们说着，要去商店买上好的红线编成腰带送我，也已商量着要我在什么豪华酒店里请他们客。朋友这么一闹，我蓦地醒悟了：本命年对于当事者并不是有可能出现坎儿的事，而绝对只是好事，之所以系红腰带，这是在宣告这一年我的命神要当值了,是升堂,是扶上正位,最起码也是像球场上的队长要戴上袖标一样的。以中国的儒家观点,当值也就是做了官,做官威风了得。但做官也就有了社会责任心,不能张狂,不可妄行,是大人还得小心,是圣贤仍要庸行,如此才是公仆,为人民服务,这当然你得鞠躬尽瘁,每事慎其三思了。再者,之所以要设摆宴席,掏着口袋请客,一是众人要捧场起哄,以示祝贺,二是你做官了就得安抚众人,这就是钱宜散不宜聚的道理嘛!

龙在中国人的心目中历来都是至高无上,每个皇帝总以真龙天子自尊,民间也常是以属龙相得意。那么,新纪元首先轮到辰龙当值,这是多大的吉祥,这是天意哇,国家该要复兴了!就修了个中华世纪坛,中央领导人在寒夜里出席典礼,场面盛大,而举国上下到处在张灯结彩,摆龙台,舞龙灯,能怎么表现就怎么表现,据报载,竟在几个省有书法家在广场巨笔书写百平方米的"龙"字。看到这种场面,属龙相的人当然喜之不禁,各个年龄层的龙子龙孙们,都视作普天之下的盛典全是在为我们祝寿哩。

十二个属相中,为什么选中鼠、牛、虎、兔、龙、蛇、马、羊、猴、鸡、狗、猪,而不是狮子、老熊、大象,我一直弄不明白。但十一个属相都是具体的动物,唯独龙是虚拟的。中国人崇拜动物,而崇拜到图腾地步的只有龙,龙又是综合众多动物的形象而想象出来的。这就说明中国人其实宗教的意识并不浓重,他们的思维注整体,重象征,缺乏穷极物理。这种思维当然就决定了中国的哲学和艺术的特点,从庄子的逍遥游到老子的大象无形,以及音乐、绘画、医学、武术、棋艺、园林莫不如是;即便是文学作品,也讲究的是生活流程的演义,悠然见南山的意境,不着一字尽得风流的形式美感。它虽不如西方悲剧意识的强烈而使读者为之震撼,但宽博幽远韵味绵长在清明祥和中而使灵魂得以提升。东西方的文化差异人人都在口头上说着,在当今全球风靡美国文化的背景下,却有更多的人,尤其那些时髦的学者,偏以拿西方的东西诋毁中国的东西,拿西方人的奶油比中国人的白菜,殊不知肉食动物虽比草食动物高大强壮,但虼蚤专吸腥血虼蚤仍是小,大象吃草大象却是庞然大物。说到这里,又有一个问题出现了,龙是中国人综合诸多动物而想象出来的,那么,综合性的东西若作为图腾是非常美好的,充满了大气和庄严,可现实的动物界里,是老虎你就长你的老虎,是狮子你就长你的狮子,而既要像这样又要像那样,就只会沦落到蜥蜴、鸡、壁虎、四脚虫那样的丑陋和弱小。任何借鉴都只能是精神的吸取,而不是能达到吃了牛肉就长牛肉的。我们的祖先创造了龙的形象后,不幸的是他们的后代也就有了以龙的形象组合原理而企图生硬拼凑的习性,使我们在多个领域里发生着失误,以致今日常常听到一种哀叹:明明是龙种为什么就生下了跳蚤呢?

龙在中国产生的年代已经够古老的了,但给我们的印象,清代的龙是绣在国旗上的,民间又是铺天盖地的到处是龙。时下之国人,动辄说到民族传统,精神的源头不是溯之而上的,只是目光短浅到王气衰微的明清时代,以致今日庆典龙年,凡舞龙耍狮者、凡敲锣击鼓者,所穿服装不是汉唐之衣,亦不是中山装西服，皆色彩式样恶俗不堪的明清时期的打扮，只差一点要再拖个油乎乎的脏辫子了。还可以看看，现在充斥我们生活中的龙的形象是多么小气和猥琐！原本龙是虚拟之物，但越是来画龙的、做龙的人全把龙弄得具体化，似乎天底下果真有了个龙的活物，如他们炕头上的猫和门后头卧着的狗。我是欣赏古人对龙的刻画，它综合着鱼、虎、马、蛇、鹿和猪的诸多形象，但它绝对不是鱼、虎、马、蛇、鹿和猪，出土的西周战国时期玉器上、铜鼎上、兵器上的龙的形象是最简练而充满了张力，它往往在具体的物件上随势赋形，充满了非凡的想象力。可怜如今龙被庸俗了，将蛇称龙，将马称龙、将猪称龙、将鱼称龙，想象力枯竭，创造力丧失，民族精神的图腾一日复一日地削弱了它伟大的气质，这是龙之国度的人要浩叹的，连属龙相的我也恨恨不平了。

前几日，一位善戏谑的朋友见我，他先前叫我小贾，数年后叫我老贾，现在开口叫我先生："先生，该你腾云驾雾的时候了！"我说："是吗，可你比我大，你该是先生的。"他说："那怎么称谓你？"我说咱互称"大人"吧。"大人"虽是古称谓，但这称谓好，大人对着小人，从年龄上是对年长的尊重，从品德上是对君子的美誉。他说："这好啊，贾大人，瞧你这气色，明年龙当值，你若发达了，别忘了让我们也鸡犬升天哟！"我说："但愿如此，但我要告诉你，世上还有一个鬼，它的名字叫日弄！"

说是说笑着，但我回来还是数次翻阅了字典中关于龙的条例解说，感觉属龙相的似乎也真有了龙性，臭皮囊也成了龙体，本来在医院挂了床号,每日去那里挂几瓶点滴的,就立即决定1999年12月31日必须停止注射,让病留在前一个千年里去吧!在前一个千年的后近三十年里,我一直是文坛上的著名病人,躯体上、心灵上的病使我活得太难太累,如果近三十年里,尤其这十二年里一直在无奈而知趣地隐着,伏着,新一年里就该升腾显现,去呼风唤雨,去翻江倒海啊。今夜里满西安城里鼓乐喧天,人们如蜂如蚁拥向街头欢庆着新的千年,我和几位同样属龙相的朋友在家中小聚,我书写了"受命于天,寿而永昌"八个大字,这是公元前221年时秦嬴政统一了中国所制的玺文,我说:"哇噻,时间过了两千年,原来这玺文是给我们刻铸的哟!"

原载于《美文》2000年第2期

面目何足较

余光中

一

六月初美国的《明星周刊》有一篇报道，题名《迈克尔的鼻子要掉了！》，说是摇滚乐巨星迈克尔·杰克逊为了舞台形象，前后不但修整了面颊、嘴唇、眼袋，而且将前额拉皮，可是鼻子禁不起五六次的整形手术，已经出现红色与棕色的斑点，引起病变与高烧。文章还附了照片，一张是迈克尔二十岁时所摄，棕肤、浓眉、阔鼻，十足的年轻黑人；一张是漂白过后的近照，却捂着鼻子，难窥真相。

我这才恍然大悟：为什么迈克尔来台湾演唱，进出旅馆都戴着黑色口罩。

黑人在美国既为少数民族，又有沦于下层阶级的历史背景，所以常受歧视。可是另一方面，少数的黑人凭其天赋的体能与敏感，也能扬眉吐气，凌驾白人，成为大众崇拜的选手与歌手。球到了黑人的手里，歌到了黑人的喉里，就像着魔一般可以随心所欲而不逾矩，令白人望尘莫及。黑喉像是肥沃的黑土，只一张就开出惊喜的异葩。艳羡的白人就来借土种花了。

今日的迈克尔·杰克逊令人想起三十年前的埃尔维斯·普雷斯利。迈克尔千方百计要把自己"漂白"，正如猫王存心要把自己"抹黑"：两位摇滚歌手简直像在对对子。猫王在黑人的福音歌谣里成长，已经有点"黑成分"。这背景加上他日后掌握的"节拍与蓝调""乡村与西部"，黑白相济，塑成了他多元兼擅的摇滚歌喉。纵然如此，单凭这些，普雷斯利还不足成为猫王。触发千万张年轻的嘴忽然忘情尖叫的，是他高频率的摇臀抖膝（high-frequency gyrations）。这一招苦肉绝技，当然是向黑人学的。

特别是向恰克·贝瑞（Chuck Berry）。普雷斯利的嗓子是富厚的男中音；贝瑞的却是清刚的男高音，流畅哀丽之中尤觉一往情深，轻易就征服了白人听众。贝瑞的歌艺兼擅黑人的蓝调与白人的乡村西部，唱到忘情，也是磨臀转膝，不能自休。他比普雷斯利大九岁，正好提供榜样。在那年代，说到唱歌，美国南部典型的白人男孩无不艳羡邻近的男童，普雷斯利正是如此。日后他唱起"黑歌"来简直可以乱真，加上学来的"抖膝功"一发而不可止，"近墨者黑"，终于"抹黑"而红，篡了黑人乐坛的一位。

等到迈克尔·杰克逊出现，黑神童才把这王位夺了回去。可是他在白人的主流社会里，却要以白治白，所以先得把自己"漂白"。黑神童征服世界的策略是双管齐下：一方面要亦男亦女，贯通性别；一方面还要亦黑亦白，泯却肤色。但是不择手段的代价未免太高了，那代价正是苦了鼻子。

为了自我漂白，整容沦为易容，易容沦为毁容。保持歌坛王位，竟要承受这历劫之苦，迈克尔的用心是令人同情的。他虽然征服了世界，却沦为自卑与虚荣之奴，把"黑即是美"的自尊践踏无遗。当戴安娜·罗斯与杰西·诺曼都无愧于本色，迈克尔何苦要易容变色？猫王学黑人还是活学活用，迈克尔学白人却是太"肤浅"了。

"身体发肤，受之父母，不敢毁伤，孝之始也。"如果我是迈克尔的母亲，一定伤心死了。母亲给了他这一副天嗓，不知感激，反而要退还母亲给他的面目。这不孝，不仅是对于母亲，更是对于族人。

二

"唯大英雄能本色，是真名士自风流。"所谓本色是指真面目、真性情，不是美色，尤其不是化妆、整容。所以在商业味浓的选美会场，虽然"美女如云"，却令人觉得俗气。俊男美女配在一起，总令人觉得有点好莱坞。在艺术的世界，一张"俊男"的画像往往比不上一张"丑男"，正如在演艺界，一流的演员凭演技，三流的演员才凭俊美。

人像画中最敏感的一种，莫过于自画像了，因为画像的人就是受画的人，而自我美化正是人之常情。但是真正的画家必然抗拒自我美化的俗欲，因为他明白现实的漂亮不能折合为艺术之美，因为艺术之美来自受画人的真性情，也就是裸露在受画人脸上的灵魂，呈现在受画人手上的生命。迈克尔·杰克逊理想中的自画像，是一个带有女性妩媚的白种俊男。大画家如凡·高的自画像，则是一个把性情戴在脸上、把灵魂招徕眼中的人，他自己。整容而至毁容的迈克尔·杰克逊，在自画像中画出的是一个别人，甚至一个异族。

西方的大画家几乎都留下了自画像，也几乎都不肯自我美化，甚至都甘于"自我丑化"。说"丑化"，当然是言重了，但至少是不屑"讳丑"。从西方艺术大师的自画像里，我实在看不出有谁称得上俊男，然而他们还是无所忌讳地照画不误，甚至还偏挑"老丑"的衰貌来画。他们是人像大师，笔在自己的手里，要妍要媸，全由自己做主，明知这一笔下去，势必"留丑"后世，却不屑伪造虚幻的俊秀，宁可成全艺术的真实。

印象派的名家之中，把少女少妇画得最可爱的，莫过于雷诺阿了，所以他也最受观众欢迎；人人目光都流连于弹钢琴的少女、听歌剧的少妇，很少投向雷诺阿的自画像。我要指出，雷诺阿为自己画像，却不尽在唯美，毋宁更在求真、传神。我看过他的两幅自画像，一幅画于五十八岁（1899），一幅画于六十九岁（1910），都面容瘦削，眼神带一点忧伤倦怠，满腮的胡须灰白而凌乱。六十九岁的一幅因玫红的背景衬出较多的血色，但是眼眶比前一幅却更深陷，真是垂垂老矣。证之以1875年雷诺阿三十四岁所摄的照片，这两张自画像相当逼真，毫无自我美化的企图。无论早年的照片还是晚年的画像，都显示了这位把别人画得如此美丽的大师,自己既非俊少,也非帅翁。

原籍克里特岛而终老西班牙的艾尔·格瑞科,仅有的一幅自画像显得苍老而憔悴,灰白的脸色、凹陷的双颊、疲惫的眼神、杂乱的须髯,交织成一副病容,加以秃顶尖耸,双耳斜翘,简直给人蝙蝠加老鼠的感觉。不明白把圣徒和贵人画得那么高洁的大师,为什么偏挑这一副自抑的老态来流传后世?

擅以清醒的低调来处理中产阶级生活的法国画家夏尔丹(Jean Baptiste Siméon, 1699—1779),也曾画自己七十岁的老态,倒没有把自己画得多么落魄,却也说不上怎么矍铄有神。画中人目光清明,双唇紧抿,表情沉着坚定之中不失安详,但除此之外,面貌也说不上威严或高贵。相反地,头上却有三样东西显得相当滑稽。首先令人注意的,是那副框边滚圆的眼镜,衬托得脾气似乎很好。然后是遮光护目的帽檐宽阔,有如屋檐,显然是因为老眼怕亮。还有呢,是一块头巾将头颅和后脑勺包裹得十分周密,连耳朵和颈背也一并护住,据说是为了防范颜料。这画像我初看无动于衷,实在不懂这穿戴累赘的糟老头子有什么画头。等到弄明白画家何以如此"打扮",才恍然这并非盛装对客,而是便装作画的常态,不禁因画家坦然无防,乐于让我们看到他日常的本色而备感可亲。

西班牙画家戈雅与阿尔巴公爵夫人相恋的传闻,激发了我们多少遐想,以为《裸体的玛哈》(*The Naked Maja*)的作者该多倜傥呢。不料出现在他自画像里的,不是短颈胖面的中年人,学究气的圆框眼镜一半滑下了鼻梁,便是额发半秃、眉目阴沉的老人，一点也不俊逸。

戈雅的自画像令我失望，窦纳的却令我吃惊。前者至多只是不漂亮，后者简直就是丑了。窦纳的鹰钩长鼻从眉心隆然崛起，简直霸占了大半个脸庞，侧面看来尤其显赫，久成漫画家夸张的对象，甚至在早年的自画像里，他自己也不肯放过。鼻长如此，加上浓眉、大眼、厚唇，实在是有点丑了。

三

自画像最多产的两位大师，却都生在荷兰。伦勃朗（Rembrandt Harmenszoon van Rijn, 1606—1669）一生油画的产量约为六百幅，其中自画像多达六十幅，比重实在惊人；如果加上版画和素描，自画像更超过百幅。另一特色是这许多自画像从二十三岁一直画到六十三岁，也就是从少年一直到逝世之年，未曾间断，所以每一时期的面貌与心情都有记录。足见画家自我的审视与探索有多坚持，这一份自省兼自剖的勇气与毅力，只能求之于真正的大师。

这些自画像尤以晚年所作最为动人，一次认识之后，就终生难忘了。伦勃朗本就无意节外生枝地交代一切细节，他要探索的是性格与心境，所以画中人去芜存菁，往往只见到一张洋溢着灵性的脸上，阅世深邃的眼神，那样坚毅而又镇定，不喜亦不惧地向我们凝望过来——不，他并没看见我们，他只是透过我们，越过我们，在凝望着永恒。幻异的光来自顶上，在他的眉下、鼻下投落阴影。还有些阴影就躲在发间、须间，烘托神秘。但迎光的部分却照出一脸的金辉,使原来应该满布的沧桑竟然超凡入圣,蜕变成神采。

伦勃朗与雷诺阿同为人像画大师,但取材与风格正好相反。雷诺阿之所弃,正是伦勃朗之所取。伦勃朗的人像画廊里几乎全是老翁老妪和体貌平凡,甚至寝陋的人物。他的美学可说是脱胎于丑学:化腐朽为神奇,才真是大匠。

和他的前辈一样,凡·高也从未画过美女俊男,却依然成为人像大师。他一生默默无闻,当然没有人雇他画像,所以无须也无意取悦像主。同时他穷得雇不起模特儿,所以要画人像也无可选择,只好随缘取材,画一些寂寞的小人物,像米烈少尉、画家巴熙、嘉舍大夫等等,已经是较有地位的了。

退而求其次,凡·高便反躬自画。画自己,毕竟方便多了,非但不需求人,而且可以认识自己,探讨自我生命的意义。画家的自画像颇似作家的自传,可是自传不妨直叙,而自画像只能婉达,内心的种种得靠外表来曲传,毕竟是象征的。相由心生,貌缘情起。画家要让观众深切体会自己的心情,先应精确掌握自己的相貌,相貌确定了,才能让观众解码为心情,为形而上的生命。

伦勃朗在四十年内画了六十幅油画的自画像,凡·高在十年内却画了四十多幅,其反复自审、深刻自省的频密,甚至超过了前辈,也可见他有多么寂寞、多么勇于自剖了。他频频写信给弟弟,是要向人倾诉;又频频画自己,是要向灵魂倾诉;更频频画星空、画麦田、画不完童颜的向日葵,是要向万有的生命滔滔

面目何足较

倾诉。

就是这十九世纪末最寂寞的灵魂，沛然充塞于那四十多幅赤露可惊的自画像里。在冷肃孤峻之中隐藏着多少温柔，有时衣冠如绅士，有时清苦如禅师，有时包着残缺的右耳，有时神情失落如白痴，有时咬紧牙关如烈士，但其为寂寞则一。伦勃朗把自己裹在深褐色的神秘之中，只留下一张幻金的老脸像一盏古灯。凡·高为了补偿自己的孤寂，无中生有，把身后的背景鼓动成蓝旋涡一般的光轮。两人都不避现实之丑，而成就了艺术之美，生活的输家变成了生命的赢家。

迈克尔·杰克逊再三整容，只买到一副残缺的假面具。伦勃朗与凡·高坦然无隐以真面目待人，却脱胎换骨。

四

中国的绘画传统里，人像画的成就不能算高。山水画标榜写胸中之逸气，本质上可视为文人画家的自画像，反而真正的自画像却难得一见。范宽和李唐是什么面貌，马远和夏珪是什么神情，我们都缘悭一面，不识庐山。所以一旦见到沈周竟有自画像，真的是喜出望外了。

自画像中的沈周，布衣乌帽、须发尽白，帽底微露着两鬓如霜。清癯的脸上眼神矍铄，耳鼻俱长，鼻梁直贯，准头饱垂，予人白象祥瑞之感。眼周和颐侧的皱纹轻如涟漪，呼应着袍袖的褶痕。面纹之间有疏落的老人斑点。画像可见半身，交拱的双手藏在大袖之中，却露出一节指甲。整体体态和神情，山稳水静，仁蔼之中有大气磅礴。观者对画，油然而生敬羡，观之愈久，百虑尽消。这却是在凡·高，甚至伦勃朗的自画像前，体会不到的。

人谓眼差小，又说颐太窄。我自不能知，亦不知其失。面目何足较，但恐有失德。苟且八十年，今与死隔壁。

沈周在画上自题了这首五古，豁达之中透出谐趣。西方油画的人像虽然比较厚重有力，却不便题诗，失去中国画中诗画互益之功。"面目何足较"一句，伦勃朗和凡·高都会欣然同意，但苦苦整容的迈克尔·杰克逊恐怕是听不进去的了。

原载于《美文》1997年第11期

血肉筑成的滇缅路

萧 乾

一、罗汉们

有谁还记得幼时初初涉足"罗汉堂"的经验吗?高耸的石级,崇丽的堂宇,乳鸽雏燕在阴森黑暗的殿顶展翅盘旋,而四壁泥塑的"云层"上排列着那一百零八尊:盘膝而坐的,挺然而立的,龇牙笑着的,瞠眼嗔怒的,庄严、肃穆,却又诙谐,一种无名的沉甸压在呼吸器官上。

旅行在崭新的滇缅路上,我重温了这感觉。不同的是,我屏息,我微颤,然而那不是由于沉甸,而是为那伟大工程所感动。正如蜿蜒山脊的万里长城使现代人惊愕得倒吸一口凉气,终有一天我们的子孙也将抱肘高黎贡山麓,感慨万千地问:是可能的吗?九百七十三公里的汽车路,三百七十座桥梁,一百四十万立方尺的石砌工程,近两千万立方尺的土方,不曾沾过一架机器的光,不曾动用巨款,只凭二千五百万民工的抢筑:铺土、铺石,也铺血肉,下关至畹町那一段一九三七年一月动工,三月分段试车，五月便全路通车。

你不信，然而车沿怒（潞）江岸，沿梅子箐驶过，筑路的罗汉们却还在屈着腰，在炽热的太阳下操作。车驶到脚前他们才闪开，立在那陡岩绝壁的新缺口。山是巉峭森凛得怕人，亚热带古怪的藤蔓植物盘缠在硕大的木棉蜂桐上宛如梁柱。汽车爬坡时，喘吁也正如幼时登罗汉殿石级那样吃力。千千万万筑路罗汉们：秃疮脑袋上梳着小辫的，赤背戴草笠的，头上包巾、颈下拖着葫芦形瘦瘤的，捧着水烟筒的，盘坐捉虱的，扶着锹镐的，一个个站在路边，或蹲在山脚，定睛地望着。（嘿，悬崖上竟跑起汽车了，他们比坐车的还高兴！）罗汉们老到七八十，小到六七岁，没牙的老媪，花裤脚的闺女。当洋人的娃娃正在幼儿园拍沙土玩耍时，这些小罗汉们却赤了小脚板，滴着汗粒，吃力地抱了只簸箕往这些国防大道的公路上"添土"哪。那些羞怯的小眼睛仰头望到我时，真像是在说："你别嫌我岁数小，在这段历史上，我也搓了一把土哩！"

二、桥的历史

挖土铺石凭的还仅仅是一股傻力气，桥梁和崖石才是人类血肉的吞噬者。异于有钢架的火车桥，公路的桥梁时常是在不知不觉中便开过去了。有一天，也许你会跨过这已坦夷如平地的横断山脉，请侧耳细听，车轮下咯吱吱压着的有人骨啊！长城的修筑史已来不及搜集了，我们却该知道滇缅路上那些全凭人力搭成的桥梁是怎样筑成的。并不是"上帝说有桥，于是就有了桥"，每座桥都有它不平凡的来历。修胜备桥的桥基时,先得筑坝,把来势凶猛的江水迎头拦住。然后用田塍上那种水车,几十只几百只脚昼夜不停地踩,硬把江水一点点地淘干。然后还要筑围坝,最后下桥基。下桥基的那晚,刚好大雨滂沱。下一次,给水冲掉一次。这时,山洪暴涨了。为了易于管理,一千多桥工是全部搭棚聚住在平坝上的。江水泛滥到他们的棚口,后来侵袭到他们的膝踝。可怕的魔手啊,水在不息地涨,终于涨到这千多人的胸脯。那是壮烈凄绝的一晚:千多名路工手牵着手,男女老幼紧紧拉成一条受难者的链索,面着这洪泛(液体的坟土!)绝望地哭喊。眼看它拥上了喉咙,小孩子们多已没了顶,大人号啕的气力也殆尽。身量较高的,声嘶力竭地嚷:"松不得手啊!"因为那样水势将更猖獗了。——半夜,水退了。早晨,甚至太阳也冒了芽。但点查人数的结果,昨夜洪流卷去了三十四个伙伴。

　　如果有人要为滇缅路建一座万人冢,不必迟疑,它应该建在惠通桥畔。怒江在全国河流中踞势之险峻,脾气之古怪,读者或已闻名了。《禹贡》里的"黑水"据说就是它,老家在西藏泡河老,经西康循他念他翁山和柏舒拉岭而入滇,是中国西南部一条巨蟒。它的东岸屏他念他翁余脉的怒山,西岸便是害得汽车呜咽喘吁三小时的高黎贡山,(属喜马拉雅山系,来头自也很大!)山巅虽然有时披雪,躺在山麓下的怒江,温度却时常在105华氏度,有时热到118华氏度。江流多险滩,水质比重又轻;既无舟楫之便,即想利用江水冲运木料也不易。当惠通桥未修成时,每年死在渡江竹筏上的人畜不计其数。一九三一年有侨商捐修了一座铁索桥，造福往来商旅，功德无量。惠通桥工程虽浩大，还仅是沿用旧墩，加强原有载重力而已。但其艰险情形，听了已够令人咋舌的了。

惠通桥的铁工是印度人，木工是粤人，石工多是当年修筑滇越铁路的云南人（他们个个都有一段经历）。但还有并无专技却不容泯没的一工，那是"负木料者"。为了使桥身坚固，非使用栗木不可，十个月修桥，有半年时间都用在搬运木料上。如果栗木遍地皆是，自然就没有什么神话意味了。然而栗木稀少得有如神话中的"奇宝"。它们长在蛮老凹（属龙陵），藏在原始的深山密箐中。七八天的路程，摸着悬崖，在没人的鬼剑草丛中钻出钻入，崎岖得不可想象。半年来，有近百人经常在蔽不见日的古森林中，披荆斩棘地四下寻觅，砍伐下来，每天又有几百人抬运。好沉重的栗木啊！每十五个人搬运一根：七个抬，八个保驾。这样搬了一千根，才筑成了这座驮得动钢铁的桥。

筑桥自然先得开路。怒江对岸鹰嘴形的惠通崖也不是好惹的家伙。那是高黎贡山的胯骨。一百二十个昼夜，动员了数万工人才沿那段悬崖炸出一条路。那真是活生生一幅人与自然的搏斗图，而对手是那么顽强坚硬。一个修路的工头在向我描述由对岸望到悬崖上的工人时说："那直像是用面浆硬粘在上面一样，一阵风就会吹下江去。"说起失足落江时，他形容说："就像只鸟儿那么嗖地飞了下去。"随之怒江起个漩涡，那便是一切了。但这还是"美丽"点的死呢。惨莫惨于炸石的悲剧了。一声爆响，也许打断一条腿，也许四肢五脏都掷到了半空。由下关到畹町，所有悬崖陡壁都是这么斩开的啊！

一个没声响但是更贪婪的死神，是那穿黑袍的"瘴毒"，正如阴曹地府里有牛头马面，当地人也为这神秘病疫起了许多名称。如龙陵、芒市段的双坡、放马厂、芭蕉窝等地，据说是流行着：一、泥鳅瘀——征象同一般发瘀，腹痛，土治法是把胸脯刮出红筋。但红筋若翻过肩膀，生望便濒绝了。二、哑瘴——发烧，把手放到脑顶上都觉发烫。随后又发冷。渐渐神志昏迷，不能讲话。据说患者延至三天必死。三、肛疗——一位路工指导员曾染此症，征象是骤冷骤热，呕吐昏晕。死后发见肛门内有菜籽状疹豆。四、羊皮瘀——头痛，皮肤起红点；燃之以火，噼啪作响。及红点一黑，人即完事。另外，还有无数种神秘病症。总之，永昌以南的路工死于瘴毒的数目很可惊人。如云龙一县即死五六百，筑梅子箐石桥的腾越二百石工，只有一半生还。

虽然有些人武断地否认瘴毒的存在，直谓为"恶性疟疾"，而许多云南朋友又把这"如一股旋风，腾地而起"的"五彩虹氲"说得那么神秘。我不谙医学，不便妄作论断。但只要看看边地筑路工人的生活情形，即知死亡以种种方式大量侵入，原是极其自然的。这些老少英雄们很多是来自远方的，像蒙化、顺宁、腾冲。公路并不经过他们的家乡——时常须走七八天的路才能抵达。他们负了干粮（还有没粮可带的穷人，白天筑路，晚上沿门讨饭），爬山越巅地走到工作地点，便在附近的山坳里扎了营。地势是低洼潮湿的，四面为巉岩围起。一路上，山箐里这些"棚"中腾起缕缕炊烟，棚子其实只有两根木棍做支架，上面散铺着树叶，低矮到仅容一个人"钻"进去。遇到阴雨，那和露宿实在分别不大，而赶工的时期刚好就在雨季。那小棚是寝室、厨房，又是便溺坑。白族路工炊饭的燃料是捏成饼形的牛粪。

这便是为烈日晒了一天的罗汉们晚上安歇的地方！

三、历史的原料

龙潞段上有位老人，年纪已快六十了，带着儿孙三代，同来修路。放工时，老先生盘膝坐在岩石上，捋着苍白胡须，用汉话、白族话对路工演讲这条国防大道的重要，并引用历史上举国反抗暴力的事迹。他不吸水烟筒，但喜欢闻鼻烟。生活是那样苦，他却永远笑着。他是用一个老人的坚忍感动着后生。在动人的故事中，这是唯一不令人听完落泪的了。到了保山，我才知道连这位老头儿也为瘴气摄去了。临死，他还望了望那行将竣工的公路，清癯、满是皱纹的脸上，浮起一片安详的笑容。

沿途我访问了不下二十位"监工"，且都是当日开天辟地的先驱者。追述起他们伙伴的惨剧，时常忍不住淌下泪来。干活太疲倦，因昏晕而掼下江的；误踏到炮眼上，崩成粉末的。路面高出山脚那么多，许多人已死掉，监工还不知道；及至找另外的尸首时才发现。像去年四月二十五日，腊猛梅子箐发放工资时，因道狭人多，竟有路工被挤下江去。等第二天又有人跌下去时，才在岩石缝隙发现早先掉下去的。

残暴无情莫过于黑色炸药，它眼里没有壁立千仞的岩石，更何况万物之灵可不经一锤的人！像赵阿拴明明把炮眼打好，燃着。他背起火药箱，随了五个伙伴说说笑笑地往远处走了。火捻的延烧本足够他们走出半里地的，谁料他背的火药箱装得太满了，那粉末像雪山蛇迹般尾随在他们背后。訇的一声，岩石炸裂了，他们惬意地笑了。就在这时候，火却迅速地沿了那蛇迹追踪过来，而且直触着了他背着的火药箱。在笑声中，赵阿拴同他的伙伴们被炸到空中，然后落下江心去了。

更不容埋没的是金塘子那对好夫妇。男的打炮眼，一天挣四毛，女的三毛，工作是替他背火药箱。规定每天打六个炮眼，刚好日落西山，双双回家。

有时候我们怪马戏班子太不为观众的神经设想，而滇缅路上打炮眼的工作情形如果为心灵脆弱的人看到，也会马上昏厥的！想在一片峭岩绝壁上硬凿出九米宽的坦道，那不是唾手可成的。打炮眼的人是用一根皮带由腰间系住，一端绑在崖脚的树干上。然后，人如桥上的竹篮那么垂挂下来。挂到路线上，便开始用锤斧凿眼。仰头，重岩叠嶂，上面是乔木丛草，下面江水沸锅那么滚滔着，翻着乳白色的浪花。人便这样烤鸭般悬在峭壁上。待一锤锤把炮眼打好，这才往里塞炸药。这并不是最新式的爆炸物，因而在安全上是毫无保障的。为了防止它突然爆炸，须再覆上一层沙土，这才好点燃。人要像猿猴般即刻矫健地攀到崖上。慢了一步，人便与岩石同休了。

那一天，这汉子手下也许特别勤快。打完六个炮眼，回头看看，日头距峰尖还老高的。金黄色的阳光晒在大龙竹和粗长的茅草上。山岚发淡褐色，景色异常温柔；而江面这时浮起一层薄雾，一切都在鼓励他工作下去。

"该歇手了吧！"背着火药箱的妇人在高处催着他。她本是个强壮女人，但最近时常觉得疲倦，一箱火药的重量可也不轻呢！

他啐了口唾沫，沉吟一阵。来，再打一个吧！

这"规定"外的一个炮眼表征什么呢？没有报偿，没有额外酬劳，甚而没人知道。这是一个纯朴的滇西农民，基于对祖国的赤诚而捧出的一分贡献。

但一个人的体力和神经的持久性毕竟有限，而自然规律原本无情，赤诚也不能改变物理因果。

这一回，他凿完了眼，塞完了药，却忘记覆上沙土。

訇的一声，没等这个好人爬远，爆炸了，人碎了；而更不幸的，火星触着女人的药箱。女人也炸得倒在崖边了。

江水还浩荡滚流着，太阳这时是已没山了，峰尖烘起一片红光，艳于玫瑰，而淡于火。

妇人被担到十公里外工程分段的茅屋里，她居然还有点微息。血如江水般由她的胸脯肋缝间淌着，头发为血浸过，已凝成稍黏的饼子。

过好一阵，而且就在这妇人和世界永别的前一刹那，她用搭在胸脯上的手指了指腹部，嘎声地说："救救——救救这小的。……"

随后，一个痉挛，这孕妇仅剩一缝的黑眼珠也翻过去了。

这时，天已黑了，滇西高原的风在旷古森林中呼啸着，江

血肉筑成的滇缅路

水依然翻着白浪，宛如用尖尖牙齿嚼啃着这悲哀的夜，宇宙的黑袍。

有一天你旅行也许要经过这条血肉筑成的公路。你剥橘子糖果，你对美景吭歌，你可也别忘记听听车轮下面咯吱吱的声响。那是为这条公路捐躯者的白骨，是构成历史不可少的原料。

原文作于一九三九年三月

原载于《美文》1995年第6期

梦话扬州

丁 帆

三十年代初，易君左因一本薄薄的《闲话扬州》而激怒了扬州的各方贤达，招来了一片声讨，临了还吃了一场官司。其实，易君左并没有多少恶意中伤诽谤扬州人之处，即便说到扬州的妓女之类的陋习，也还冷静客观。只不过当时的扬州贤达们未免有点小家子气罢了，以为有了此等卖笑行当，当地人的脸上就无光彩了，殊不知，其时的一个偌大中国，何处没有此等皮肉买卖，难道我们就不做中国人了吗？易君左在短短的几个月内就游览了扬州各处名胜达数十次之多，其中不乏褒扬之辞，可见他的偏激之中，还是有所钟爱的。后来，曹聚仁先生也写了一篇《闲话扬州》，而自称为"我是扬州人"的朱自清先生却说，易君左"那本书将扬州说得太坏，曹先生又未免说得太好"。其实，朱自清先生在这篇《说扬州》中，就很冷峻地刻画描写了"却不能再给我们那种美梦"的绿杨城郭，也很不以为然地贬损了一回扬州人，可能是鉴于朱自清的鼎鼎大名，这回扬州的贤达们却没有再行对簿公堂之举。

"十年一觉扬州梦",从七十年代中期到八十年代末期,我客籍扬州十余载,可谓对扬州的人和事有了一个较为全面而又深刻的认识,虽不能说是如数家珍,论道精辟,却也能客观中肯地描述一二。

一个民族自有一个民族的根性,这自然包括优根和劣根两个方面;一个地域,乃至一个城市的居住者,也相应地有其地方性的心性和教养,缘此,扬州人自有扬州人的秉性特征。

扬州人生性平和,喜欢整天生活在节奏缓慢的日子消磨之中,所谓早上皮包水,晚上水包皮,便是扬州生活的最妙象征和真实写照。追溯这种遗风,大约唐以后作为一个商埠发达的城市,它的消费特征就决定了它的"休闲"色彩。你想,倘若一大清早就提着个鸟笼踱步到茶馆,泡上一壶酽酽的碧螺春,悠悠地品尝着淮扬细点。就着茶客们的话题海阔天空地一聊,这就到了吃午饭的时刻了。吃完中饭,随即往澡堂里一拱,在锅池隔笼屉上一躺,朦朦胧胧地吼上一嗓子京腔扬调,在渐渐远去气若游丝的呜噜声中,走进了温柔乡里。一觉醒来,早已是夕阳西下,赶紧喊人擦背,而后在大池里泡上一刻钟,便浑身冒着大气走进卧厅,躺在睡铺上,几条热手巾把脸一抹,就唤来按摩修脚的服务员,好一阵噼啪山响的揉搓捏拿,好一通精雕细刻的修饰,直搞得你浑身酥软,欲仙欲死。待穿好衣裳,打道回府,早已过了晚饭时分。这就是一个扬州遗老的一天。除此而外,你还指望他能做些什么正事吗?

在扬州生活了十多年,始终有一种焦灼和沉沦的感觉交替地缠绕着我，一是不满这缓慢的生活节奏，但又不知不觉沉浸在这种奢靡的生命消耗之中。扬州的遗老之多是可以想见的，但使我不能理解的是，扬州的遗少之多也是令人惊叹的。我惊异于扬州的传统文化基因如此强大，它竟能消弭多少代人的血性和意志。在扬州，我拥有许多很知己的朋友，他们在思维观念上并不保守，但是在那种环境里却很难有所作为。生活迫使他们在时间的啃噬中，将自己的青春和才华定格在一个永恒的历史空间里。我常常在思考这样一个问题：扬州人原先的秉性就是如此吗？

不！扬州人也有过燕赵之士的那种血勇之气。早在三百多年前，民族英雄史可法就带领扬州人民浴血奋战，用鲜血抒写了十七世纪中国最为悲壮的一幕。清摄政王多尔衮想兵不血刃就收取江南，尤其是这个"玉人何处教吹箫"的金粉之地，更是久已垂涎欲滴，然而史可法不买账，写下了著名的《复多尔衮书》。终于，在"烟花三月"之时，清军开始攻城，在史可法"城存我存，城亡我亡"壮怀激烈口号的鼓舞下，扬州人民亦如史可法一样以自己的鲜血和头颅谱写了一首民族忠魂曲。城破之日，史可法壮烈而死，清豫王多铎便下令屠城，这就是历史上著名的"扬州屠城十日"惨案。史可法因扬州而成为民族英雄，扬州人亦因此役而名垂青史。然而，扬州人的那种一时兴起的血勇之气终究耐不住江南金粉的销蚀，渐渐地失掉了它的锐气，扬州毕竟是扬州，玉人吹箫声终于湮没了金戈铁马的回响，瘦西湖的画舫帆影遮蔽了梅花岭下的忠骨英魂。

我认为，天底下绝顶聪明的人和极有才气的人，扬州可占一小半,像"扬州八怪"那样标新立异的骚人墨客,历代不乏其人,然其有所大成者,有所王气、霸气者,却寥若晨星。究其原因,不能不说是扬州那娇小玲珑的文化格局限制了人的思维散发。所谓仁者乐山,智者乐水。扬州有的是水,却就没有一座大山,所谓瘦西湖里的小金山、平山堂前的观音山,只不过是两抔黄土罢了。缺少大气、王气、霸气,缺少一飞冲天的浩气,致使那些困在扬州城邦内的饱学之士们无才可展,无计可施。我常想,倘若鉴真不出使,假如秦少游、郑板桥、刘师培、丁文江、朱自清等历代名人不走出扬州这方小小的"围城",则是断断不会有所成就的。二十一世纪以来,扬州更是因为没有铁路运输而被时代所遗忘,这些年,尽管扬州城郭有了翻天覆地的变化,旧日的容颜再难寻风,但铁路和机场呼声已经十年。

我曾蛰居在扬州梅花岭下十余载,每天行走的那条路就叫史可法路,著名戏剧家田汉曾在《梅花岭访史可法墓》一诗中写道:"江潮如吼打孤城,百世犹闻杀敌声。"到底不愧是"居安思危"的国歌作者,然而,扬州的普通市民又有多少人能记住这位梅花岭下衣冠冢中的孤臣孽子呢?郁达夫站在史可法的墓前吟道:"三百年来土一丘,史公遗爱满扬州;二分明月千行泪,并作梅花岭下秋。"其实,史公遗爱谁能记取呢?郁达夫本人游历扬州,就是抱着一种缠绵的古典意绪而来的,他在著名的散文《扬州旧梦寄语堂》中说:"扬州两字,在声调上,在历史意义上,真是如何的艳丽,如何能够使人魂销而魄荡!""看看斜阳衰草,残柳芦苇,哼出来的莫名其妙的山歌。"扬州的精魂在何处？它在世人的眼中永远是一个充满着古典诗意的所在，它永远是郁达夫笔下的悠远古意："箫声远渡江淮却，吹到扬州廿四桥。"扬州仅仅是二分明月的阴柔城池吗？那充满着阳刚气息的太阳就不普照这座"月亮城"吗？

踱步梅花岭，我苦苦地在史可法的荒冢边寻觅着那被遗失掉了的扬州人的精魂气魄，或许它是重新点燃未来之炬的一簇圣火。穿越高楼大厦，我也企盼着铁路的血脉流经这绿杨城郭，使她不再贫血，用更为宽广博大的胸怀去拥抱世界；我更热望着一飞冲天的"空中客车"盘桓于这淮左名都之上，使扬州人不再为无山登高而发出千古惆怅。

原载于《美文》1997年第5期

红楼隔雨相望冷

潘向黎

七月初十流水抄

早起就热,早晨就像中午,真是热到无耻。

茫然不知该做什么。打开电视,心里并不指望什么,却看到又在重播《红楼梦》,是邓婕演凤姐的那个连续剧,每年暑假都要重播,成了暑假固定节目。也不知跟着没头没尾看了多少遍了。还是如见故人,又呆呆地看了两集,直到结尾的一声锣响,弦乐声起。

这才想起误了早上开了即合的牵牛花。中国叫牵牛,还有一种乡土的质朴,日语叫朝颜,阴柔而伤感,还有一种晚上开的,他们叫夕颜。

上午只喝茶,什么都没吃,也不饿。

午饭后又困了,毫不挣扎地去午睡——如今越来越会顺从身体的召唤,困了便睡,不饥便不食,随波逐流。睡了起来复归惘然,不知何朝何代,如何身在了这里。喝两盏铁观音,渐渐还魂。随手拿起这一期《中国国家地理》，却是抗战专辑，第一次知道三峡石牌要塞激战，看到守军统帅胡琏写给父亲和妻子的诀别信，五内震撼，不能再躺，起来端坐再看，看到后面那些抗日烈士死后多年却被挖坟——"死无葬身之地，这本是中国人最恶毒的诅咒，竟应验在这些以身殉国的士兵身上。"看不下去了，不知不觉泪已经流了下来。

去书店，没什么想看的书。很久了，进书店只是一个习惯动作。

上一次买书是买了陈丹青的《退步集》，陈丹青的辞职清华对许多人都是一个心灵事件，对我是这一年里最振奋的一个消息。身陷罗网退身无计的鸟，看到"黄雀得飞飞，飞飞摩苍天"，真是心头一松。自由纵使只是别人的，也永远那么可喜。人生在世，处处罗网，世道艰险是，人心阴恶是，功名利禄更是，江湖名声也是，就算远离江湖吧，柴米油盐，儿女情痴又何尝不是。《退步集》之前买的是什么书，已经不记得了。可见隔了很久，不过大概还不至于是上个世纪的事情。

看书店里学生选书看书，永远是清新可喜的。因为他们，这里的空气总要好一些，好像那些在外面很容易发生的暴力、邪恶，在这里不会发生。出来顺路到咖啡馆喝一杯咖啡，看到情侣对对，耳鬓厮磨，窃窃私语，不知道为什么觉得有点可笑。此刻山盟海誓，他日劳燕分飞，此情怎可成追忆？若是不求结果，轻轻松松谈一场没有后遗症的恋爱，那还是爱情吗？不过这个难题已经和我无涉，有点庆幸自己青春不再，不必再受这个苦——可是人生谁不受苦呢。

归，蝉声大噪。这种蝉声从童年到现在没变过。

暑气如沸。露天行走，不躲不避，如痴如醉。

晚饭有冬瓜汤，炒藕丝，饭后还有一个绿豆百合汤，放了璞玉一样的土冰糖，十足夏日风味。天终于暗下来了。出去散步，明知没有凉风，但好像一个信徒举行一种例行的仪式。院中东一簇西一簇的晚饭花，毫不计较地开着，淡淡的香也没有毫无心机。

暑热仍炽，皮肤上觉得微烫。

此刻的热上了段位，不见日头，不见光，只管在暗中发力，暗中包抄，四周无处不在，脱身无望。

望向空中，有一钩月，周围斑斑的云，似乎是彩色的，这就是彩云吗？

一句话撞上心头：站在无边的、黏稠的热里，仰望清凉。

到了十一点，凉快了些，又舍不得睡，躺着看旧书。偏偏有些旧日觉得好的，今日看出错了，或者当时感动的，现在悟出了假，淡淡地悔了上来。这就像不该轻易见旧日朋友，见了话不投机，反而断送了安静的思念，绝了再见的念头。

四周越发静了，夜不曾凉如水，却静如水。渐渐沉入水中，眼睛睡了，脑袋半醒，心却洗过一般，清清灵灵，透亮。

那是谁在说："红楼隔雨相望冷。"说的人我认识，清瘦哀伤，总是穿一袭白袷衣。

我无从安慰，却也不叹息。隔雨相望，焉知非福？有的人，好得不忍相见,远远地隔了,各自混过一辈子,才得全保。

不是同一阵雨了,雨声中,有声音叹息道:"世味年来薄似纱。"

一夜听雨,听出了这样的情怀,说得这样寡情,也可说到了底。真是这样,似乎都没什么变,但是这味只管一年年地淡了。

背一段安慰人的话吧:"你们看那天上的飞鸟,也不种也不收,也不积蓄在仓里,你们的天父尚且养活它,你们不比飞鸟贵重得多吗?你们哪一个能用思虑使寿数多加一刻呢?……你想野地里的百合花,怎么长起来,它不也劳苦,不也纺线,然而我告诉你,就是罗门极荣华的时候,他所穿戴的,还不如一朵花呢。"

"其人坐下,必如精金美玉。"——说这话的,想不起来是谁了。

我问:"哪怕是污浊之中吗?""是的。而且内心满是喜乐。"

夜的骨髓里,是谁的泪潸然扑落枕上,如夜鸟惊飞?人无言。

夜深沉。丝雨歇。笙歌罢。

燕子飞去。白袷污秽。

红楼梦断。残茶已冷。

悬着心的,还没放下。无义的,已经报应。还泪的,泪已将尽。未看破的,却遁入空门。呀,腐鼠已尽,众鸟怎么还不各投林?叫茫茫大地还不得干净。

热的热，凉的凉，似水而去的，不是流年，是梦的影子。

拜倒在石榴裙下

我们今天在各种影视剧里看到的唐代女装，虽然千变万化，但主要形式不外乎（窄袖）衫、襦配长裙。其基本构成是裙、衫、帔。正如孙机先生在《中国古舆服论丛》中指出的："唐代女装无论丰俭，这三件都是不可缺少的。"

到了盛唐，各种色彩浓艳的裙子登上时尚舞台的中心。主要以红绿黄为多，此外还有紫、青等色，都是鲜艳大胆的颜色。

少不得先说红裙。它有个青史留名的别称——石榴裙，唐代女性穿得最多的就是这种裙子。长安仕女佳期节日常到郊外游赏，遇到名园、名花，就藉地设宴，以红裙做"帷幕"，真是春色撩人，旖旎无限。

红裙也是唐诗中经常歌咏的对象，而最感人的却是"业余诗人"武则天的《如意娘》："看朱成碧思纷纷，憔悴支离为忆君。不信比来长下泪，开箱验取石榴裙。"是这首诗而不是无字碑，使作为一个人的武则天留在了我的心里。再强硬跋扈，再贵为皇帝，毕竟也是女人，她也会显得伤感脆弱。不看别的信物，单看石榴裙，可见石榴裙在当时女子生活中的地位。

次说绿裙。"宝钿香蛾翡翠裙"（戎昱），写的就是绿裙子。其实与其用"翡翠裙"来做绿裙的美称，不如叫它荷叶裙，不但清新生动，而且和石榴裙、郁金裙等美称更相类相配。这应该不算僭越古人的命名权，因为我可以轻易找到支持者："荷叶罗裙一色裁,芙蓉向脸两边开。乱入池中看不见,闻歌始觉有人来。"这首《采莲曲》就是它的出处。

再说黄裙。黄裙又叫郁金裙。郁金裙是以一种不同于原产小亚细亚的郁金香的姜科多年生草本植物染成的。传说杨贵妃特别喜欢穿这种黄裙,不但色泽明丽,而且有香气。

裙子的材料是五花八门,有:绸裙、纱裙、罗裙、银泥裙、金缕裙、金泥簇蝶裙、百鸟毛裙等。百鸟毛裙是唐代最华贵的裙子,据《朝野佥载》记载,唐中宗之女安乐公主是创始者,她的这条裙子用了各种奇禽的毛织成,正看为一色,侧看为一色,日中为一色,影中为一色,而且裙上呈现出百鸟的形态,可谓旷世罕见的奇美奢绝。此后官员、百姓纷纷效仿,"山林奇禽异兽,搜山满谷,扫地无遗"——导致了一场野生珍禽异兽的浩劫。

虽然风气豪纵,但唐代对美感和资源的冲突不是全无考量的。所谓"裙,群也。连接群幅也"(《释名·释衣服》)。由于古代的布帛幅面较窄,裙子都要用几幅布帛连接起来。唐代的裙子一般是用六幅布制成的——"裙拖六幅湘江水"(李群玉)。唐代时尚以裙宽肥为美,华贵的则用到七幅八幅。终于引来了皇帝的干预:唐文宗为了提倡节俭,明令要求"妇人裙不过五幅"(《新唐书·车服志》)。另外,唐代的裙子多有褶,所谓"破",几破就是几褶。隋炀帝时的"仙裙"是十二破。褶多了就比较浪费,唐高宗曾下诏禁止:"天后我之匹敌,常著七破间裙,岂不知更有靡丽服饰,务遵节俭也。"唐玄宗也做过类似限制。

衫、襦，就是短上衣，衫是夏装，较薄，襦是冬装，有夹的和棉的。衫颜色有白、青、绯、绿、黄、红等，又以红衫为多，一般用布做，也有罗的，上有金银线；襦则往往绣有各式花样，所谓"薄罗衫子金泥缝""连枝花样绣罗襦"。如此鲜艳的衫襦灵活搭配各色裙子，就无穷变化，精妙纷呈了。裙衫之外，唐代妇女都爱披帔和搭披帛。帔比较宽，类似今天的披肩，是已婚女性用的；披帛窄，更接近飘带，用于未嫁女子。轻盈的帔和飘扬的披帛，配在原本繁丽的衣裙上，不但变化多端，而且增加了妩媚的动感。所以画家们在画仕女和仙女时，以及匠人在雕塑女俑时，谁都不会忽略这美丽的帔和披帛。"红衫窄裹小缬臂，绿袂帖乱细缠腰"（徐连达《唐朝文化史》），这是盛唐时期佳丽的典型服装。

这样的服饰，从线条到颜色都极富视觉冲击力，或动或静都充满婀娜多姿的女性魅力。"拜倒在石榴裙下"虽是讥讽之语，但应该庆幸我们的先人早早发明了这个说法，否则到了今天，也许会说成"拜倒在牛仔裤下"，那才是大煞风景。

"拜倒在石榴裙下"有何不可、岂必不然？对于美，何妨顶礼膜拜！

唐诗中的女性时尚

"云想衣裳花想容，春风拂槛露华浓"，用它来形容唐代的女子，再合适不过。因为唐代，是中国女人最美的朝代。那时候，雍容华美、娇艳夺目的，岂止杨玉环一个人？

我们今天还用"唐装"来作为一种中国传统服饰的统称，但是，现代的唐装，根本无法和唐代的服装千姿百态、灿烂夺目相比。

"……风俗奢靡，不依格令，绮罗锦绣，随所好尚。""上自宫掖，下至匹庶，递相仿效，贵贱无别。"（《旧唐书·舆服志》）

"裙拖六幅湘江水"，也许是李唐王室带有鲜卑血统，"胡化"尚武，并影响了审美观；也许是农耕文明产生的审美与富裕的物质基础相遇造成的一种必然——唐代崇尚浓丽丰肥之美。赏花要赏牡丹，马也要臀部肥大，人是"尚丰肥"，女子为了使自己显得更丰满，往往将裙子做得很宽大，六幅、八幅、十二幅，还要将腰身提高到腋下，这样整个人不见腰身，几乎像一个灯笼的外形了。

在传统裙襦装基础上改造形成的袒露装，不但将脖颈彻底暴露，而且连胸部也处于半掩半露的状态。在唐代，这是自然的，美的，时尚的，高贵的。初唐欧阳询《南乡子》中有"胸前如雪脸如花"的句子，还有"长留白雪占胸前"（施肩吾），"粉胸半掩疑晴雪"（方干），"慢束罗裙半露胸"（周濆），都是对这种袒露的真实描写。至于对丰满的玉臂、皓腕的咏叹，更是不计其数。而其中毫无保留的赞美，则更是反映了当时的时尚风气和审美标准。

唐代妇女服装除了上衫下裙，还有胡服和男装两大类。胡服相对"另类"，但是流行了很久——"女为胡妇学胡妆……五十

年来竟纷泊。"（元稹）

至于化妆，这也是当时的一件大事。时尚源头的宫中，唐玄宗封杨贵妃三姊妹为韩国夫人、虢国夫人和秦国夫人，每人每月给钱十万，为脂粉之资。虢国夫人自恃美艳不施脂粉，常常素面朝见天子。但眉还是画的，"淡扫蛾眉朝至尊"。据史籍记载，唐玄宗染有"眉癖"，史称"唐明皇令画工画《十眉图》"，一朝天子亲自推广和提倡，画眉之风在妇女中盛行不衰，就不足为奇了。

唐代的化妆变化很大，很迅速，而且出现过匪夷所思的时尚。比如元和以后，一度流行将嘴唇涂成黑色，就是白居易《时世妆》中讽刺的"腮不施朱面无粉，乌膏注唇唇似泥，双眉画作八字低，妍媸黑白失本态，妆成尽似含悲啼"。这和当时的消极、萎靡的社会精神面貌有关，用今天的话说就是，受世纪末情绪影响，流行色彩灰暗、妆容颓废的时尚。

唐代已经有了非常明确的时尚概念——"时世妆"。"小头鞋履窄衣裳，青黛点眉眉细长。外人不见见应笑，天宝末年时世妆。"（白居易《上阳人》）这些白发宫女，在冷宫中消磨了四十多年，一直保持进宫时最时髦的打扮，已经彻底过时老土了——这种强烈的否定性，已经完全和现代时尚相同了。盛唐则是"大髻宽衣"的新趋势。"近世妇人……衣服修广之度及匹配色泽，尤剧怪艳。"这是元稹在《寄乐天书》中对中唐时尚的观感。白居易在诗中写道："风流薄梳洗，时世宽妆束。"

杨玉环可谓当时的时尚领袖。她"云鬓花颜金步摇"（白居易），梳着高高的云鬓，脸上施了脂粉而容光焕发，头上还插了下端缀有细长珠翠、走起路来会摇动的金簪子。"春寒赐浴华清池，温泉水滑洗凝脂"，其实就是古代的水疗，而且是今天的SPA相形见绌的盛大规格。就连她的死，也仿佛贴着时尚的标签。白居易的版本是："花钿委地无人收，翠翘金雀玉搔头。"香艳，凄凉；民间的童谣则唱道："义髻抛河里，黄裙逐水流。"（天宝末童谣）不论是惋惜，还是嘲笑，都无法忽视她的华贵时髦。

任何时代都有与时尚无缘，或者对时尚不屑的女性，唐代也不例外。"谁爱风流高格调，共怜时世俭梳妆"，这是晚唐的一个姑娘，因为众人都喜欢"俭妆"打扮的时髦女子，没有人来欣赏她以致嫁不出去而悲叹。可见无论追随还是拒绝，时尚都是女性生活中的一件大事情。

原载于《美文》2006年第1期

说散文之趣

南　帆

提到文学的时候,"虚构"这个概念往往如影随形。新闻记者或者历史学家的虚构被视为道德瑕疵,虚构是文学专享的特权。然而,进入文学殿堂内部,虚构的特权并未平均分配。小说、戏曲以及电影可以坦然无忌地虚构,散文却禁止分享。前者放纵想象任意地飞翔起伏,后者只能爬行于坚硬而粗糙的地面。对于这种不公的状态,我的开脱之词是——虚构是一种有偿使用。小说、戏曲以及电影必须提供某种特殊的品质,散文不存在这种负担。

大多数时候,虚构提供的特殊品质是传奇性。没有多少人愿意虚构一篇乏味的流水账:早晨睁开眼睛,刷牙,洗脸,早餐,出门上班,太阳底下无新事,今天是昨日的重复,如此等等。只有热血贲张的惊险离奇,或者令人唏嘘的悲欢离合才不辜负虚构争取到的自由创造空间。褒扬过虚构的贡献之后,我必须转身处理另一个剩余的问题:散文如何在小说的阴影之下生存?没有获取虚构的许可批文,散文如何与小说的传奇性竞争?

中国古典文学具有强大的诗文传统，古代批评家为之提出了众多分析与描述赖以展开的范畴，例如"气""理""情""趣"，如此等等。相对于制造传奇性的曲折、悬念、草蛇灰线、伏脉千里，"气""理""情""趣"意味了另一套衡量方式："文以气为主。""辞达而理举。""情欲信，辞欲巧。"——这些命题阐述的是诗文之中另一些叩响人们审美经验的元素。现今，"情"仍然是人们熟悉的范畴。"情动于衷而形于言"，这个诗的命题也适合形容许多散文。几乎所有的人都不会忘记朱自清的散文《背影》，不会忘记质朴的叙述背后溢出的深情。相对地说，"趣"这个范畴尚未清晰——我愿意提出的是，"趣"构成了现代散文另一种特殊意味。

何谓之"趣"？迄今为止，理论语言尚未提供清晰的描述。明代的袁宏道曾经表示："世人所难得者唯趣。"他不得不使用种种隐喻进行曲折的形容："趣如山上之色，水中之味，花中之光，女中之态，虽善说者不能下一语，唯会心者知之。"我现在尝试的是，能否将"趣"解释得比隐喻和"心领神会"更进一步？

例如，余光中的《我的四个假想敌》。作为拥有四个女儿的父亲，他的担忧是，女儿一个个恋上各自的男友，远嫁他乡——四个"假想敌"是他未来的四个女婿。女大当嫁，理所当然，可是，余光中记述了一个父亲的纠结：既不能阻拦女儿的幸福，又不愿意便宜了四个小子；而且，当年他也扮演过相同的角色，从岳父那儿掠走了女儿的母亲……这时，事情有"趣"起来了。

《我的四个假想敌》远远超出了父女情深,幽默、自嘲和调侃的介入显得兴味盎然。"趣"不像"情"那么专注、强烈,指向单一,而是包含了多种意向,不仅出人意表,往往还令人莞尔。莞尔一笑异于放声大笑,前者止步于微妙而缺乏后者拥有的汹涌笑意。"趣以臻其妙也",这是另一个明代批评家高启的话。既舍不得嫁女又不可不嫁,如此简单的一个主题,余光中竟然左右盘旋地写出了四千余字——《我的四个假想敌》,毋宁说围绕"趣"敷衍成篇。"趣"使一目了然的主题变得摇曳多姿。

汪曾祺也是散文圣手,他对于"趣"的意味和分寸十分谙熟。可以信手挑出《跑警报》之中的许多片断作为例子。西南联大的一个历史系教授对于课程烂熟,下课之际讲到哪儿就算哪儿。每回上课必须询问学生:上回说到哪儿了?一个女同学的笔记一句不落:"您上次最后说:'现在已经有空袭警报,我们下课。'"这即是"趣"。城外的山沟是一个躲避空袭的地点,一些甚至在沟壁上修了一些私人专用防空洞。私人防空洞不仅表面光洁,而且还用碎石子或者碎瓷片嵌出图案,组成对联,例如:"人生几何,恋爱三角。""见机而作,入土为安。"——这也是"趣"。相对于笑话或者相声,"趣"的幽默温和委婉,更多的机智含量,显得文雅或者智慧。可以再从《跑警报》之中摘出一个片断:

有一个姓马的同学最善于跑警报。他早起看天,只要万里无云,不管有无警报,他就背了一壶水,带点吃的,夹着一卷温飞卿或李商隐的诗,向郊外走去。直到太阳偏西,估计日本飞机不会来了,才慢慢地回来。这样的人不多。

显然,这个片断之中的"温飞卿或李商隐的诗"构成了"趣"的点睛之笔。通常,"趣"必须避免粗豪而倾向于"雅",甚至不惮于"迂"。如若将"温飞卿或李商隐的诗"替换为"纳鞋底"或"打扑克牌",趣味就会降低许多。

如此说来,所谓的"雅"背后时常隐藏了漫长的文化传统,例如来自中国古典文化的情趣、意境。从藏书、赠诗、饮酒、喫茶到游历山水、参禅拜佛、求字索画、踏访农家,乃至登船狎妓、管弦歌舞,这些事迹多半染上文人的风雅,成为"趣"的种子。董桥的《仲春琐记》言及一度热衷于收集印章,人们可以从这种特殊的癖好之中察觉文人之"趣":

田黄虽贵,气质深不可测;昌化鸡血则美艳胜似红豆,惹人相思。起初是友人棣纯兄收得一枚水坑鸡血冻,质理细腻,四面全红几不见地,玩赏半天不忍释手。后来我在坊间贱价买得一块顽石,深灰地,局部红,尝乞谙于此道者鉴定之,谓石质枯燥坚顽而多砂钉,必是蒙古所产,断非昌石。从此更不罢休,到处访求,果然陆续觅得几枚赏心真品,颇合陈从周先生所教"六面方者始可入品"的标准,但所费已足够数星期浇裹!清风明月竟不便宜,只得戒"色"。

这种性质的"趣",必须仰仗一些学问功力的滋养,意识到古代文人的体悟方式及其来龙去脉。对于中国古代文化一无所知,或者厌倦反感,这种"趣"不会贮存下来,成为一种审美意识。当然,这种体悟方式是神情的自然流露,而不是按照某种文化格式生硬地剪裁。袁宏道讨厌那些在形迹上模仿古人装腔作势、矫揉造作："今之人慕趣之名，求趣之似，于是有辨说书画、涉猎古董以为清，寄意玄虚、脱迹尘纷以为远，又其下则有如苏州之烧香煮茶者。此等皆趣之皮毛，何关神情？"至于卖弄学识，文抄公似的表示渊博，多少有些本末倒置了——"夫趣得之自然者深，得之学问者浅"。袁宏道干脆这么区分。

"得之自然者深"，相对地说，另一些作家的"趣"几乎完全是独特的体悟、奇异的感觉以及杰出的语言禀赋。换言之，他的散文趣味横生，但是与古代文化没有多少联系——这时，我想提到刘亮程：

> 一堵老墙和一个老人一样，在村里拥有自己的声誉和地位。如果一堵老墙要倒了，墙身明显地西斜，谁都说这堵墙站不到明天了。人往墙根两米远处用黑灰溜一条线，站在线外面远远地看，没有谁会动手把它推倒。墙啥时候倒是墙的事情。墙直着身子站累了，想斜站一阵也不一定。即使墙真要倒了，一堵墙的最后挣扎和坚持我们也不得干涉。……

如此有"趣"的想法，但是，找不到古代文化的胎记，这是一个人漫游村庄的奇妙的秘密观感。刘亮程心目中，偌大旷野之中荒凉的小村庄不再是一个寄生的空间，不再锁定为粮食生产基地，他与村庄如同两个常年相对的伙伴相互打量，许多秘密就是在这个时刻发现了。《一个人的村庄》之中许多这种有趣的片

断,还可以再引一段:

> 炊烟是村庄的头发。我小时候这样比喻。大一些时我知道它是村庄的根。我在滚滚飘远的一缕缕炊烟中,看到有一种东西被它从高远处吸纳了回来,丝丝缕缕地进入每一户人家——从烟囱进入每一口锅底、锅里的饭、碗、每一张嘴。

如果说,"趣"是叙述制造的波澜,那么,"趣"并非由散文垄断。小说完全可以染指。尽管如此,人们很少看到"趣"成为小说的美学风格。"趣"所包含的幽默、调侃仅仅吉光片羽,小说的持续叙述主要依赖情节的伸展。许多时候,情节的急迫性以及严密的逻辑甚至拒绝"趣"挤进来。因此,围绕"趣"的叙述,短章易成,长篇难就。这时,我想提到贾平凹的《定西笔记》。这篇散文五万多字,但是,许多段落闪烁着"趣"的斑点。哪怕就是叙述驾车出门,特殊的"趣"立即跃然纸上:"车子也极度兴奋,它在西安城里跟随了我六年,一直哑巴着,我担心着它已经不会说话了,谁知这一路喇叭不断,像是发疯了似的叫喊。"或者,"车不能停,猛地一停,车后边追我们的尘土就扑到车前,立即生出一堆蘑菇云。"下面这种叙述显然是贾平凹的情趣,特别是最后一句:

> 后半夜里进的定西城,定西城里差不多熄了灯火,空空的街道上有人喝醉了酒,拿脚在踢路灯杆。他是一个路灯杆

接着一个路灯杆地踢，最后可能是踢疼了脚，坐在地上，任凭我们的车怎样按喇叭了也不起。打问哪儿有旅馆，他哇里哇啦，舌头在嘴里乱搅，拿手指天。天上是一弯细月，细得像古代妇女头上的银簪。

令人惊讶的是，《定西笔记》的某些情节掭转，贾平凹竟然抛开了因果叙述而代之以"趣"作为隐蔽的轴心：

我瞅见朋友的奶奶却一个人坐在窗下晒太阳。老奶奶鹤首鸡皮，嘴里并没有吃东西，但一直嚅嚅蠕动着，她可能看不懂电视里的内容，孩子们也没有话要和她说，她眼看着窗台上的猫打盹了，她开始打盹，一个上午就都在打盹。老太太在打盹里等着开饭吗？或许在打盹里等待着死亡慢慢到来？那一刻中，我突然便萌生了这次行走的计划。

"趣"的范围广泛，类别繁多，但是，某些相对集中的类别已经形成特殊的名目，譬如"谐趣"。作家的叙述并非陈列为一段刻板的台阶，而是曲径通幽，令人流连。驻足之际左顾右盼，不禁笑口常开，这即是诙谐之趣。某些时候，谐趣得益于巧妙的遣词造句，作家的特殊表述制造了快乐的笑声。钱钟书运用一个妙喻制造谐趣："上了年纪的人谈恋爱，就像老房子着了火，一发不可收拾。"王小波异曲同工："学习一事，在人家看来快乐无比，而在我们眼中毫无乐趣，如同一个太监面对皇宫佳丽。"如同妙喻，夸张也是制造谐趣的好手段。例如，梁实秋挖苦一个诗人在胸口摸出一只虱子也会做成一首诗，诗人出门不带牙刷——牙刷要留在家里供太太使用。诗人甚至对于别人的生活习惯大为惊异：难道你们夫妇各用一把牙刷？许多时候，夸张就是文学的开始。另一些谐趣来自特殊的情节。贾平凹的一篇散文说，他将一本自己的著作寄赠某人，日后在废品收购站发现此书。他低价购回，题上"再赠某某"，心中大乐。谐趣是当代文化之中发育最为充分的一个科目。漫天穿梭的"段子"表明，具有诙谐才能的人远比预料的要多。不论生活轻松还是沉重，笑口常开总是比愁眉苦脸好一些。我甚至觉得，这个时代的诙谐似乎溢出了正常的边界，淹没了一些严肃的表情。回到文学范畴可以发现，过多的谐趣可能拐向轻佻与油滑。审美辩证法证明，"段子"集锦的喜剧效果可能锐减。

　　与谐趣可以相提并论的是"理趣"。顾名思义，理趣往往包含一个相对严肃的目的——理趣往往试图阐明一个哲理性观点。无论是"刻舟求剑""买椟还珠"还是"黄粱一梦"，这些寓言无不试图以一个有趣的故事论证某种理念。人们时常遇到的问题是，理盛而趣寡。"半亩方塘一鉴开，天光云影共徘徊。问渠哪得清如许？为有源头活水来。"学无止境也罢，厚积薄发也罢，这首诗是一个形象的说明。然而，这种理念与形象都正确得无可挑剔，以至于没有多少"趣"的意味。许多哲理有益于世道人心，但是，作家不愿意将活泼的生命锁入理念的桎梏，他们利用哲理制造机趣如同跃过繁琐的概念逻辑而令人豁然。例如，"不识庐山真面目,只缘身在此山中"远为玄妙,尽管古往今来过多的重复多少磨损了这种趣味。相对地说,另一个不无相似的理念表述似乎带有更多的"理趣":"莫泊桑常在埃菲尔铁塔上用午餐,虽然他并不喜欢那里的菜肴。他常说:'这是巴黎唯一一处不是非得看见铁塔的地方。'"这是罗兰·巴特《埃菲尔铁塔》中的第一句话。

人生在世,某些哲理的发现伴随着特殊的乐趣,譬如钱钟书说:"旅行是一场艳遇,最后我们遇见了自己。"有些时候,一定程度的自嘲会使"趣"的意味进一步增加:"活下去的诀窍是:保持愚蠢,又不能知道自己有多蠢。"这是王小波的话。另一些哲理更具体一些,包含的趣味流露出浓厚的日常生活气息,例如,梁实秋打趣地说:"若要一天不得安,请客;若要一年不得安,盖房;若要一辈子不得安,娶姨太太。"当然,有的作家更倾向于优雅,譬如博尔赫斯。"我想起有人写过这么一句话:隐藏一片树叶的最好的地点是树林。"或者,"永生者都能达到绝对的平静;我记得我从没有见到一个永生者站立过;一只鸟在他怀里筑了窝。"——这是博尔赫斯的典型风格,一种带有书卷气的想象。鲍吉尔·原野说,雨水羞涩地从窗缝钻入屋子,是来找水喝的:"雨奔波,雨在风里凌乱,雨不知跑了多远的地方才来到这里。像人一样,雨在长途跋涉之后第一个需求是喝水。有人不解,说雨还喝水么?喝不到水的雨最后都干渴死掉了,死后在地上留一小片痕迹。"这也是"理趣",但是已经与诗意比邻而居了——可惜的是,"诗趣"一词尚未出现。

大多数"理趣"诉诸智慧,一念闪过,粲然一笑,电光石火之间的一个顿悟,所以,"理趣"是一种宁静的认识,不再裹挟强烈的情感并且带来起身而行的冲动。这么看来,"理趣"更接近于审美的静观,同时也可能产生洞穿世情之后的空寂之感。

原载于《美文》2019年第10期